KB268591

해방 전후 문단이야기

명동 시대

해방 전후 문단이야기

명동 시대

안도섭 실명소설

글누림

차례

명동시대

마리서사

1946년 봄.

낙원동 입구에 '마리서사茉莉書舍'라는 색다른 간판이 나붙어 행인들의 눈길을 모았다. 파고다공원 정문에서 동대문 쪽의 낙원동 초입으로, 이 서점 안에는 희귀한 시서詩書들이 진열되어 얼핏 외국 서점에 들어선 듯한 느낌이었다. 쇼윈도에는 문학류와 예술분야 도서를 취급한다고 표시되어 있고, 외국 시인들의 진귀본을 비롯, 일본의 시잡지 『오르페온』, 『판테온』, 『신영토』, 『황지』 등이 서가에 가득 꽂히어 호기심을 끌었다.

"야, 표지 한번 멋있군. 이것 얼마죠?"

마리 로랑생의 호화판 시집을 빼어들고 값을 묻는 손님에게 주인은 다가서며 싱글거린다.

"거 멋쟁이 시집입니다. 5원만 내시오."

"왜 이리 쌉니까. 이러다가 밑천 날리는 게 아니오?"

농을 걸며 값을 치르는 젊은이는 동행한 아가씨에게 그 시집을 건네주고는 양담배 팔몰을 인환에게 권하며 라이터를 켜 불을 붙여 준다.

"인사가 늦었습니다. 심심소일로 책방을 하고 있는 박인환입니다."

"난 인천에서 온 배인철입니다. 책방 많이 이용할 테니 잘해주시구려. 한데 서점 이름 한번 근사합니다."

"뭘요……"

해사하게 웃는 인환은 그 근사하다는 서점의 이름을 붙이게 된 연유를 수다스레 늘어놓는다.

"마리 로랑생을 난 무척 좋아합니다. 그래서 그 시인의 이름을 따 '마리서사'로 붙인 거죠. 아가씨께서도 이 책방 많이 이용해 주세요."

"네……"

좀 뭐했던지 모기소리 만하게 말한 김연실은 고개를 돌려 버린다.

이때, 책방 저쪽에서 책을 고르고 있던 이봉구가 다가서며 그들에게 아는 체를 한다.

"인철이 언제 왔어?"

"아니, 이형은 무슨 책을 고르기에 사람 드는 줄도 모르고……"

두 사람은 금세 파안이 되면서 한바탕 소리 내어 웃는다. 인환이

도 싱글벙글 웃으면서 뇌었다.

"두 분은 아는 사이시구먼."

봉구는 계동의 김광균 집에서 배인철을 처음 알게 되고, 명동에서 한두 번 차를 나눈 적이 있었다.

인철의 유쾌하고도 끼끗한 인상에 호감이 갔던지 명동에 나가 한 잔 마시자고 인환이 권했으나, 그는 동행이 있다고 사양하면서 아가씨와 책방을 빠져 나갔다.

그들이 떠나고 손님이 뜸하자 인환은 가게 문을 잠그고 봉구와 광교를 지나 명동 입구에 들어섰다.

"봉선화 다방으로 가볼까."

"새로 개업한 음악다방 말이죠."

인환은 색다른 호기심을 보인다.

봉선화 다방은 해방을 맞아 해주에서 올라 왔다는 중년의 마담이 음악다방을 열고, 산뜻한 분위기를 선사하겠다고 꽤 신경을 써서 실내장식을 꾸며 놓았다. 일제의 서슬을 피해 이 마담도 해주에 내려가 있다가 다시 문을 연 것이었다.

다방 정면에는 베토벤의 데스마스크가 걸려 있고, 종일 베토벤의 교향곡 9번과 '헝가리 랩소디'가 번갈아 울려 나왔다.

8·15해방을 맞아 봉선화에도 낯익은 얼굴들이 하나 둘 나타나기 시작했다.

마담은 묻지 않은 말로,

"며칠 전 김기림, 김광균 씨가 다녀갔는데 오장환 씨는 왜 소식
이 없어요?"

근심어린 눈치였다.

"대학병원에 입원한 줄도 모르고 있었군."

봉구가 커피 잔을 놓으면서 말하자,

"면회 한 번 같이 가요, 전 그분의 시를 좋아해요."

"어떤 시를?"

"거, 「라스트 트레인」 있잖아요."

"일제말의 그 슬픈 시……."

"그래요. 조선 사람의 가슴을 쥐어짜던 그 시를 전 좋아해요."

마담이 뇌까리자 인환이 나서서 그 시를 줄줄 외어댄다.

"어쩜 그리 잘두 외우. 젊은이는 멋쟁이야."

훤칠한 키하며 서글서글한 인환의 눈에 마담은 그만 반해버린 것
이었다.

"알고들 지내요. 여긴 새 세대를 이끌어 갈 박인환 시인……."

봉구는 한 손으로 입을 가리며 특유의 웃음을 지어보이고는 마담
의 손등을 어루만진다.

"누 보면 어쩌려고……."

"연애한다지 뭐."

언제부터 그렇게 친한지 봉구는 스스럼없이 그녀에게 대하는 것
이었다.

"봉선화는 좀 촌스럽게 느껴지지 않아?"

"마담의 인상으로 봐도 봉선화보단 라일락이 어울려요."

날씬한 중년의 여인에게서 향기가 어리는 듯한 인상을 받고 인환이 말했다.

"시인의 센스는 달라. 처음엔 나일강이나 나이아가라 같은 지명도 생각해 봤죠. 하지만 외국 냄새가 나서 그만 뒀어요."

사실 해방의 물결을 타고 미군이 들어오자 서울 거리에는 깡통과 양담배, 카페와 바 등이 나날이 늘어만 갔다.

"그러니까 애국자가 되겠다는 생각에서…… 하하."

봉구가 빈정거리는데도 마담은 아랑곳없이 허밍으로 <울밑에 선 봉선화야>를 흥얼거린다.

그때 손님 한 분이 다방문을 들어선다. 좀 느릿한 걸음걸이로 다가서자,

"여, 편석촌 오랜만이요."

모더니즘의 기수였던 김기림의 손을 흔들어대면서 봉구는 신진 시인 박인환을 소개하기에 바쁘다.

1930년대 일제의 서슬을 피해 이른바 예술주의의 의장擬裝을 하고 나타난 것이 모더니즘 운동의 한 계기였다. 편석촌은 그의 「시론」 서문에서도 그때를 이렇게 회상하고 있다.

"나는 정신상 가장 발랄한 나이를 이러한 암담한 시대에 소모한 것이 새삼스레 아깝다. 가장 불행한 시간에 우리는 시를 쓰고 시를

생각했던 것이다. 나의 청춘이 속했던 이 시기를 우선 갈피를 잡아 놓고 이제부터야말로 진실로 무게 있고 깊이 있는 일을 이 길에 이바지해야겠다.”

인환은 김기림을 알게 된 후부터 시에 대한 열정이 전에 없이 더해갔다. ‘마리서사’에는 시인이나 작가, 화가들의 발길이 끊일 날이 없었고, 조금의 수입만 생겨도 그는 주점에 앉아 사랑과 예술, 그리고 새로운 풍조를 떠벌여댔다.

그는 오든, 스펜더 등 영국의 뉴 컨트리파에 심취하는가 하면, 만능 예술가인 장 콕토에 깊이 빠져들기도 하였다.

우리의 말과 글을 쓸 수 없던 어두운 식민지 시대에서 해방을 맞아 그의 가슴을 설레게 한 것은 무엇보다도 자유와 새로이 물결치는 예술 사조였다.

그것은 새롭게 움트기 시작한 모더니즘에의 열정이었다. 그는 이데올로기 편중의 시도 가까이 하지 않았지만, 이른바 현실도피적인 순수시에 대한 비판은 날카로웠다.

어느 날 김수영과 휘가로 다방에 앉아서는 핏대를 올리며 순수파 시인들을 매도하고 있었다.

“목월의 구름에 달 가듯이 가는 나그네가 어떻다는 거야.”

“그의 시는 민요조의 가락인데, 한마디로 순수라는 이름으로 현실 도피를 카무플라주하는 자기 도취자들이지.”

그 즘 『청록집』이 출판되어 문단가에 화제를 뿌렸는데, 낡은 세계에 머물러 있는 그들을 수영도 꼬집었다.

휘가로 다방은 이진섭의 누님인 이정자가 경영을 하고, 이곳의 신선한 분위기가 젊은 예술가들의 발길을 잡아놓고 있었다.

휘가로의 여주인은 도쿄에서 공부를 하고 돌아온 인텔리인데다 갈쌍한 눈매가 단골손님들을 매료시켰다. 이런 멋쟁이가 손수 날라다 주는 커피를 마시면서 인환과 단짝이 된 수영은 이곳에 자주 모습을 드러냈다.

두 사람이 자주 어울리는 만큼 서로 문학의 이념이 통했고, 서로 비슷한 처지라서 스스럼없이 지내던 터였다.

그러나 비단 이들뿐이 아니었다. 서로 시를 쓴다는 사실 하나만으로 두 친구의 어머니들도 퍽 가까운 사이가 되어 있었다.

이렇게 친한 두 사람이었지만, 인환은 깔끔한 성품에 당돌하리만큼 활달한 반면 수영은 부리부리한 왕방울 눈을 껌벅이면서 술을 마시지 않을 때엔 도시 입을 열지 않는 과묵형이었다.

두 사람은 서로 가까운 친구이면서도 라이벌 의식이 은연중에 깔려있었다. 나이로는 수영이 다섯 살이나 위였지만, 인환이 속임나이를 썼기 때문에 아무도 그의 참나이를 알 수 없었다.

인환은 조숙하기도 하려니와 남보다 앞서려는 선두의식이 드세었다. 그는 자신보다 너더댓 위 사람들과 곧잘 사귀었고, 그들과 한 또래 나이로 행세했다.

자기와 한 또래 사람들에게는 '선생' 소리를 들었고, 네댓 연배들과는 으레 "이 친구야, 저 친구야." 하고 터놓고 지냈다.

인환은 길거리에 아는 이를 만나면, 이형, 최형 하고 불러댔기 때문에 어떤 선배들은 꼴사납다는 듯이 그를 비껴가는 눈치였고,

"버릇없는 친구로고……." 하고 불쾌한 낯빛을 보이기도 하였다.

조숙한 시재詩才를 보이기 시작한 그는 왜 이리 당돌하고 오만했을까.

그가 강원도 두메, 강마을을 떠나 서울의 원서동에 이사 온 것은 열한 살 때였다.

그 즘 멋쟁이로 통하던 아버지 박광선이 시골 생활을 청산하고 서울에 산판업을 시작했기 때문이다.

그는 덕수학교 4학년에 편입한 후, 열세 살 때엔 경기중학에 입학할 만큼 빼어난 성적을 올려 아버지를 기쁘게 했다.

그러나 그는 사춘기를 지나면서 반항 기질이 유별났다. 새로운 호기심으로 영화에 눈뜬 것도 이 시기다. 영화관 출입으로 그는 경기중학을 퇴교당하고, 황해도 재령의 명신중학에 편입해 갔다.

그의 졸업이 다가오자 아버지는 초조한 빛으로 다가앉아,

"너도 알다시피 지금의 시국이 의과나 이공계를 가야 징병에서 빠진다는데 어쩔 셈이냐? 너는 머리가 좋으니 의사가 되려무나." 하고 의중을 떠보는 것이었다. 그는 내심 의과나 이공계를 뿌리치고 연희전문 문과나 아니면 일본으로 건너가 바깥바람을 쏘이고 싶었으나 그럴 엄두도 못 내고,

“가기 싫은 이공계보다는 차라리 의과 쪽이 낫겠습니다.”

“그래, 의과로 가서 징병도 피하고…… 장래 의사가 되면 생활도 걱정 없을 테니 말야.”

“기왕이면 평양 의전으로 하렵니다.”

그는 자의반 타의반으로 평양 의전을 택했다. 장차 시인이나 영화감독이 되려는 꿈을 키우고 있었으나, 일제말의 질곡 앞에서는 어쩔 수 없는 일이었다.

그는 의전을 다니면서도 학과에는 별로 흥미를 못 느껴, 문학 서적을 탐독하는 한편 습작에 열을 올렸다. 그런데 희한하게도 같은 의학도 중에 한 사람의 문학청년을 발견하고는 기쁨을 감추지 못했다.

그는 윤호영이었다.

호영은 그와 동갑내기로 황해도 몽금포 태생이었다. 꼭 하는 성격에 멋을 낼 줄 아는 것이 인환의 마음에 들었다. 방과 후면 둘이 대동강변을 거닐면서 보들레르니, 도스토예프스키니, 헤밍웨이를 떠들어대다가 인환이 불쑥 말했다.

“내가 의전을 택한 것은 일종의 현실 타협에 지나지 않아. 내 본질은 어디까지나 시인 기질이니까 말야.”

“나도 마찬가지야, 작가가 꿈이지만 의전 지망은 하나의 현실타협이지.”

이렇게 말하는 호영도 자신의 꿈은 장차 작가가 되는 것이지만, 생활의 방편으로서 의사가 되겠다는 것이었다.

인환은 그와 헤어져, 혼자 하숙에 돌아오면 때로 어머니 생각에
을씨년스러웠다.

절름발이 내 어머니는
삭풍에 쓰러진
고목 옆에서 나를
불렀다.
얼마 지나
부서진 추억을 안고
염소처럼 나는
울었다.

이 시는 평양 의전 시절에 썼던 습작으로서 어린 시절의 추억이
물씬 풍긴다.

그가 고향의 보통학교에 갓 입학하여 면 소재지의 먼 길을 걸어
갈 때 어머니는 그를 데리고 학교에 갔었다. 어머니는 관절염을 앓
아 다리를 살금 절었다. 그런데도 수업이 끝날 때까지 교정에서 기
다려주던 어머니의 안쓰러운 모습이 추억으로 남아 애절한 시를 쓰
게 한 것이다.

어머니 함숙형은 한문을 익힌 선비 부인으로 음식과 바느질 솜씨
가 뛰어났으며 조용한 성품의 여인이었다. 섬세한 미모의 어머니는
그의 소년기에 곧잘 이야기를 들려주어 문학에의 씨앗을 터준 스승
이기도 하였다.

해방이 되고 나서 홀연 호영의 하숙을 찾은 인환은 그날따라 심상치 않은 낯빛이었다.

"호영아, 난 학교를 그만둘까보다."

"무슨 뚱딴지같은 소리야."

"나는 닥터가 될 수 없는 사람이란 말야."

"그래도 학교만은 졸업해 두는 것이 좋아."

"난 그렇게 공리적인 사람이 못 돼."

"네가 후회하지만 않는다면 안 말리겠다만……."

"흥, 후회…… 후회할 때쯤엔 네 병원에 찾아가 술사라면 되잖니. 그때쯤 넌 어엿한 의사 선생님이 되어 있을 테니까."

"사람 놀리긴가."

"그렇잖니. 의전을 나오면 넌 의사가 될 것은 뻔 한 일, 나 같은 자유주의자는 거리에서 다방으로, 주점으로 바람같이 날다가 실컷 연애라도 하고 그래도 직성이 풀리지 않으면 시를 쓰다가 훌쩍 사라진다 말씀이야."

"너야 재능이 뛰어나 시인으로 출세할 수 있겠지만, 나는 입장이 다르잖니. 의사라도 되어 호구를 해결한 다음 천천히 문학을 할 요량이라니까."

"이 황해도 녀석, 실리에는 밝군."

인환은 냉큼 쏘아주고 나서 그래도 막상 그와 헤어지기가 아쉬운 듯,

"다음에 서울서 만나자. 그때 흰 가운을 입고 내 앞에 나타날 네

모습이 그럴싸할 게다.”

“부디 건강하게나.”

호영은 이 한마디 밖에 더 할 말이 없었다. 그의 결심은 이미 움직일 수 없는 것이었기 때문이다.

해방이 되자 그는 이렇게 학교와 벗을 팽개쳐 버리고, 그동안 사모은 수백 권의 문학 서적을 싣고는 고향으로 내려가, 다시 서울행을 서둘렀다.

그에게는 하나의 열망하는 꿈, 흰 가운을 입고 에테르 냄새 풍기는 의사이기보다는 사랑과 정열에 불타는 시인이기를 더 바랐던 것이다.

그는 집에서 돈 3만원과 작은 이모에게서 2만원을 얻어 날개 돈친 새처럼 훌쩍 서울로 떠났다.

서울에 짐을 풀기가 바쁘게 그는 책방을 낼 요량으로 이모부가 경영하고 있는 낙원동 초입의 포목점 곁에 가게를 얻어 들었다.

간판은 ‘마리서사茉莉書舍’
LIBRAIRIE MARI
LITTERATURE. POESIE
DRAME. ARTISTIQUE

이렇게 불어로 된 고딕글씨가 쇼윈도에 나붙고, 그 아래에는 중외

양서 고가매입中外良書高價買入이라고 써넣어 고서점도 겸하고 있었다.

철쭉꽃이 질 무렵, 봉선화 다방은 문을 닫고 명동 파출소 뒷골목에는 명곡 다방 '에덴'이 새로 손님을 맞을 채비를 갖추었다.

봉선화의 단골들이 이 다방으로 철새처럼 모여들었다.

모처럼 에덴 다방에서 편석촌과 마주한 인환은 자신의 습작을 꺼내어 지도를 청하였다. 시건방지다는 그가 편석촌은 스승으로 깍듯이 대했다.

잠시 후 이봉구가 나타나고, 화제는 어느 새 전국문학자대회 이야기로 꽃을 피웠다.

이 대회는 조선문학가동맹을 낳는 모태이기도 했다. 이 단체와 대립해서 한 달 가량 후에 결성된 것이 조선문필가협회이다.

이 협회의 외곽 단체로서 소장문인들이 조선청년문학가협회를 만드는 등 문화계는 열띤 움직임을 보이고 있었다.

조선문필가협회는 주로 민족의식을 내세운 문인들로서 박종화, 김광섭, 김동인, 염상섭, 오상순, 모윤숙 들이었고, 조선청년문학가협회는 김동리, 서정주, 조지훈, 박목월, 박두진, 조연현 들이 순수문학을 들고 나왔다.

이즘 민족문학을 대변하는 문학지로는 『백민白民』이 우뚝하게 선을 보였는데, 이것은 김송이 사재를 털어 만든 잡지로서 여러 작가·시인에게 귀중한 지면을 할애해 주었다. 손소희, 박연희, 유주현 들이 이 잡지를 통해 신인으로 발굴되어 나왔다.

손소희는 일제 암흑기에는 『만선일보』 기자로 일하면서 안수길, 윤영춘, 김조규, 박귀송, 윤동주 들과 어울리며 시를 써왔으나 『백민』에 단편을 내면서 작가로 탈바꿈해 갔다.

그녀는 이무영이 내고 있던 『신세대』지의 기자로 일하면서 창작에의 꿈을 키우고 있었다. 이무영은 농민소설을 써서 특이한 존재로 알려져 있었으나 문학가동맹에는 가입이 어려운 터였다. 그것은 그가 일제 아래서 일본말 소설을 써 조선총독상을 탔기 때문에 친일 문학인들의 배제원칙에 따라 그의 가입이 허용되지 않은 탓이었다. 『신세대』에 기고하는 문인들은 모두가 이무영과 가까운 사이여서 그를 감싸려 했지만 문학가동맹의 원칙만은 어떻게 할 수가 없었다.

기자로 있던 박영준과 손소희가 문학가동맹 확대회의에 다녀오겠다고 인사를 하자 마도로스파이프를 빼어든 무영은,

"댕겨들 오오. 난 그놈들 하는 짓거리 알고 싶지도 않고…… 양심도 없고 민족도 모르는 놈들…… 문학을 앞세워 정치놀음을 벌이려는 놈들과는 딱 질색이야."라고 사납게 퍼부었다.

그들이 대회장에 이르자, YMCA 대강당은 수많은 문인들로 빼곡히 메워져 있었다.

장내가 웅성거리는 가운데 두 사람은 뒷줄에 자리를 잡고 앉았다. 소설가 이태준이 맨 앞줄에 앉아 있고, 중간 줄의 오장환 곁에 최정희와 노천명이 나란히 앉아 뭔가 쑤군거리는가 하면, 평론가 이원

조, 김팔봉, 이헌구, 백철 들이 드레지게 앉아 있었다. 그 몇 발 앞줄에 김광균과 이봉구가 긴장된 얼굴로 이야기를 나누고 있었다. 전위시인 이병철의 모습도 눈에 띄었다.

대회장의 인원보다 세 배나 많은 방청석에는 이대생 김연실이 나와 있을 것을 생각하니 병철의 가슴은 왠지 두근거렸다.

그의 뇌리엔 문학소녀 P양의 환영도 잠시 어른거렸다. 그러나 김연실에게 더 이끌리는 병철은 그것만은 참 이상한 일이라고 되뇌어보았다.

이때 김연실은 방청석에서 배인철과 회의 진행을 지켜보던 중이었다. 대회 초대석에는 소련 총영사 사브신이 동부인해 앉아 있고, 박헌영 대리로 이주하가 자리해 있었다.

임화의 주재로 열린 대회는 이태준의 대리 개회사 낭독에 이어 회원점호가 있고, 김광균의 동의로 의장 5명이 선출되었다.

의장에 이태준, 김태준, 임화, 이기영, 한설야, 서기에는 홍구가 만장의 박수를 받고 신임을 얻었다.

뒤이어 오장환이 일어섰다.

"본회의에 들기 전에 일본 제국주의 쇠사슬에서 조국을 해방시키는 데 영웅적인 희생을 치른 연합국의 진보적 작가, 미국의 압튼 싱클레어 씨, 소련의 니콜라이 치호노프 씨, 중국의 코메이조[郭沫若] 씨를 본회의 명예회장으로 추천합니다."

그의 긴급동의가 있자 장내엔 한동안 박수소리가 그칠 줄을 몰랐다.

이어서 연합국 작가에게 보내는 메시지 초안 위원으로 이원조, 김
남천, 한효 들이 임명되고, 한동안 빗발 같은 논란이 오간 끝에 문
학가동맹은 탄생을 본 것이다.

　어느 날, 계동의 이봉구 집에 김동리와 임서하가 찾아왔다. 임서
하는 일제하의 거리에서 서로 고락을 같이했던 벗의 한 사람이지만,
김동리는 초대면의 소설가로 지면을 통해서만 알고 있는 터였다.
　"서정주를 통해 김형 얘기를 여러 차례 들었고, 「무녀도」니 「산
제」를 통해 익히 알고 있었소"
　봉구는 반기면서 두 손님에게 번갈아 술잔을 권했다.
　"내가 이형을 찾은 것은 작가로서 서로 알고 지내자는 것이요.
지난번 문학동맹이 생기고 나서 청년문학가협회라는 걸 우리가 만
들었는데 앞으로 협력해서 민족문학을 올바로 이끌어보자는 생각에
서예요."
　"이제 해방이 되었으니 우리가 정신 차려 민족문학을 이끌어야
할 텐데……."
　"그래요. 문학동맹 사람들은 민족문학 건설을 표어로 내걸어 놓
고 있지만 모두 거짓 수작을 하는 거예요. 이형은 지난 문학 동맹
결성 때 가 보셔서 알겠지만, 저들은 민족문학을 노동자 농민을 위
한 문학이라 규정하고 있어요. 노동자 농민이 민족의 다수라는 이
유를 내세워 하는 말이에요."

동리는 느릿느릿 말을 이어 갔으나 그 속에는 나름의 주장이 담겨있었다.

"나도 그 점은 동감해요. 노동자 농민을 위한 문학이 될 것이 아니라 민족 모두의 문학이 되어야 한다고 봐요."

몇 잔 술에 거나해진 봉구는 자신의 문학관을 스스럼없이 털어놓았다.

"그러니 노동자 농민을 위한 문학이란 일제의 카프시대에 말하던 프롤레타리아 문학과 무엇이 다르냐 말예요. 저들이 계급 대신 민족이라는 말을 쓰는 것은 일종의 카무플라지에요. 정치적으로 숨은 의도가 있기 때문이지."

"문학이 역사의식을 떠나서는 안 되겠지만 정치의 수단이나 도구가 될 순 없다고 봐요."

봉구도 그 점에서는 동리와 생각을 같이 하고 있었다.

그러나 봉구의 둘레에는 김광균을 비롯하여 김기림 등 문학동맹에 참여했던 문인들과 노상 어울리고 있었다. 어떤 문학적 이념 때문이라기보다 그들과 오래 사귀어온 친분이나 우정 때문이었다.

이처럼 문학계가 좌우익으로 갈리고 날카롭게 맞서는 중에도 명동거리는 여전히 낭만이 넘쳐흘렀다.

이때부터 이봉구는 '명동 백작'이라는 닉네임이 붙기 시작하고, 단골 다방 에덴에는 북방의 우수가 듬뿍 서린 「오랑캐꽃」의 이용악과 중국에서 갓 돌아온 김광주가 자주 모습을 나타냈다.

얼굴에 마마자국이 듬성듬성 나있는 광주는 문학인의 싸움에는 초연하여 어떤 모임이나 단체에도 얼굴을 디밀지 않았다.

그는 검정 양복에 올백 머리를 하고 다녔으며, 밤낮을 가리지 않고 술을 마시는 보헤미안이다. 그는 원고를 쓸 때 술을 얼근히 마시고는 입을 오물오물 놀리는 이상야릇한 버릇을 가지고 있었다.

시인 이용악은 북방의 냄새가 물씬 풍기는 또 하나의 보헤미안이다. 도수 높은 테 안경을 쓰고 곱슬머리의 허술한 양복차림은 「오랑캐꽃」 그대로 시름 많은 북쪽하늘에 마음을 앗기고 있는 시인의 모습이었다.

일제 때 그의 생활은 비참했다. 해방 직전에는 최재서가 경영하는 <인문사>에서 교정을 보며 고생고생 하다가 견딜 수 없어 고향에 내려갔던 것인데, 가던 날이 장날이라 요시찰 인물의 예비 검속에 걸려 해방을 맞을 때까지 경찰서 유치장 신세를 져야만 했다.

이렇게 청춘을 앗긴 용악은 주점에 앉으면 애수어린 목청으로 곧잘 자신의 시를 읊조렸다.

「두만강 너 우리의 강아」라는 시에서 그는 간도 둥지를 떠올리는 북방의 정조를 짙게 풍기며, 또한 만주·시베리아 유맹流氓시절의 애수는 독특한 정조를 띠고 있었다.

그들이 어울리는 술자리에 가끔 안회남이 끼어들어 술기운이 돌면 사소설私小說에 대해 떠벌여댔다.

"소설에서 인생을 그린다는 것은 어디까지나 인생의 한 토막 단편斷

H이라는 것을 잊어서는 안 돼. 어쩌면 그 한 토막의 어느 부분에서 어느 부분까지를 말하는 인생의 단편의 단편인지도 모르지.” 하고 털어 놓듯이 그가 그리는 소재란 모두가 자신의 신변적인 세계에 한정되었다.

그는 대표적인 신변 소설가였다. 그가 즐겨 그리는 대상은 어머니나 아내나 아들을 상대로 한 가정이거나 친구들과의 교제 아니면 술벗들의 이야기를 넘어서지 못했다.

“해방된 오늘에 와서도 그런 작품 세계를 고집한다는 건 반동적이야.”

술기운이 도는지 어깨를 들썩해 보이며 용악이 소리쳤다.

“난 소시민적이어서 그런지 몰라도 인생에 중요한 것은 연애와 결혼과 문학이라고 생각해, 누가 뭐래도.”

“그건 부르주아지들의 값싼 센티멘털리즘이야. 이제 우리 문학은 새 사회건설을 위해 칼을 갈아야 할 때야. 개인주의의 도그마를 홀랑 걷어차고 말야.”

곤드레 취한 용악이 횡설수설하고 나오자,

“자, 이만들 일어서자. 오늘 밤은 술이 너무 취했어. 용악이 넌 아낙도 우두머리도 돌볼 새 없이 갔다가 그 오랑캐꽃이나 흥얼거려…… 시시한 소리 걷어치우고 이차 가자.”

봉구는 제법 호기를 부리며 안회남의 손을 이끌고 주점 밖으로 휘청휘청 걸어 나왔다.

이용악이 비틀거리다 뒤에 처져 어디론가 사라지고, 봉구와 회남이 종각 뒷골목 주점에 들어섰을 때, 신진 평론가 김동석과 이병철이 한편 구석에서 소수 잔을 놓고 김동리와의 논전에 대해 열을 올리는 중이었다.

김동석의 주장인즉, 현민玄民이나 춘원이 재사이듯이 김동리도 재사인 것은 틀림없다는 말머리로 시작하여, 그의 순수문학이란 일종의 관념론으로 우물 안 개구리라고 까두겼다.

김동리는 이런 내용의 글을 받아 「독조毒爪문학의 본질」이라는 글에서,

"김군은 문학을 위해서 문학을 하는 것이 아니라 생활을 위해서 문학을 한다고 주장한다. 비록 묵은 말이라 할지라도 이 말 자체에 그다지 깊은 죄가 있는 것은 아니다. 다만 그가 무엇을 가리켜 생활이라고 부르는가가 문제다."라고 문제를 제기한 다음, 이처럼 결론을 내리고 있다.

"군의 생활의 핵심이 빵에 있고 군의 그 독 있는 손톱이 빵을 구하기 위해서 ─극복하기 위해서가 아니고─ 만 있는 동안 군은 문학과 생활이란 어휘의 참뜻을 체득할 수는 없을 것이다."

해방 후 문학인들이 문학동맹과 문필가협회로 갈리면서 각기 그 이론을 펼쳤던 기수가 임화와 박종화였다고 한다면, 소장파로선 김동석과 김동리가 그것을 맡은 셈이었다.

두 사람이 처음 대면한 것은 해방 이듬해 안국동 네거리에서였

다. 김동리는 열두 해만에 서울에 올라왔으며, 그의 글을 대한 것은 해방 후의 일이었다.

소공동의 『경향신문』과 가까운 아카데미 다방에는 정지용 시인이 단골로 다니고 있었다.

이 다방에 간혹 노천명이 나타나 그의 말벗이 되어주곤 하였다. 그녀는 『부녀신문』 기자로 있었기 때문에 정지용 시인에게 원고를 청탁하는 용건도 있었지만, 이 시인을 존경하기 때문이기도 하였다.

천명이 해방 전에 첫 시집 『산호림』을 냈을 때 정지용을 비롯한 스승과 문단 선배들이 서둘러 출판기념회를 열어 주었고, 그녀는 정지용을 선배로서 따랐다.

지용은 평소 뜸쑥하고 말수가 적은 편이지만 시에 대한 정조, 시인에 대한 태도는 그의 성깔만큼이나 깔끔했다.

그가 『문장』에서 추천한 청록파 시인들이 청년문학가협회에 들어 문학가동맹에 반기를 들었을 때,

"이놈들아, 그래 날 보고 너희들의 뒤를 따라오라는 말이냐?" 하고 호통을 친 일은 유명한 이야기다.

그에게는 또 재미있는 일화가 있다. 어느 날 군정청을 가보고 와서,

"공기가 탁하고 복작거리는 광경이 지옥야, 지옥. 뭐니 뭐니 해도 여기가 천당이지."

그는 이화여전의 상아탑을 자랑했다. 그러나 그가 생활의 안전을

찾아 상아탑으로 들어가자,

"지용은 피난처로 옮겨 갔으니 시가 나오기 어려울 게다."

오장환은 비아냥거리는 말이 아니라 정작 그를 염려해서 하는 말이었다. 그가 추천해 낸 청록시인들이 쪽빛같이 푸른 시를 생산해 내고 있을 때 그는 한발 물러서서 움츠린 자세를 지키고 있었다.

시가 너무 맑아서 속의 속을 투시해 버린 탓일까.

"선생님의 『백록담』에서는 맑은 샘물처럼 청순하고 차가운 감촉을 느끼게 돼요."

천명은 이 시인의 시세계를 솔직히 털어 놓았다. 사실 지용은 문학가동맹에 들어 있기는 해도 그의 시정신은 순수시의 영역을 벗어난 것은 아니었다.

이가 시리도록 차가운 순수시.

또 한 사람 상허尙虛 이태준 역시 문학가동맹에 적을 두고는 있지만, 그의 작품은 순수문학이지 계급문학일 수가 없었다.

"내 시에도 새로운 변화가 와야 할까부다. 예술성과 사상성이 조화를 이루는 수준 높은 시를 써내자."

이렇게 속으로 뇌면서도 시가 잘 써지지 않는 지용은 아카데미 다방에 나와 커피를 마시면서 고독을 달래었다.

지용이 고독한 만큼이나 천명 또한 고독한 시인이었다. 그녀의 수필집 『산딸기』가 나왔을 때 같은 신문사에서 일하던 이봉구에게 책을 사인해 주며 이렇게 물었다.

"산딸기 좋아하세요?"

"별루……."

한 손으로 입을 반만큼 가리고 이봉구가 미소 짓자,

"맛보다도 외롭게 영그는 산딸기가 내겐 입맛을 돋우게 해요."

그 고독 때문인지 그녀의 얼굴은 그날따라 핼쑥해 보였다. 노천명 곁에는 이전 후배인 조경희가 노상 그림자처럼 따라다녔다.

어느 날 봉구가 마리 로랑생의 시화집을 들고 안국동 로터리를 지나치려는데 저만치 두 여인이 걸어오면서,

"이봉구 씬 시를 사랑하는 줄 알고 있지만 마리 로랑생을 좋아하세요?"

거리에서 그를 본 천명이 반색을 한다.

"로랑생의 그림도 좋아하지만 난 「진정제」라는 시를 더욱 좋아하지."

"그 연애시는 너무 비극적이지 않아요?"

뒤따르던 경희가 한마디 하고 나서,

"로랑생의 고독하고 청순한 시세계가 우리 언니하고 어쩜 그리 흡사한지 몰라."

"그렇군, 노천명 시인은 마리 로랑생이야."

"언니, 이렇게 기분 좋은 얘기 듣고 차 한 잔 안사요?"

"그래, 아무데나 들어가자."

세 사람은 걷던 길을 멈추어 근처 다방에 들자 마리 로랑생과 아폴

리네르의 뜨거웠던 사랑 이야기를 나누며 시간 가는 줄을 몰랐다.

마리 로랑생.

이 고독한 시인에게도 한때의 로망은 있었다.

천명이 극예술연구회에 가담한 것은 1938년. 그녀가 처음 출연한 작품은 안톤 체홉의 <벚꽃동산>으로, 그녀는 모윤숙이 맡은 라네프스카야 부인의 딸 아냐로 분장하였다.

이 공연이 인연이 되어 관객으로 왔던 전문학교 교수 김광진을 알게 된다. 호수처럼 잔잔한 그녀에게 러브 어페어를 일으켜 주었던 것이다.

상대는 처자가 있는 기혼자.

본디 내성적이고 깐깐한 성격의 노천명으로서는 그러기에 더욱 비밀스럽고 은밀한 가운데 사랑이 무르익어 갔다.

그러나 남의 앞에 버젓이 드러낼 처지도 못되고 늘 떨리는 가슴만을 쥐어짜던 천명은 그 첫사랑을 보기 좋게 날려 보내고 말았다.

그들은 한때 결혼을 생각할 단계까지 이르렀었다. 김광진은 아내와 이혼하기 위해 고향으로 내려갔다. 그러나 그는 끝내 아내와의 이혼을 단행하지 못하고, 천명과의 사랑은 열매를 맺지 못한 채 흐지부지되고 말았다.

이 슬픈 사랑 때문에 천명은 더욱 외로워지고, 안국동의 단출한 집에서 15년간이나 독신생활을 지내게 된다.

흔히 그녀를 쌀쌀 맞는 성격이라 소곤거렸다. 그러나 천명을 깊이 사귄 사람은, 다정다감하고 사리에 밝고 정에 약한 여인임을 알게 된다. 그녀의 짙고 곧은 눈썹, 그리고 창백한 낯빛은 얼핏 차가운 인상을 풍기지만, 곱게 빗은 머리는 양가집 규수를 연상케 하였다.

본디 천명의 집안은 가톨릭으로, 큰 미사가 있을 때는 어머녀를 따라 읍내 성당을 찾았다.

그녀는 달구지 뒤에 올라앉아 눈앞에 펼치는 겨울산과 마을, 펑펑 쏟아지는 눈 속의 풍경에 젖어들곤 하였다. 천명은 일곱 살 때 장연의 소학교에 입학했다. 장연은 황해에 연한 고을로 바다 건너가 바로 중국의 산동성이다. 그가 살던 마을은 뒤에 산이 둘러 있고 앞엔 바다가 한눈에 내다보였다. 여기서 윤선을 타면 진남포로, 평양으로 갈 수가 있었다. 해변의 갈대밭에는 사람의 키보다 더 큰 갈대들이 우거지고 그 위엔 험한 절벽이 깎은 듯이 서 있었다. 여름이면 동네 아이들은 이 갈대밭을 헤치고 먹을 감곤 하였다.

천명은 남장男裝을 하고 학교에 다녔는데, 그것은 남동생보기를 바랐던 때문이었다.

그녀는 아명인 기선基善에서 홍역을 크게 앓고 난 후부터 명이 길어지라고 천명으로 바뀌었던 것이다.

그 이듬해 아버지를 여의고 서울의 창신동에 이사를 온 그녀는 시골뜨기 처녀였다.

에덴 다방 곁에는 드라마 작가 김광조 부부가 라아뿌룸이라는 다방을 내어 이진섭을 비롯한 방송국 친구들이 모여 들었고, 시인 전봉래가 아침부터 죽치다시피 하고 있었다.

이 다방 저 다방을 기웃거리다 아는 이를 만나면 동순루 배갈집에서 술자리를 베풀기 좋아하는 여배우 남궁연南宮蓮이 박인환과 어울려 라아뿌룸에 나타났다.

"마담, 커피 두 잔 가져오고 저쪽 시인에게도 차 시켜드려요."

난데없는 선심에 다방 한 구석에 하릴없이 앉아 있던 봉래는,

"아니, 웬 차요?" 하고는 이쪽을 흘끗 쳐다본다.

"아침부터 파수꾼 노릇도 지겨울 텐데 커피나 들어요."

남이 셈을 치를 선심을 인환이 가로채서 인사치레를 한다. 그 속사정을 잘 아는 봉래는 입가에 미소를 머금으며 곱게 핀잔을 준다.

"그래, 박형 사업은 잘 되오?"

"사업이라니?"

"서점 말이야."

"마리서사 말이군. 이렇게 밤낮 친구들과 얼려 다니는데 잘될 턱이 있겠소."

"그래도 기왕 시작한 거니 집세라도 내도록은 해야지."

"전형이나 나나 시 쓰는 놈들은 틀렸어. 까먹기 딱 알맞지."

사실 마리서사에는 시를 쓰네, 소설을 쓰네, 그림을 그리네 하는 친구들이 하루도 거르는 날 없이 찾아 들었다. 따라서 서점에는 책을 사러오는 손님보다도 놀러오는 사람들로 더 붐볐다.

이렇게 손님과 어울려 책방 주인이 찻집 아니면 술집으로 빠져나가 버리니 서점에는 뜨내기손님들이 뜨문뜨문 진귀본을 찾으러 다니는 꼴이었다.

그는 술을 폭주한다거나 즐겨하는 편은 아니었으나, 술자리의 분위기에 이끌려 친구들과 자주 어울리기를 좋아했다.

그는 남궁연과도 어느 새 친구가 되어 있었다. 어딘지 애수가 서린 듯한 눈매와 정열적인 몸짓이 매력인 그녀는 바쁜 무대 생활에서도 명동 거리를 즐겨 찾았다. 푸시킨의 「삶이 그대를 속일지라도」를 곧잘 외는 여배우는 그래서 신출내기 시인 인환과도 가까운 사이였다.

"마리서사…… 참 시적이야."

"시인이 하는 서점이니 그만한 운치는 있어야지."

"그 이름 어디서 힌트 얻었어요?"

"글쎄, 또 아폴리네르부터 시작해야겠군."

인환은 그녀가 권하는 모리스 한 개비를 받아 피워 물고는 '마리서사'의 내력을 설명하기 시작했다.

장 콕토가 '야수파와 입체파 사이에서 덫에 걸린 작은 암사슴'이라고 일컬었던 마리 로랑생의 시와 그림을 인환은 유달리 좋아했다.

'몽마르뜨르의 암사슴' 혹은 '작은 야수', '핑크 레이디'라는 애칭을 한 몸에 받았던 마리 로랑생.

이 핑크레이디는 가난과 굶주림 속에서도 예술에의 의지와 정열로 불타는 몽마르뜨르의 젊은 예술가들에게 신선한 영감을 불러일으키게 했던 그들 모두의 애인이었다.

아폴리네르가 몽마르뜨르의 암사슴을 안 것은 피카소의 소개에 의해서였는데, 그녀의 재기 넘치는 예술에 도취한 나머지,

"예언자 요한인 피카소의 예술과 헤롯왕이라 할 루소의 예술 사이에 위치한 살로메의 예술이다."

그는 칭찬을 아끼지 않았다.

마리 로랑생과 시인 기욤 아폴리네르는 기이하게도 서로가 사생아라는 공감대로 만나자마자 사랑에 빠져들었다. 7년여의 연애 시절에 두 사람 다 영광과 명성이 정점을 이루었다. 하지만 서로가 양보할 수 없는 개성 때문에 두 연인은 상처만 남긴 채 헤어졌다. 그 후 '나를 열광시키는 것은 오직 그림뿐'이라고 신앙처럼 믿었던 로랑생은 서른여덟 해를 더 살다가 아폴리네르의 편지를 가슴에 얹고 숨을 거두었다.

만남과 헤어짐이 역사를 만들고 예술을 일군다 했던가. 로랑생의 유명한 시 「진정제」는 이렇게 태어났다.

권태로운 여자보다
더 가여운 것은
슬픈 여자이에요

슬픈 여자보다
더 가여운 것은

불행한 여자이에요

불행한 여지보다
더 가여운 것은
병든 여자이에요

병든 여자보다
더 가여운 것은
버려진 여자이에요

떠도는 여자보다
더 가여운 것은
쫓겨난 여자이에요

쫓겨난 여자보다
더 가여운 것은
죽은 여자이에요

죽은 여자보다
더 가여운 것은
잊어진 여자이에요

그 후 두 사람은 사랑의 정열 속에 휘말려 들어 그 유명한 연애
사건을 일으키는 가운데 「미라보다리」 등 아폴리네르의 빼어난 연

애시들을 낳게 하고, 로랑생의 「진정제」를 써내게끔 하였다.

이 시는 여자의 마음이 가장 처량하고 참혹함을 느끼는 것은, 사랑하는 사람에게 망각되는 것이라고 고백하는 내용이다.

두 사람이 사귄 지 7년 만에 연애는 종말이 나고, 몽마르뜨르의 암사슴은 독일인 화가와 맺어져 갔다.

아폴리네르는 로랑생과의 사랑 외에도 아니 루우, 마드렌, 파제스 등 숱한 여성들과 사귀었으나 그 누구와도 사랑에 성공하지 못한 비련의 시인이었다. 그는 전쟁 때의 부상 후유증으로 일찍 생을 마감한다.

이 같은 핑크 레이디를 좋아한 인환은 그녀의 이름을 따 '마리서사'라고 서점 이름을 붙였다.

남궁연은 인환과는 친구 사이지만 정작 불붙어 있는 상대는 처자가 있는 사람이었다. 그래서 사랑의 갈등 속에 그녀는 술집을 찾게 되고, 술에 취하면 푸념으로 도피처를 찾아 나섰다.

PX 주변의 아이들에게서 껌도 사오고 양주도 사들고 와서 술잔을 권하다가 문득 생각난 듯이,

"그 사람 헤어질 수도 없고 이런 상태를 지속하기도 괴로운 노릇이고……"

"그렇게 좋은 사이면 윤심덕이처럼 정사를 해 버리지."

인환은 향내 나는 양주잔을 쭉 들이켜면서 비꼬아 주었다.

"아냐, 안기영과 김현순처럼 달나라에라도 달아나 버리면 돼."

금세 옆자리에 끼어 든 봉구가 슬쩍 농을 걸어온다.

"자, 술잔이나 받고 돌려주시죠"

궁연이 툭 쏘며 술병을 들어 가득히 술을 따른다.

"호호, 장안의 프리마돈나께서 마리 로랑생처럼 용단을 내리지 못해 고민이시라. 그렇지, 인연을 끊는다는 건 쉬운 일은 아니야."

봉구는 선배다운 너그러움으로 그녀의 아픈 마음을 어루만져 준다.

"그런 고민이라면 너무 달콤해. 우리 예술인들은 시대의 아픔에도 관심을 돌릴 때가 왔어요. 저 자의식의 세계에서 밖으로 눈을 돌렸던 버지니아 울프의 말이 생각나요."

인환은 그 즘 버지니아 울프에게 적잖이 매료되고 있었다. 2차 대전 직전에 스스로 목숨을 끊은 울프는 시간의 무상함과 이에 번롱되는 인간 존재의 덧없음을 신선한 문체로 채색해 간 독창적인 작가이다.

"울프는 「젊은 시인에게 보내는 편지」에서 이렇게 말했지. 창을 내다보세요. 그리고 다른 사람들에 대하여 쓰세요……. 그러므로 분명히 당신은 광범한 여러 가지 주제를 취급할 수 있습니다. 한 방안에 당신 혼자 박혀 왔다는 것은 오직 일시적인 필요에서입니다."

봉구는 누에가 실을 뽑아내듯 울프의 글을 줄줄 인용해 냈다.

그는 누구보다도 시를 사랑하고, 시를 익히 아는 작가의 한 사람이다. 그래서 그를 가까이 하는 문인들은 대개가 시인들이었다.

"문학 얘기가 났으니 말이지만, 전에 읽은 박인환 씨의 「거리」라는 시는 신선한 감각이 좋았어요. 이전의 시에서 느낄 수 없는 발랄한 에스프리 같은 것 말예요.”

몇 잔의 술에 홍당무가 된 궁연은 혀꼬부랑소리로 뇌었다.

“앞으로 신세대를 짊어지고 갈 박인환 군의 건투를 비는 뜻에서 우리 건배해요.”

먼저 잔을 비운 봉구가 말했다.

“검은 준열의 시대를 힘차게 살기 위해 부라보…….”

박인환도 두 사람의 잔을 향해 또 하나의 잔을 높이 쳐들었다.

흑인영가

명동 거리에는 흑인 병사들이 검은 피부에 흰 이를 드러내 껌을 씹고 다니는 새 풍속이 일고 있었다.

흑인 병사의 친구 배인철이 거리에 나타나자 이건 또 명동의 화제가 되었다. 새빨간 머플러에 외국제 스프링코트를 걸치고 에덴다방에 들르면 으레 그는 봉구를 찾았다.

"이형이 보고 싶어 달려 왔소."

"또 바람같이 나타났군."

"오늘은 브랜디 한 잔 합시다."

"허허, 또 술이야……."

"인천서 오는 길인데 흑인 친구 브라운한테 들렀다 한 병 얻어왔죠, 뭐."

거뭇한 눈을 두리번거리며 인철은 이렇게 반가움과 정겨운 우정을 털어놓는다.

그는 권투선수였는데 시도 쓰고 있었다.

해방 후, 인천에 상륙한 미군부대의 통역으로 나섰다가 흑인 부대와 친해져 「조 루이스」라는 시를 썼고, 혼을 앗는 흑인시를 써내 이채를 띠었다.

그는 인천이 집인데도 서울에서 살다시피 하였다. 바람같이 나타났다가 바람같이 사라지는 사나이.

문학소녀 김연실과 어울려 다니는가 하면 어느 땐 낯선 아가씨와 어깨를 나란히 거리를 쏘다니고, 그러다가 십여 일씩 모습을 감춰버려 도깨비라 불리기도 하였다.

술을 그다지 즐기지는 않았으나, 친구들이 좋아 주머니를 털어 술집의 분위기를 즐겼다. 술잔을 기울이다가 기분이 나면 아무 거리낌 없이 지껄였다.

"난 보들레르니 프루스트니 하는 외국의 시인을 모르지만 조선의 문학도 전혀 몰라요. 언젠가 한용운의 시를 읽고 얼마나 울었는지…… 그리고 우리말이 이렇게 아름다운 줄은 미처 몰랐는걸요"

"프랑스 말에 못지않지. 우리나라에도 좋은 시가 많이 쏟아져 나올 거야."

봉구는 티 없는 그의 성품을 알고 하는 말이었다.

사실, 그에게서 그렇게 싱싱하고 힘 있는 시가 나온다는 것은 놀라운 일이었다. 그는 서구 문학뿐 아니라 가까운 일본이나 우리나라 문학을 전혀 모르는 풋내기이기 때문이다.

그런데도 그는 때 묻지 않은 벌거숭이 그대로의 시를 곧잘 써내는 것이었다.

인철은 현덕玄德의 집에서 며칠씩 뒹굴다가 봉구를 데리고 가서 브랜디를 마시며 니그로의 시를 욀 적엔 눈물이 글썽이곤 하였다.

세계 권투선수권 쟁탈전
'조 루이스' 대 '빌리 콘'
유월 이십이일 양키 스타디움에서
흑인의 '존슨'이 일러 주었다.
그리하여 바쁜 듯이 뛰어다니며
'빌리 콘'이 '루이스'에 도전을 하였다.
오는 초여름 유월 스무 이튿날
뉴욕 양키 스타디움에서
이렇게
흥분된 어조로 펑펑 눈 내리는 거리
만나는 친구마다 일러 주었다.
내 흑인부대와 함께

눈바람이 씽씽 부는 밤 조그마한 온돌에 값싼 소주로
따스한 마음 나누게 되면 코리언 위스키, 부라보, 코리언 위스키,
떠들며 노래하던 소박한 그네들
함부로 춤추며 때로 취한 나머지 색'色'있는 슬픔에 울음 먹는 동무

‘브라운’이여 ―

‘테일러’ ‘존슨’ ‘캠프’ ‘모리스’여 ―

이제는 고향이라 돌아간 늬들의 나라

다시금 새로운 박해나 닥쳐오지 않는가 ―

내 여기 사는 벗들과

흑인부대 보낸 뒤 소리없는 응원 마음껏 보낸다.

‘조 루이스’여 ―

그대의 편이라 그런 줄 아느냐.

날씬한 폼 레프트 펀치에

새로운 전법 백 스트레이트에 통쾌하여 그런 줄 아느냐

링 사이드에 펼쳐지는 백선‘白線’

또한 그 후에 이루어지는 흑선‘黑線’

인철은 ‘조 루이스’를 노래하는 시에서 검둥이들의 슬픔을 힘 있게 그려내고 있다.

조 루이스는 미국의 흑인 복서로 세계 헤비급 챔피언을 무려 25회나 방어한 복싱 영웅이다. 그는 아라바마의 농촌 출신으로서 1937년 6월 제임스 브래독을 물리치고 헤비급 챔피언이 된 이래 사상 불멸의 금자탑을 세우고 1949년 3월 무패의 왕자로서 은퇴하였다.

그가 처음 타이틀을 손에 쥔 것은 스물세 살 때이다. 그러나 엄격한 수업의 나날은 오히려 그 뒤에 온 것이다. 일단 돈과 명성을 얻게 되면 유혹이 따라붙게 마련이다. 나이트클럽, 유한계급의 아첨꾼들, 그리고 문란한 생활에의 끊임없는 손길…… 만일 단 한 번이라도 이 늪 속에 두 발을 내딛게 되는 날이면 영구히 타이틀은 내팽개치지 않으면 안 된다. 수많은 타이틀 보유자들은 끝내 그것을 물리칠 수 없었던 것이다.

그러나 그는 그러한 유혹들을 뿌리칠 수가 있었다. 매일 아침 다섯 시에 일어나 어두운 길을 달렸다. 술과 담배는 일체 손에 대지 않고 오로지 트레이닝에 몸을 던졌다.

매일 밤 아홉 시까지엔 꼭 자리에 들었다. 이것이 선수 시대의 그의 나날의 철칙이었다. 그에게 어떤 승리의 비결이 있었다면 그것은 이러한 나날의 규칙바른 생활을 빼놓고 달리 없을 것이다.

어느 땐 배인철이 브라운이라는 흑인 친구를 데리고 나타나,

"그 동안 연애 좀 하느라고……."

"그래서 바람같이 왔다가 바람같이 사라졌구면!"

모처럼 에덴 다방에 들른 김광균과 차를 마시고 있던 봉구가 이렇게 핀잔을 주었다.

"하두 세상이 시끄러워서 잠시 피했을 뿐예요."

"그건 그렇고 차 한 잔 드시지."

이번에는 광균이 차를 권했다.

"우린 이쪽에서 하겠소."

인철은 브라운과 창가에 마주앉자 블랙커피를 시켰다. 권투선수인 그는 조 루이스를 좋아하고, 흑인 친구 브라운과 친해지는 동안 어느덧 흑인영가黑人靈歌를 노래하는 시인으로 알려지게 되었다.

그 즘 인철은 미국의 흑인 시인 휴즈에게 매료되고 있었다. 휴즈는 흑인의 자각을 일깨우는 시를 많이 써냈다. 피압박 인종이 사상적인 자각에 이르는 것은 자신의 혈통에 대해 자각하는 데서부터인 것이다.

휴즈의 「나의 동포」를 외면서 인철은 이슬 먹은 별처럼 눈을 적시기도 하였다.

별은 아름답네
그래서 내 동포들의 얼굴도 아름답네.

별은 아름답네
그래서 내 동포의 눈도 아름답네.

또한 아름다운 것은 태양
또한 아름다운 것은 내 동포의 영혼.

이처럼 시인의 혈관에는 어둡게 압박받아온 그림자가 스며 있으며, 그 삶의 역사에는 검은 정염情炎이 도사리고 있음을 느끼는 것이다.

흑인영가에는 그런 검은 영혼의 울림이 있었다.

창밖에 어둠이 내리고 실눈이 내리자 브라운은 노스탤지어를 달랠 길 없었던지 그의 고향 이야기를 꺼내기 시작했다.

"지금 친구들은 밤새워 술을 마시며 시카고 거리를 헤매겠지."

그 육중한 몸집과는 달리 흰 이를 드러내며 이야기하는 동안 그
는 더없이 슬픈 표정을 짓고 있었다.

그러면서 잠시 이야기를 멈추고 나직이 흑인영가를 흥얼인다.

검둥이는 무엇하러 세상에 나왔나
목화 딸 사람이 없어서 검둥이는 태어났지.
목화꽃이 필 무렵엔
어머니는 울고 아들은 술을 마시고 ……

흑인영가를 부르고 나서 그는 다시,

"사철 목화 따기에 고생하시는 어머니가 보고 싶어."

널찍한 혓바닥을 휘돌리며 어머니의 회상에 젖은 다음 듣기에도
처량한 아내 이야기를 들려주는 것이었다.

그의 아내는 애꾸눈이라 한다. 백인과 다투던 검둥이를 쫓는 경
찰의 유탄이 아내의 눈에 맞아 그 꼴이 되었단다.

그런 불구의 몸으로 짜 보낸 조끼를 입고 그래도 행복한 듯이,

"아내는 이국 항구의 바닷바람이 얼마나 춥겠느냐며 틈틈이 이걸
짜 보냈다우. 참 고마운 아내야." 하고 철없는 아이처럼 즐거워하는
꼴이 인철은 보기에도 눈물겨웠다.

그렇게 순박하고 다정했던 브라운이 어느 날 갑자기 전속이 되어
갔다.

인철은 브라운과 헤어지고 나서 이런 서글픈 시를 써냈다.

브라운, 테일러, 존슨, 캠프, 모리스
오늘같이 조용히 비 내리는 밤이면
그대들의 이름이
한 절의 서글픈 서정시

한 방울 비 한 방울은
그대들의 이름을
먼 나라로 싣고 온 한 절의 노래
고요히 눈을 감으며 홀로
늬들의 노래 'Solong'을 나직이 부른다.

배인철은 인천의 통역관 시절 부두의 큰 음식점을 경영하면서
'예술가의 집'이라는 간판을 붙이고, 서울의 시인들과 화가들을 데
려다 호화 파티를 열어 주었다.

그가 초청한 손님 가운데에는 김광균, 서정주, 이봉구 등 서울의
시인들과 인천 토박이로는 김차영이 가까운 친구로 술자리에 끼어
있었다.

인철은 일본에 건너가 권투를 배우기 전에는 차영과 같이 월미도
에서 수영을 즐겼다. 그는 조선 수영선수 기록 보유자이기도 했으
며, 그의 맏형 인복은 보성전문 시절 럭비선수로도 활약했던 이른
바 운동 가족이었다.

일제의 어둠이 짙어지자 배인복은 짐짓 상하이로 빠져 나가고,

인철은 밀선을 타고 상하이와 인천을 수시로 오갔다.

1942년 박문서관에서 잡지 『조광朝光』이 발행되고, 김차영은 「풍경」 등을 투고하여 신인으로 발돋움할 때였다.

어느 날 밤, 인철은 차영의 집에 바람같이 나타났다.

"상하이에서 목선을 타고 예산을 거쳐 지금 막 당도하는 길이야."

"어서 들어오게나."

왜경의 눈이 무서운 때라 차영은 그를 방으로 안내하면서 속으로는 떨고 있었다.

"내가 상하이에서 온 걸 경찰이 냄새 맡으면 안 돼. 며칠간만 자네 집에서 묵다가 또 건너가야 돼."

"어디로?"

"상하이." 하면서 그는 자랑 섞인 말로 지껄였다.

"이 타이는 상하이에 있는 내 애인이 사 준 선물이야."

아닌 게 아니라 그가 맨 빨간 넥타이는 사랑의 정열을 상징하듯 눈부셨고, 그의 유창한 영어는 멋이 철철 넘칠 만큼 능숙했다.

이 상하이 신사 외에도 인천에는 김동석과 미술 평론가 이경성이 살고 있었다.

김동석은 성대 문과를 나온 수재급의 영문학도였다. 그는 셰익스피어 전공으로 재학시절부터 두각을 나타내다가 해방 후엔 『상아탑』이라는 개인잡지를 만들어 냈다.

그는 서울－인천 간을 16년간이나 기차 통학을 하고, 대학에서는 법과를 버리고 문과로 전향하여 영문학을 전공하는 한편 틈틈이 시도 쓰고 있었다.

학생시절에 그는 '퓰리탄' 혹은 '아스파라가스'라는 닉네임이 따라 다녔다.

그는 『상아탑』에 대해서 이렇게 말하였다.

"저속한 현실에서 초연한 것이 『상아탑』이다. 그러나 그것은 생트러브가 시인 알프레드 비니를 비평할 때 쓴 'Tour divoire'라는 말과는 의미가 다르다. 말은 현실의 반영이라 시대에 따라 그 의미하는바 내용이 변한다. 드 비니는 프랑스의 귀족이요 이 귀족이 들어 있던 '투우르디보아르'는 문자 그대로 현실을 무시한 관념의 세계였지만 일제의 탄압 밑에 이룩한 조선의 상아탑은 짓밟힌 현실 속에서 피어난 꽃이었다. ……이러한 현실 속에서 예술의 전당이요 과학의 아성인 상아탑을 건설하려 애쓰는 사람들－명리를 초월하여 자기의 시간을 바쳐서 조선의 자랑인 꽃을 가꾸며 자연과 사회의 비밀을 여는 '깨'를 거두는 예술가와 과학자들은 상아탑 밖에는 아무 데도 갈 곳이 없다."

그러나 그는 곧 상아탑의 시인을 비판해 나섰고, 뒤돌아보고 있는 좌익 시인들을 꼬집고 나섰다.

김동석은 해방이 되자 수필집 『해변의 시』와 시집 『길』을 내놓았다.

이 작품들은 일제의 검열 때문에 발표에 대한 기약 없이 써놓은 것들이다.

해방 후 그의 신변에는 하나의 해프닝이 일어났다. 그가 살던 안양에는 일본군 패잔병이 남아 있었고, 친일파들이 그들의 총칼로 무장하고는 조선의 건국을 방해하고 나섰다. 이런 와중에 왜경이 조선 청년 하나를 검거하여 서울로 보내고 생사를 알 수 없게 만든 사건이 생겨났다.

이 사실을 뒤늦게 안 동석은 단신 경찰서로 달려가 경무 주임에게 따져 들었다.

"조선 청년은 어째서 안 돌아오는 거요?"

"서울로 압송됐으니 잘 처리되어 돌아올 거요."

"아니, 일본 제국주의는 망했는데 그래 패전국 일본이 아직도 조선 사람을 차치고 포치고 한다는 말요!"

"이 사람이 왜 이리 떠들어대."

"난 조선 사람이야. 그래, 항복한 일본이 아직도 조선에 미련이 남아 고따위 야만적 수작을 벌이는 건가?"

흥분한 그가 고래고래 소리를 지르고 있을 때 친일파와 방위대원 수십 명이 우르르 몰려들어 목검과 곡괭이 자루를 휘둘러대며 항변하는 그를 다짜고짜 후려 갈겼다.

동석은 그만 머리를 얻어맞아 시멘트 바닥에 나뒹굴고 온몸에서는 선혈이 흘러내렸다.

이 광경을 보고 그들은 하나 둘 흩어져 갔다.

이렇게 동석은 일제의 마지막 발악에 혼쭐이 난 것이다. 그는 일본 제국주의의 잔재와 싸우다 큰 위기를 당하기도 하고, 이에 질세라 평필評筆을 들어 열띤 『상아탑』의 논조를 펴나가고 있었다.

그 즘 김광균은 「시단의 두 산맥」이라는 글을 신문에 발표했는데 결론은 중도적인 입장을 밝힌 것이었다.

"민족에 대한 개념마저 다른 시단의 두 산맥이 앞으로 어떻게 형성될지 꼭이 모르고 조급한 결론을 지을 것도 없으나, 나 개인으로는 김기림 씨가 말한 '공동체의 발견'과 김광섭 씨의 '시의 당면한 임무'라는 두 가지 발언이 강렬히 인상에 남아 있다."

이 글을 읽은 김동석은 「시단의 제3당」이라는 제하의 글로 따갑게 꼬집고 나섰다.

"조선의 시단을 두 산맥으로 나눈 것은 분류의 원리와 대상이 객관적으로 존재한다 하더라도, 씨의 의도는 시단에는 두 산맥이 있다는 것을 말하는 데 그치지 않고 제3산맥이 있다는 것을 증명하려는 데 있다. 정계에 있어서의 소위 좌우합작과 같은 노선을 시단에서 걸어가고 있는 씨의 정체를 발견하고 놀랄 것은 없다. 씨로 하여금 씨의 길을 걷게 하라. 다만 문학가동맹의 김기림 씨와 문필가협회의 김광섭 씨를 맞붙여서 시단의 제3당을 결성할 수 있다고 생각하는 씨의 어리석은 기도를 반박하지 않을 수 없다는 것이다."

이렇게 김동석은 소시민적인 세계를 고집하려는 김광균을 이론을 위한 이론으로선 그럴 듯하다고 전제하면서, 비판을 서슴지 않았다.

"다시 말하면 예술과 시대를 변증법적으로 파악하지 못하고 기로에서 방황하는 씨는 '관념적인 중용'에다 자기의 위치를 정하고서 자기야말로 예술과 시대의 대립을 지양한 시인이라고 착각하고 있는 것이다."

이처럼 김동석이 가리킨 대로 김기림은 벌써 두 산맥 가운데 하나를 선택해 나선 시인이었다.

그는 지난날의 모더니즘을 청산하는 『새노래』의 서문에서 예술의 모럴에 대해 자못 명쾌한 논조를 보여 주었다.

"우리는 일찍이 센티멘털 로맨티시즘의 홍수 속에 시를 건져냈다. 저 야수적인 시대에 감상에 살기가 싫었고 좀 더 투명하게 살고 싶었던 것이다. 속담대로 죽어가면서도 제 정신만은 잃지 않고자 하였다. 그러나 건져 내놓고 보니 그것은 청결하기는 하나 피가 흐르지 않는 한낱 '미라'였다. 시의 소생을 위하여는 역시 사람의 흘린 피와 더운 입김이 적당히 다시 섞여야 했다……. 떨어져 나간 한 고독한 영혼의 독백이 아니라 새 역사를 창조해가는 민족의 베일라 베일 수 없는 한 토막으로서의 한 사람의 무엇보다도 노래라야 했다."

기림은 본디 성진 출신으로, 일본 대학 예술과를 나온 후 편석촌이라는 펜네임으로 시론을 써 오다가 『조선일보』 학예부에 입사했었다.

모더니즘의 시로 우는살을 놓았던 그는 한때 젊은 세대의 인기를 독차지하기도 하였다.

그는 구인회九人會 멤버로 활동할 즈음 가회동에 하숙을 들고 있었는데, 얼마나 열성이었던지 한 주일 동안 할 일의 시간표를 미리 짜서 테이블 머리맡에 붙여놓고 그대로 실천해 나갔다.

신문사에서 뽑는 일본 유학생에 선발되어 그는 큐슈제대 영문과에서 영시를 수업하고 돌아왔다.

구인회 시절 이상李箱과의 교우는 자별하였다.

이상의 본명은 김해경金海卿으로 고등공업을 나와 건축기사로 일할 때 어느 인부가,

"이상." 하고 잘못 호칭한 것이 기연이 되어 그만 이름이 이상李箱으로 탈바꿈하게 되었다.

이상은 괴팍한 시를 쓰면서 건축 기사직을 내팽개쳐 버리고 다방 '제비'를 경영하고 나섰다.

이 다방이 시원치 않자 곧 폐업하고 인사동에다 '쓰루[鶴]'라는 바를 개업하더니 오래지 않아 그것도 들어먹고, 다시 종로 1가에 다방 '69'를 내려던 중에 경찰의 허가를 못 얻어 개업을 할 수 없게 되었다.

그는 검은 원 속에다 하얗게 아라비아 숫자로 69라고 써넣은 간판을 붙였는데, 경찰에서는 처음 영문 모르고 허가해 주었다가 나중

에 그것이 섹스를 상징한 외설임을 알고서 허가를 취소했던 것이다.

이렇게 빈털터리가 된 이상은 서양화가 구본웅具本雄이 경영하는 인쇄소 〈창문사彰文社〉의 교정원으로 들어갔다.

여기서 구본웅의 힘을 얻어 구인회 동인지 『시와 소설』을 창간하게 된다.

1936년 봄, 창간호를 내놓고 그는 창문사를 나와 훌쩍 도쿄로 가 버렸다. 1933년에 발족된 구인회는 후반 들어 이상이 이끌어오다가 이렇게 그가 훌쩍 떠나고 보니 창간호가 종간호가 되고 말았다.

구인회는 4년간이라는 단명과 창간호 하나를 내놓은 자취 이외에는 문단가에 뚜렷이 남긴 것이 없었다.

30년대 '카프' 전성시대에 구인회 멤버들은 정치성을 멀리하고 문학의 순수성을 지키면서 사교와 친목을 겸한 모임으로서 명맥을 이어왔던 것이다.

이들의 목적이 순연한 연구의 입장에서 서로의 작품을 비판하여 다독다작을 위한 문인의 사교 그룹이었던 만큼 카프에 대해서 이론적 대항이나 투쟁을 벌이려고도 하지 않았었다.

이들의 초기 멤버는 이태준, 박태원, 이효석, 정지용, 김기림과 후에 이상이 참가하여 이른바 예술파 또는 기교파로도 불리었다.

그런데 카프의 이론가 김팔봉은,

"구인회에 모인 이들 예술파 작가 시인들은 퇴폐한 부르주아 문단 졸도들의 집단이다."라고 일침을 놓기도 하였다.

일제 때 밀선을 타고 상하이와 인천을 오락가락하던 배인철은 해방직전 김소운 번역의 『조선시집』을 읽은 것이 우리 시와의 첫 만남이었다.

월미도를 향하던 어느 핏빛 쏟는 낙조에 그는 한용운의 시편들을 배위에서 읽고는 엉엉 울음을 터뜨렸다.

"우리 조선에도 이렇게 좋은 시와 시인이 있다니…… 나도 이제부터 멋진 시를 써야지."

이 같은 감동에서 그는 우리말의 훌륭함과 미의식에 흠뻑 젖어들었다.

사실 일제 아래 우리 시는 역사의 불행과 싸우면서 간신히나마 지켜온 겨레의 아픈 정신사였으며, 생활 감정의 뿌리였던 것이다.

그는 『조선시집』을 읽으면서부터 영문학을 수업한 것을 후회하였다. 왜냐하면 어떤 이미지를 시어詩語로서 붙잡으려 하면 그의 뇌리에는 먼저 영어가 떠올라 우리말로 시작詩作을 하는 것이 쉽지 않았고, 우리말에 대한 어떤 한계를 의식했기 때문이다.

그러던 인철은 차영과 사귀고, 해방이 되어 많은 시인들과 어울리면서 니그로의 시를 쓰게 되고 인천 부두에 큰 요릿집을 인수하여 '예술가의 집'을 차려 서울의 예술가들을 불러 흥청망청 마시고 떠들었던 것이다.

흑인 브라운과 헤어진 후 그는 무척이나 고독했다. 그래서 명동 거리를 바쁘게 쏘다니고, 나일구 다방에 들러 친구들을 찾곤 하였다.

“바람 같은 친구 또 나타났구먼.”

친구 몇이서 차를 마시다가 인환이 번쩍 손을 들어 아는 체를 하자,

“형들, 여기 오니까 만나보겠구려. 모처럼 만인데 밖에 나가 술이나 한 잔 하자구.” 하고 병철과 수영을 번갈아 보면서 말했다.

“자, 우리들의 바카스를 따라 가세.”

주신酒神에 홀린 듯 인철의 뒤를 따라 젊은 시인들은 나일구 다방을 나와 그 옆 골목의 스탠드바에 들어 브랜디를 기울이는 중이었다.

스탠드 쪽에는 흑백 병사 수 명이 어우러져 주거니 작거니 조니워커를 마시다가 어인 일로 시비가 이는 듯싶더니 삽시간에 난투극이 벌어져 바(Bar) 안은 온통 수라장이 되고 말았다.

이 난투극으로 흑인 하나가 백인 병사의 주먹세례를 받고 땅에 쓰러지자 어느 새 인환이 달려가 백인 병사의 턱에다 스트레이트 한 방을 갈겼다. 펑 하는 둔탁한 소리와 함께 백인 병사는 시멘트 바닥에 나뒹굴더니,

“가댐……” 하면서 허리에서 권총을 꺼내 인환에게 총구를 겨누었다.

인환은 잽싸게 몸을 피해 밖으로 뺑소니쳤다. 야차하면 싸움판에 뛰어들 기세로 있던 권투선수 인철은 위기의 순간이 지나자 입가에 미소를 띠면서,

“우리 마리서사에 들러 박형 위로해 주고 헤어집시다.”

셋이서 바를 나와 이번에는 화신 쪽으로 천천히 걸어 나갔다.

“박형이 언제 권투를 배웠죠?”

“정식으로 배운 권투가 아니예요.”

수영이 핀잔조로 말했다.

“그것도 아니던데…… 스트레이트를 턱에 꽂는 걸 보니 어깨 너머라도 배운 것 같애.”

“하하하……”

병철은 납대대한 얼굴로 웃음을 헤뜨렸다.

“그건 그렇고 백인한테 흑인 병사가 쓰러지는 걸 보니, 거기서도 인종 차별을 보는 듯싶어 못 견디겠던데…….”

“그래도 배형께서 참은 게 천만다행이야. 만일 배형까지 가세했다면 살인극이 벌어졌을지도 모르는 걸.”

수영은 더 치든 왕방울 눈을 껌벅이면서 뇌었다.

그들이 마리서사에 이르렀을 때, 인환은 아직 나타나지 않았다. 얼마동안 그의 모습이 보이지 않자 인철은 팔뚝시계를 몇 번 올려다보더니,

“그럼 이만 실례하겠소.”

그는 어디론가 훌쩍 사라져 갔다.

사실 인환이가 자리에 없고 보니, 그로선 분위기가 여간 어색했던 모양이다.

그가 사귀어 온 Y여대 영문과의 김연실이 수영과도 아는 사이인데다 병철과도 만나는 삼각 사각의 묘한 관계들이었기 때문이다.

이병철은 그 즘 P양과도 은밀히 사귀고 있었다. P양은 김용호가 발행하는 『예술신문』에 시를 발표한 적이 있는 규수시인으로서 병철과는 이념적으로 통하는 사이였다.

이병철은 D여고 교사직에 있으면서 좌익단체인 민전民戰 산하의 문연文聯에 관련, 지하활동을 하던 중이었다.

이 문연 서기장은 배호裵澔가 맡고 있었으며, 그 밑에 이용악이, 또 이용악의 지시에 따라 병철은 세포로서 활약하고 있었다. P양은 병철과는 지하 활동을 하던 중 가까워진 사이였다.

이병철이 시인으로서 두각을 나타낸 것은 『전위시인집』에 「새벽」을 발표하면서였다.

네
닭아

가만 가만
숨쉬면서
오래 밤을 숨쉬면서
어스름
벼달 딸이
눈에 삼삼 그리면서
얼마나 이 아침을 기다렸느냐
샅샅이
어둠을 털고 내려와

벼슬
그윽히 목을 뽑아 울어라
하늘까지 울어라

얼마나 이 아침을 기다렸느냐

그는 해방의 아침을, 그 용솟음치는 생각의 혼돈과 감격에도 불구하고 차분히 육화肉化시켰다. 그래서 시가 자칫 개념의 사막에 떨어져 메마르는 것을 삼가고 적당한 리리시즘의 습도를 그 호흡 속에 불어넣는 데 성공하고 있다.

새 세대의 기수로서 그는 유진오, 김상훈, 상민, 박산운, 김철수들과 같이 새로운 시의 앞날을 위하여 전위에 섰던 것이다.

그러나 이러한 시인의 재질과는 달리 그는 조직인으로서는 치밀하지 못하고 도리어 그 같은 시인 기질 때문에 비판의 대상이 되었다.

게다가 그의 여성 관계는 꽤 얽혀져 조직 내부로부터 차가운 눈길이 없지 않았다.

그는 P양과는 조직 내의 연락 때문에 비밀 장소에서 자주 얼굴을 마주했지만, 정작 좋아하는 여인은 김연실이었다. 얼굴이 도리납짝한 그녀는 큰 눈매에 총기가 어리고, 알맞은 키에 고운 살결이 매력을 풍겼으나 남자와 헤프게 사귀는 것이 옥의 티라 할까.

Y여대 영문과 학생인 그녀는 능란한 영어와 산뜻한 차림의 멋쟁이 배인철을 따랐다. 이병철은 후리후리한 키에 허우대가 그럴듯했

지만 어딘지 허풍스럽고 자연스러운 멋이 그에게 못 미친다고 그녀는 생각하는 것이었다.

화사한 성격의 그녀는 인철에게 더 이끌리고 있었다. 하지만 인철은 그녀의 그 같은 성격이 미덥지 못한지라 내심 그녀와의 이별을 결심하고 있었던 것이다.

배인철은 인천 부두의 '예술가의 집'이 두 달도 못가 거덜이 나자 서울을 오가면서 에덴 다방에 들러 명동 백작 이봉구와 차를 나누었다.

껌팔이 아이들이 찾아들어,

"아저씨, 럭키·모리스·팔몰 다 있으니 뭐든지 피세요?"

"카멜도……."

"있고말고요."

"그럼, 한 갑 다고."

인철은 아이에게 돈을 건네주고, 카멜 한 개비를 봉구한테 권한 다음 길게 담배 연기를 내뿜는다.

그러다가도 브라운 생각이 나면 훌쩍 자리를 떠서 그는 다방문을 쏜살같이 빠져 나갔다.

그는 심심하면 『라이프』지나 『타임』지에서 권투 기사를 골라 읽고는 자신이 링 위에 선 것처럼 흥분이 되어 어깨를 들썩거렸다.

이런 날엔 명동거리를 지나는 흑인 아무나 붙잡고,

"헬로…… 혹시 브라운이라는 친구를 모르겠소?" 하고는 가까운 찻집이나 바를 찾아들어 마치 브라운을 만난 듯 한참 떠들어대다가 서로 헤어질 때는 브라운의 소식을 꼭꼭 부탁하면서 손을 흔들어댔다.

라일락이 피는 초여름께.

인철은 그날따라 누이 정은희와 서울에 동행할 생각으로 그녀를 찾아갔다.

그런데 그녀는 부재중이어서 인철은 허둥지둥 싸리재 쪽으로 두 발을 내딛고 있었다.

인천과 서울의 교통이 불편한 때라 그는 싸리재에서 출발하는 트럭을 타러 간 것이다.

딴은 그가 누이동생 은희를 찾은 것은 김연실과 헤어질 속셈으로, 은희를 애인이라고 속여 그녀 앞에 나타나기 위해서였다.

그는 시간을 지체할 수 없자 은희와의 동행을 포기하고 싸리재로 터벅터벅 걸어갔다. 그는 걸으면서 김연실에 대해 곰곰이 생각해 본다.

'쳇! 현대 여성을 자칭하면서 이놈 저놈 아무하고나 붙어 다니는 화냥기 있는 여자, 그것이 싫단 말야. 내가 영어께나 한다고, 영어께나 씨부린 놈들이 득세하는 세상이라고 나를 따르는 것이지. 내 몰골이 처량하게라도 돼 보라지. 당장 나를 버리고 달아날 계집이야.'

이런 생각에 젖으면서 그는 은희와 동행이 이루어지지 않은 것이

못내 아쉬웠다. 그러면서도 은희와 동행이 되어 그녀 앞에 나타났을 장면을 상상해 본다.

"연실이, 알고 지내지. 내가 사귀고 있는 미스 정이야."

"네, 김연실이예요."

"정은희예요."

이렇게 소개해 놓으면 시샘 많은 그녀는 토라질 것이 뻔하고, 그런 분위기 속에서 그녀로 하여금 제 풀에 꺾이어 도망치도록 할 요량이었다.

그가 연실과의 이별을 결심하게 된 것은, 우연한 기회에 그녀의 행적을 알게 된 것 때문이었다.

어느 날, 에덴 다방에서 봉구와 차를 나누던 중에,

"요즘 왜 뜸했지?"

"집안에 좀 복잡한 일이 생겨서요."

"그래서 목소릴 들을 수 없었군. 한데 배군하고 늘 어울려 다니던 친구 있잖아, 미스 김이라고……."

"네, 연실이……."

"그 아가씨 말야, 요전에 수영이하고 이곳에 들렀던데."

"그래요?"

"응, 그것도 한두 번이 아니었어."

봉구도 마음에 켕겼던지 웃지 않고 인철에게 일러 주었다.

인철은 다 타 내리는 담배꽁초에 새 담배 개비를 불붙여 물고는 창밖을 물끄러미 내다보고 있었다.

"창녀!"

그의 입에서는 언뜻 이런 말이 새어 나왔다.

"이형, 동해루에 가서 배갈 한 잔 해요."

"대낮부터 술이라……."

"대낮이면 어때요."

그는 봉구를 끌다시피 다방을 나와 명동거리를 몇 번 오르내린 끝에 동해루에 들어가 배갈을 앞에 놓고 마주앉았다. 얼마간 술기운이 돌자 인철은 그적에야 자신의 심정을 털어놓았다.

"아무래도 연실이와는 그만 만나야겠어요."

"그건 사적인 문제라 내가 관여할 일이 아니지만 글쎄……."

"난 개의 팔방미인 같은 성격이 딱 싫어졌어요."

"사교적인 성격 탓이겠지."

"사교적이라뇨? 창녀예요!"

"그건 좀 심해."

"아녜요. 심하지가 않아요."

배갈 몇 잔을 연거푸 비우더니 인철은 취기가 완연했다.

"내가 옹졸한 놈은 아니지만 개의 창녀성만은 딱 질색예요."

"인철은 처녀성을 원하는구먼."

"그래요. 순결이 나한텐 필요해요. 설사 육체는 순결을 잃었다 해도 마음만은 순수하기를 바라요."

이렇게 떠들어대던 그는 또 흑인 친구 때문인지 눈물을 글썽이면서,

"브라운이 들려준 노래가 왜 가슴을 파고드는지……." 하고는 흑인영가를 흥얼거렸다.

검둥이는 뭣 하러 세상에 나왔나
목화 딸 사람이 없어서
검둥이는 태어났지
목화꽃이 필 무렵엔
어머니는 울고 아들은 술을 마시고 ……

"왜 그리 슬픈 노래만 부르나. 우리 나가서 바람이나 쏘이고 기분 전환하지."

두 사람은 동해루를 나와 명동 입구의 '문예서점' 쪽으로 발길을 옮겼다.

"서점 들러 신간 구경이나 하자고"

단골손님인 봉구와 그가 서점에 들어서자 서점 주인은 반색을 한다.

"한동안 뜸하시더니…… 신간 구경 하세요."

"작품 하나 탈고하느라고……."

"큰일 하셨군요."

"한데 보부아르의 『처녀시절』은 들어왔어요?"

"요전에 부탁한 책 말씀이군요."

"그래요."

"십여 일 지나 들어올 것 같습니다만."

서점 주인이 말하고 카운터 쪽으로 향하자 봉구는 빼곡히 꽂힌 책 더미 속에서 한 권의 시집을 빼어 셈을 치르고는 자신의 사인을 넣어 인철에게 선사한다.

"이 시집은 인철이 좋아하는 흑인시인 램스턴 휴즈의 『슬픈 블루스』야."

"이형, 고마워요."

그에게서 시집을 선사받은 인철은 어느 새 명랑을 되찾아 빙글거렸다.

그들은 이 책 한 권을 사들고 문예서점을 나왔다. 이곳은 봉구 외에도 김동인, 정비석, 오상순 들이 노상 다니는 서점으로 2층에는 출판문화협회 사무실이 있어 문인들의 발길이 끊이지 않았다.

배인철이 트럭에 올라 서울역에 내린 것은 정오 무렵이었다.

그는 트럭에서 내리자 명동을 향해 부산히 걸어가고 있었다. 무엇에 홀린 듯한 바쁜 걸음걸이였다.

이렇게 그는 에덴 다방에 들러 여느 때처럼 이봉구와 차를 마시면서도 창밖을 흘끗흘끗 넘겨다본다. 그것이 좀 이상했던지,

"무슨 일이 있기에 그러지?"

"아뇨"

인철은 창밖으로 눈길을 돌리며 겸연쩍게 웃는다.

"브라운 생각…… 아니면 미스 김 때문이겠구먼."

"아니라니까요."

"여자 문제로 깊이 빠져들면 안 돼. 뒤끝이 안 좋은 법야."

"그런 문제 아니니까 염려 놓으세요."

이런 대화를 나누면서 둘이는 한동안 말없이 담배만 피워대고 있었다.

벽시계가 두 점을 칠 때였다. 그때까지 입을 다물고 있던 인철은,

"잠깐 다녀올게요" 하고 손짓을 해보이고는 훌연 다방문을 나섰다.

그는 에덴 다방을 나와 전에 약속이 되어 있는 코롬방 다방으로 향하고 있었다.

"오늘은 코리언 타임이 아니군요."

미리 와서 주스를 들고 있던 김연실은 갸웃이 고갯짓을 하며 아는 체를 한다.

"이런 초여름에 다방 구석에 앉았기도 뭐하고, 어디 라일락 향기라도 맡았으면 하는데……."

"저도 그 생각을 하던 참예요. 차 드시고 남산 아베크 코스나 걸어요."

"남산 코스?"

"그래요, 남산 숲은 연초록으로 물들어가고 라일락 향기도 우리의 가슴을 흠뻑 적셔줄 거예요."

두 사람은 코롬방 다방을 나와 남산을 향해 천천히 걸어갔다.

　그들이 남산의 층층대에 이르기까지는 별다른 대화 없이 걸어가다가 계단아래 잠시 휴식을 취하기 위해 멈추어 섰다. 그때 인철은 무심코 하늘을 올려다보았다.

　하늘은 군데군데 구름이 떠 있었으나 화창한 날씨였다. 남산 숲에서는 피를 토하는 소쩍새 울음소리가 가슴에 젖어든다. 다시 돌계단을 오르면서 인철은 침묵을 깨고 입을 열었다.

　"내 얘기 듣고 연실은 쇼크를 받을지 모르지만 오늘은 모든 걸 털어놔야겠어."

　"무슨 얘긴데요?"

　그러나 그녀는 그다지 놀라는 기색이 아니었다.

　"우리 그 동안 친하게 지냈고, 또 우여곡절도 있었지만 더 끌고 가는 데에 난 자신을 잃었어."

　"자신을요?"

　"그래, 지쳤어……."

　말끝을 흐리면서 인철은 담배 한 개비를 피워 물고는 눈 아래 펼쳐져있는 초록동산을 내려다본다. 미풍에 살랑이는 여린 잎들이 잔잔한 파도처럼 가슴에 밀려오고, 이 자연의 숨결 속에서도 그녀와의 감정은 여느 때와 같을 수는 없었다.

　"나 역시도 인철 씨와 원만한 관계가 지속될 수 없다고 느껴왔어요."

　전에 없이 토라진 그녀의 말투였다. 순간적으로 비켜간 그녀의 감정- 여자의 직감이란 이렇게도 무서운 것인가. 아니면 짐짓 속셈이 있어서 내쏟는 화살인가.

"우리 사이에 올 것이 오고 만 거야. 난 연실이 입에서 그 말이 나오기를 기다렸어."

"좋아요, 나도 마음의 준비를 해 왔어요."

"이 못된 여자!"

번쩍하는 사이 그의 손바닥은 연실의 뺨을 후려치고 있었다.

"날 허수아비인 줄 알고 이 남자 저 남자와 놀아나고 있어!"

"그렇게 치고 싶으면 더 쳐요!"

"이젠 싫어. 네 뺨에 살을 대기도 싫단 말야."

그때였다.

탕! 탕! 난데없는 총성이 남산골을 울려 퍼졌다. '악!' 하는 비명 소리와 함께 인철은 풀밭에 쓰러지고, 그의 상의에는 선혈이 붉게 물들고 있었다. 실로 아차 하는 사이에 일어난 일이었다.

그가 총탄에 맞아 쓰러지고 수분이 지나자, 시신 둘레에는 남산의 아베크족들이 우르르 몰려들었다.

"저 멋진 신사가 무슨 일로 총탄을 맞았지?"

"젊은 청춘이 불쌍하기도 해라!"

"애인이라는 여자는 왜 울지도 않고 우뚝 서 있었을까?"

이 한낮의 총격사건에 뒤미처 달려온 경찰이 김연실을 연행해 가자 현장의 군중들 속에서는 이런 이야기들이 쑤군쑤군 새어 나오고 있었다.

바람 좀 쏘이러 밖에 다녀오겠다고 에덴 다방을 나간 지 두 시간 만에 벌어진 일이었다.

치정극이라니, 어처구니없는 일이었다.

“총을 쏜 놈이 누구 길래 현장에서 못 잡았단 말인가?”

“총성이 숲 속에서 났다는데 도대체 등 뒤에서 쏘았는지 앞쪽에서 쏘았는지 답답한 일 아닌가!”

“현장에 달려온 경찰이 그 여자에게 물었지만 도통 모른다고 잡아뗐다지 뭐야.”

“짐작이라도 갈 텐데 왜 잡아떼…….”

“글쎄, 그것이 수수께끼라는 거야.”

“그렇지만 경찰 수사에서 범인을 색출해 내야지 그대로 묻어둔대서야 말이 아니지.”

“에잇, 불쌍한 놈! 그렇게 브라운이 보고 싶다고 흑인영가를 불러대더니, 이 무슨 변괴람!”

남산의 총격 소식을 듣고 수많은 시인·소설가 친구들이 에덴 다방에 달려와 발을 구르며 이렇게 탄식하는 것이었다. 그리고 동해루를 비롯한 명동 거리에는 그의 뜻하지 않은 변괴 소식이 소문을 타고 전해지고 있었다.

배인철의 주검이 수도극장 근처에 있는 누이 집에 옮겨지자, 그의 시체를 부둥켜안고 누이는 통곡을 하고, 이내 달려온 친구들 틈에 봉구도 복받치는 울음을 참을 길 없었다.

"금방까지 성성하던 놈이 이 무슨 꼴인가. 그 검둥이들의 고향 이야기, 그 서러운 이야기를 잊을 수 없어 시를 쓴다던 놈이 그래 흑인문학을 번역해 내겠다고 떠벌여 놓고 왜 한 마디 말도 없느냐!"

급기야 그의 시체는 인천으로 옮겨지고 친구들의 호곡 속에 주안朱安 공동묘지로 떠나는 날이었다.

서울 신문에 다니던 봉구의 연락으로 김광균, 이시우李時雨, 이해관 등 대여섯 명의 친구들이 장삿날 인천으로 모여들었다.

인천의 관 옆에서 서울의 친구들이 마지막 밤을 새웠는데, 그중 술이 센 시우는 술상이 나오는 대로 거푸거푸 술을 마셔 새벽녘엔 대청마루에 곤드레가 되어 나가 떨어졌다.

아침 출관 시간이 되자 안방에 안치한 인철의 관을 내느라 집안은 온통 울음바다가 되었는데도 시우는 세상모르고 코를 골고, 친구들이 그의 팔다리를 들어 올려 아랫방에다 옮겨 놓았으나 숙취에 가무러진 그는 여전히 잠꼬대를 하고 있었다.

"이 빌어먹을 놈! 황천길이 그렇게 좋다더냐? 나도 데려가 줘 이 놈아!"

검은 비애

꽃송이에 싸인 배인철의 관을 그리운 친구들이 메고 주안 묘지를 향하자,

"잘 있거라 잘 있거라 나는 간다 나는 간다."

애처롭게 이끄는 수번의 요령소리에 상여꾼들이 발을 옮겨 놓는 마음은 검은 비애 그것이었다.

만장을 든 사람, 관을 메고 가는 상여꾼들 모두가 인철의 친구들이며 서울서 모여든 시인, 소설가들이었다.

주안의 공동묘지에 배인철을 묻고 와서 김광균은 그를 잃은 슬픔을 조시로 달래었다. 생전에 그는 광균을 무척이나 따랐고, 밤낮없이 그의 집을 찾았던 것이다.

배인철이 죽은 후, 그가 그렇게도 보고파하던 브라운이 명동거리

에 불쑥 나타났다. 부산서 올라온 지 수삼일이 된다면서 에덴 다방
의 이봉구를 찾아와 인철이 죽었다는 소식을 듣자,

"인철이가 죽었어요? 흑인영가를 부르고 흑인시를 쓰던 그 좋은
친구가 죽다니……." 하면서 팔뚝을 걷어붙이고 두터운 입술을 팔
뚝시계에다 마구 비비대는 것이었다.

배인철이 정표로 브라운에게 선물한 시계라서 마치 그와 볼을 비
비기라도 하듯이 브라운은 한참동안이나 그러기를 멈추지 않았다.

"배인철과 어울리던 바에 가 한잔 안 하겠소?"

"노"

그는 설레설레 고개를 흔들고는 다방문을 나서더니 황망히 진고
개 쪽으로 발길을 돌렸다.

배인철이 남산에서 의문의 총탄에 쓰러지고, 중부서에 연행되어
조사를 받던 김연실이 묵비권으로 나오니 사건은 안개 속에 묻히어
오리무중이었다.

이 사건을 맡은 수사관은 그녀에게서 어떤 단서를 찾아내려고 안
간힘을 썼지만 그녀는 입을 다물고 끝내 묵비권으로 버티었다.

"배인철을 안 지는 얼마나 됐는가?"

"2년 정도"

"누구의 소개로, 어떻게 알았는가?"

"P양의 소개로……."

그래서 수사관은 P양의 신분을 요리조리 캐어 보았지만, 그녀는 시단에 갓 나온 규수시인이라는 것 외에는 단서가 될 만한 것을 찾아내지 못했다.

애써 P양을 추궁한 결과 이병철과의 관계를 캐냈는데, 공교롭게도 그는 그 사건 직후 불심 검문에 걸려 시경에 구금 중이었다.

"그래, 누가 그를 쏘았다고 보는가?"

"모릅니다."

"그대는 짐작이 갈 것 아닌가."

"모릅니다."

수사관은 그녀에게서 더 이상 진전이 없자, 이번에는 피살자의 주변인물에 대한 용의자 탐색에 나섰다.

그 용의자로 떠오른 인물은 무려 스물여덟 명이나 되었으며, 급기야 이들에 대한 수사가 펼쳐질 조짐이었다.

그 즘 박인환은 원서동의 친척집에 어머니와 세 가족이 세 들고 있었는데, 바로 그 옆집이 주인 되는 친척집이다.

그런데 그 친척의 이름이 박인환朴麟煥으로 시인 박인환朴寅煥과 발음이 같아 우편배달부도 간혹 착오를 일으키는 수가 있었다.

밤 아홉 시가 좀 지나서였다.

박인환朴麟煥의 문패가 붙은 원서동 집에 난데없는 형사대 4~5명이 몰려와 권총을 들이대며 으름장을 놓는다.

"여기가 박인환의 집인가?"

“그렇소만……”

“박인환을 내놓으쇼.”

“내가 박인환이요.”

“당신처럼 영감탱이가 아냐.”

이렇게 화살이 빗나가고 있을 때 지붕에 올라가 동정을 살피던 형사 하나가 담장으로 뛰어내리면서 소리쳤다.

“이런 망측한 일을 보았나. 그럼 시 쓰는 박인환과는 어찌 돼요?”

“친척이지요.”

주인 박씨는 인환의 신변에 무슨 불길한 일이라도 있을까 하여 얼버무린다.

박인환의 급습은 이렇게 싱거운 촌극으로 막을 내리자 형사들은 투덜대며 그대로 돌아갔다.

인환은 그 후 중부서에 출두했지만 알리바이 성립으로 곧 풀려나왔다.

그런데 이 수사가 진행되는 동안 중부서 앞에는 일주일째 이곳을 배회하는 한 젊은이가 있었다.

그는 수사진에 자진 출두하여 한다는 소리가,

“남산의 범인은 잡혔습니까?”

“당신 누구야?”

“김수영이라고…… 피살당한 배인철의 친구입니다.”

“그래 잘 왔어. 당신도 출두를 시킬 참이었는데 제 발로 걸어와 고맙구면.”

“아니, 누굴 범인 취급합니까?”

“범인인지 아닌지는 신문을 받아봐야 알게 아뇨.”

“이 양반 보소. 난 범인을 잡는 데 도움을 주려고 온 사람이래
두.”

“흥, 머리가 잘 도는 친구구먼.”

이렇게 시작된 그의 취조는 그날 밤을 꼬박 새웠다.

“당신 알리바이를 대지 못하는 한 피의자 신분이라는 걸 알지.”

“나는 알리바이를 댈 만큼 꼼꼼하지도 흥미도 없으니 경찰에서
내키는 대로 하시구려.”

수영은 선하품을 하면서 자신을 팽개치듯 말했다. 스스로도 범죄
의 수렁에 빠진 듯한 착각을 일으키면서 말이다.

중부서에 밤새 신문을 받던 김수영은 다음날 풀려나고, 그 후 용
의자들이 줄줄이 취조를 받았지만 범인을 색출하지 못한 채 사건은
안개 속에 묻혀 수수께끼로 남았다.

김연실도 무혐의로 처리되었다.

경찰은 이 사건이 치정관계인지 정치적 배경에 의한 테러인지조
차 가늠하지 못하고 사건은 흐지부지되어 갔다.

그해 초여름 배인철이 남산에서 의혹의 총탄에 쓰러지고, 한여름
에는 여운형이 혜화동 로터리에서 불의의 흉탄을 맞는 사건이 잇따
르자 장안은 아연 긴장된 분위기에 휩싸였다.

박헌영의 조선공산당이 찬탁으로 급선회하기 전, 문학가동맹의 임화는 『해방일보』를 방문한 적이 있었다. 초청을 한 사람은 편집 국장 조일명으로, 임화가 3층의 편집국으로 찾아 가자 조일명은 자리에서 일어나 그를 4층으로 안내하였다.

4층은 회의실과 응접실이 있고 따로 주필실이 있노라고 일러주었다. 주필은 이승엽이었다.

그는 또 다른 방에 안내되어 오버를 입은 채 펜을 들었다. 한 시간 가량 걸려 200자 원고지 15장을 썼다.

글의 요지는, 외국에 의한 신탁통치는 조선의 독립을 더디게 하고 다시금 외세에 의한 식민지화를 자초하는 것이기에 어떤 외국의 간섭도 반대한다는 논지를 문학인의 입장에서 써 내렸다. 조선 민족은 신탁통치를 받아야 할 약소민족은 아니다. 만일 그것을 강대국에서 강요한다면 우리는 피로써 저항해 나설 것이다.

임화는 신탁통치 반대를 극명하게 문학인의 입장에서 썼다. 임화가 원고지에 손을 보고 있을 때, 조일명이 노크를 하고 들어왔다. 그는 의자에 앉아 원고를 한 장 한 장 읽어 내리더니, 잠깐 기다리라며 그 원고를 들고 방을 나갔다.

날씨가 추웠다. 오버를 걸친 임화는 석탄을 지핀 난로에 손을 가까이 가져갔다.

그는 문득 창으로 눈을 돌렸다. 연푸른 지붕이 올려다 보였다. 잿빛 구름과 칙칙한 크림 빛이 어우러진 조선호텔 옥상에는 만국기가 바람에 춤을 추고 있었다.

한참 만에 조일명이 돌아왔다. 좀 전에 탈고한 원고는 내일 실릴 것이라며 임화에게 고맙다고 했다.

"그리고 주필께서 만나고 싶다는데……?"

임화는 고개를 끄덕였다.

주필 이승엽은 회전의자에 앉아 있다가 임화를 반가이 맞았다. 국장도 그의 곁에 앉았다.

이승엽은 몇몇 회합에서 임화와 마주치기는 했으나 인사를 나눈 적은 한 번도 없었다.

공산당을 이끌고 있는 박헌영이 해방 전까지 광주의 벽돌공장에서 직공으로 숨어 지낼 때, 이승엽은 인천에서 식량 배급소를 운영했었다. 당시 식량 배급소는 일제하의 식량 배급기관의 하나였다.

"우리가 처음 만나지만 임화 시인의 명성은 잘 듣고 있소. 원고도 잘 읽었소. 종종 민중을 깨우치는 시도 우리 신문에 부탁드리겠소."

"과찬이십니다."

그때 임화는 손을 입술에 대고 기침을 했다.

"건강이 안 좋으시다 하던데?"

이승엽은 근심어린 말로 물었다.

"해방 전부터 가슴을 앓아왔는데 요즘은 괜찮습니다. 문학인들이 제일선에 나서야 할 때라서 병도 힘을 쓰지 못한 것 같습니다."

두 사람은 소리 내어 웃었다.

　병원에 입원 중이던 박헌영에게 1946년 1월 2일 신탁통치 찬성의 지령이 소련 영사관으로부터 전해지자 급기야 반탁이 찬탁으로 둔갑하고 말았다.

　놀라운 정책의 급선회였다.

　이런 걷잡을 수 없는 상황 속에서 임화는 가회동 집과 문학가동맹 사무실을 오가면서 내심 전전긍긍했다.

　작가이기도 한 지하련은 그런 남편이 안쓰러워 고향으로 내려가 요양을 하라고 권하였다.

　"지금은 한가히 요양을 하고 있을 때가 못 돼."

　"그래도 몸을 돌봐야 해요."

　"정치상황이 급박하게 돌아가고 있으니 지금은 안 돼."

　임화의 고향은 마산이고 지하련은 거창 출생이다. 첫 부인 이귀례는 이북만의 누이동생인데 그녀와 헤어지고 지하련은 그의 두 번째 부인이다.

　1934년 4월과 5월 카프의 간부들에 대한 검거선풍이 일었을 때 임화는 신설동 탑골 승방에서 폐결핵을 치료하고 있었다. 전주에서 있은 카프의 제2차 검거 때였다. 이기영, 백철, 박영희, 한설야들이 옥살이를 하고 있을 때 임화는 탑골 승방에서 병을 치료 중이었고, 이귀례와는 이혼설이 나돌고 있었다.

1931년 여름의 카프 제1차 검거 때도 박영희, 임화, 김남천, 한재덕, 안막들이 검거되었지만 김남천만이 고경흠과 기소되고 임화 등은 3개월간 구류로 불기소되었다. 김감천은 평양 고무공장사건에 연루 기소되었고, 재건 공산당사건에 카프가 가담된 것은 불기소에 그친 탓이었다.

그러나 카프 2차 검거 때 서기장인 임화가 빠진 데 대해 야릇한 풍문이 떠돌았다. 이 사건은 당초 카프 소속의 신건설사가 <서부전선 이상 없다> 공연을 위해 전북 금산으로 갔는데, 그 선전문이 문제가 되어 1934년 6월부터 12월까지 전주경찰서에서 조사를 받게 되었다. 카프 맹원 23명이 검거되고 이듬해 10월 28일 재판에 회부되어 12월 2일에 전원 집행유예로 풀려 나왔다. 이중 김팔봉은 일찍 빠져나가고 22명이 거의 9년 반의 옥살이를 하는데 유독 카프 서기장이 빠졌다는 것은 수수께끼가 아닐 수 없었다.

그 후 임화는 신설동의 탑동 승방에서 요양을 하던 1935년 6월하순경, 세이가[齊賀] 경부의 방문을 받는다. 그는 악명 높은 고등계 형사로 경기도 경찰부 주임이었다. 임화는 그에게 자신이 서명한 카프의 해산선언서를 내놓고 일제에 협력할 것을 서약하였다.

일제가 패망하고 해방군인 미군과 소련군이 이 땅의 남과 북에 진주해 왔지만, 한반도의 운명은 평탄한 것은 아니었다. 아니, 조국의 현실은 한 치 앞을 내다보기 어렵도록 혼미했다.

게다가 미군정청의 포고는 현재 실시중인 제반 법령과 고시 등은 군정청의 명령에 따라 폐지하지 않는 한 여전히 효력을 갖는다는 것이었다.

그것은 일제의 경찰 제도를 그대로 존속한다는 것이다. 임화는 자신의 부끄러운 과거가 새로운 지배자에게 쥐어져 있다는 생각에 눈앞이 캄캄했다.

임화의 어두운 과거를 알고 있는 사람은 흔치 않다. 그는 여전히 인민의 시인으로 평가받고 있으며, 영광스러운 투사로 알려지기를 바랐다. 그 식민지 고난과 학정의 시대에 전투적인 프롤레타리아의 기수였기에 말이다.

임화는 옥중에서 전향을 한 것만이 아니다. 그는 때 묻은 손으로 일제에 협력했었다.

1937년 10월경부터 그는 전향자의 집단인 경성시보호관찰소에 소속되어 일제의 '학예사'를 경영하였고, 국민총력연맹의 문화부장 일본인 야나베에게 회유되어 조선인문학자들의 '내선일체'와 '국민정신'의 배양에 노력한다는 결의를 표명 했었다.

이런 일들이 알려진다면 시인 임화의 명성은 어찌 될 것인가, 생각만 해도 가슴 찔리는 일이었다.

덫에 걸린 시인

임화는 어두운 과거가 파노라마처럼 뇌리를 스치자 절로 움찔했다. 그것은 두려움으로 다가왔다. 아니, 어떤 연대의식에서 떨어져 나간 처절한 고독감이었는지도 몰랐다.

임화는 자리에 들었으나 사지에 힘이 내리고 있었다. 동지 중에는 아무도 자신의 과거를 아는 사람이 없었다. 그는 투철한 투사요, 혁명적인 시인이자 문학이론가였다. 그가 만났던 이승엽도 조일명도 그런 점에서 임화를 높이 사고 있는 것이다.

임화는 자신이 숨기고 있는 과거가 세상에 알려질 때를 생각해보았다. 그것은 천길 벼랑에서 굴러 내리는 일이었다. 그는 남이 우러러 보는 투사로, 시인으로 남고 싶었다. 해방 전에는 『현해탄』과 같은 두툼한 시집을 내어 피압박 민족의 슬픔을 상징적으로 노래하고,

해방 후에는 전투적인 시를 써서 젊은 시인들로부터 선망을 받고 있지 않은가.

임화는 그동안 자신의 과거를 동지에게 자기비판할까도 여러 번 생각했었다. 그것은 남에 의해 폭로되는 것보다 훨씬 죄가 가벼울 듯싶었지만 매우 실천하기 힘든 일이었다.

임화는 채 자리에서 일어나기 전인데 아내가 다가와 전날 왔던 사람이 찾아왔노라고 말했다. 방문을 열고 나가자 안영달이 현관 앞에 서 있었다.

"좀 들어오시죠."

"괜찮아요. 그런데 임 동지, 오늘 찾아온 것은 전에 부탁받은 일을 해드리려고요."

"……."

"그 분이 동행하기로 했는데 갑자기 일이 생겨 혼자 왔죠."

"일이라니요?"

"임 동지, 하지만 그 분을 꼭 만나 보세요."

수염이 달린 입언저리를 매만지며 안영달은 귀엣말로 속삭였다.

"그쪽에서도 임 동지에게 관심을 갖고 있어요. 그 분을 만나면 도움이 많이 될 거예요. 미군의 내막을 잘 알고 있는 사람이니깐. 그래서 약속을 따로 해 두었지요. 임 동지가 그 시간에 거기로 나오세요."

임화는 왠지 그의 말에 이끌리고 있었다. 그런데 따로 약속을 해

두었다는 사람은 미군정창에 근무하는 한국 사람이라는 것이다. 군정청에 다니는 한국인 중에는 그쪽의 정보를 캐오는 비밀당원이 있다는 말을 그도 듣고는 있었다.

임화는 귀가 솔깃했다. 미군정청이 적이 된 오늘, 그 사람과 만나면 그쪽에서 자신의 과거를 얼마만큼 알고 있는지 짐작할 수 있으리라 생각이 미쳤기 때문이다.

해방되기 한 달 전, 조선의 지하단체가 왜경의 손에 검거 됐었다. 그들은 단파 라디오로 조직적인 활동을 하던 중 세이가 경부의 손에 일망타진 되었던 것이다.

해방이 되어 그가 미군정청에 고용되어 있을 때, 날이 어두워지면 그는 집에 돌아가려 하지 않았다. 그러나 대낮에, 그것도 종로 한복판에서 칼을 맞고 쓰러졌다.

세이가는 죽었다. 지난날 임화의 부끄러운 '증인'은 사라진 것이다.

임화가 미군정청 설정식 여론국장을 알기 이전의 일이었다. 임화는 안영달의 소개로 한번 인사한 적이 있는 CIC의 통역관으로부터 어느 날 호출을 받았다. 비록 미군의 정보기관이기는 했지만 세이가 경부가 사라진 뒤라 그는 불안한 생각을 떨쳐버릴 수 있었다.

초가을의 추위가 목을 움츠리게 하는 날씨였다. 그런데 통역관이 지정한 장소는 CIC 사무실이 아니라 교회당이었다.

T교회는 종로의 전찻길에서 10여 분 거리에 있었다. 약속시간보

다 일찍 도착한 임화는 교회당 앞에 두리번거리고 서서 한동안 마음을 가다듬은 후 문을 열고 들어섰다. 넓은 교회당 안에는 교단 앞에 나무의자가 빼곡히 줄지어 있었다.

잠시 교단 앞에 혼자 앉아 있을 때 착잡한 생각이 뇌리를 스쳐갔다. 임화는 자신을 부른 사람이 나타날 때까지 의자에서 섰다 앉았다를 수차례 되풀이하고 있었다. 임화 앞에 나타난 사람은 두 명의 미국인이었다. 하나는 이전의 CIC 사무실에서 만난 정보장교요, 다른 하나는 이마에 주름이 많은 중년의 사나이였다. 오늘 따라 통역의 모습은 보이지 않았다.

장교는 악수를 청하면서 영어로 지껄였다. 그러자 신사복 차림의 중년 신사가 능숙한 한국말로 말했다.

"이렇게 나와 주셔서 감사합니다. ……요전에는 실례가 많았다합니다."

임화는 뒤통수를 얻어맞은 느낌이었다. 미국인이 이렇게 우리말을 잘하다니. 억양이 좀 어색한 데가 있었지만 유창한 말솜씨였다.

"저는 언더우드라는 교회의 목사입니다."

"아, 이 교회 목사님이신가요?"

"아니요. 다른 교회예요. 한국에 나와 전도생활을 한 지는 20년이 가깝습니다."

"그래서 한국말이 유창하시군요."

정보장교는 두 사람의 얼굴을 번갈아 보면서 의미 있는 미소를 띠고 있었다. 세 사람은 삼각형이 되도록 의자를 고쳐 앉았다.

"요전에 들려주신 말씀은 매우 유익했습니다."

언더우드는 장교의 말을 그대로 옮겨 주었다.

"저도 다시 뵙게 되어 반갑습니다만 특별히 하실 말씀이라도
……."

임화는 상대의 표정을 살피면서 말했다. 그가 느낄 수 있는 것은
요전의 냉랭한 분위기와는 달리 퍽 친절히 대해 준다는 것이었다.

"우리 부드러운 얘기로 화제를 바꾸지요."

언더우드 목사는 장교의 말을 옮겨 주었다.

"우리는 문학인을 존경합니다. 문화국일수록 문학인을 우대하고
있습니다. 당신의 시인으로서의 명성에도 찬사를 보냅니다."

"저는 뛰어난 시인이 못 됩니다."

임화는 겸사의 뜻을 표하고 나서 말을 이어 갔다.

"우리 민족의 독립을 위해 전투적인 시와 글을 쓰고 있을 뿐입니
다."

"그 점 익히 알고 있습니다."

정보장교는 고개를 끄덕이고 나서 웃음 띤 말로 받았다.

"저 역시도 한국에 나와 귀국의 역사를 공부하게 된 것을 무척
기뻐합니다. 일본의 군국주의 치하에서 한국 사람들이 피로써 항쟁
한 사실을 알고 매우 감동을 받았습니다. 당신도 그런 훌륭한 투사
의 한 사람이시군요?"

“칭찬해 주셔서 고맙습니다만 저 같은 사람은 얼마든지 있지요.”

“미국은 한국이 독립해서 행복하게 살도록 원조를 아끼지 않을 것입니다. 미국의 이러한 충정이 다른 나라에 의해 왜곡되고 있는 것을 안타깝게 여깁니다.”

“소련을 말하는가요?”

“그렇소. 한국에도 해외에서 투쟁을 한 애국자들이 속속 들어오고 있습니다. 우리는 당신이 지도하고 있는 문학가동맹이 미국의 정책을 어찌 생각하는지 그것이 알고 싶소.”

통역의 말은 막힘없이 흘러 나왔다. 임화가 잠시 생각에 잠겨있는 동안 정보장교는 다음 말을 이어갔다.

“다른 뜻은 전혀 없고 우리는 당신네의 참뜻을 알고 싶소. 당신은 이전 사무실에 들렀을 때 미국의 정책에 협력하겠다고 말한 기억이 있을 것입니다.”

“잠깐……”

임화는 당황한 빛으로 그의 말을 막으면서 다음 말을 이어 갔다.

“그때 이야기는 미국의 한반도 정책이 우리를 진정 도울 때를 말한 거죠. 우리의 생각과 미국의 의도가 다를 때에는 협력은 어려운 것이지요.”

임화는 곤혹스러운 얼굴로 이전에 있었던 대화 내용을 떠올려본다. 그때 정보장교는 문학가동맹의 노선이 어느 정당을 지지하는가를 물었고, 임화가 과녁을 피하자 거기에 가담한 문학인들이 식민통치시대에 독립운동에 참여한 사람들인가를 물었었다.

"일제하에서는 가혹한 통치가 계속되었고, 그래서 지하에 숨어들거나 아예 붓을 꺾고 침묵해버린 사람도 있었습니다. 하지만 어느 경우든 나라의 독립을 바랐던 사람들이지요."

"임화 선생은 어떤 쪽인가요?"

"제 프로필이 알고 싶은가요?"

"네, 좋습니다. 저희가 파악한 대로 말해 볼 테니 정확한지 들어보십시오."

아뿔싸, 정보장교는 수첩을 꺼내더니 임화의 활동기인 1926년부터의 경력을 거의 착오 없이 읽어 내렸다. 임화는 스팀의 열을 받아서인지 목덜미에 맺힌 땀방울을 닦아냈다. 다 읽고 난 장교는 의미 있는 한 마디를 던졌다.

"선생은 훌륭한 투사이십니다."

"……."

"우리는 당신 친구가 되고 싶어 합니다. 당신은 미군정에 협력해 주실 수 있습니까?"

임화는 간담이 써늘했다. 꼼짝없이 덫에 걸렸다는 생각이 들었기 때문이다.

"우리의 목표와 미국의 정책이 일치할 때 협력할 수 있습니다. 그러나 하지 사령관은 서울 시민의 데모를 금지시키고 있습니다. 이런 것이 의구심을 갖게 하는 점이죠"

"한국은 아직도 혼란 속에 있습니다. 서울에만도 370개가 넘는 정당 사회단체가 생겨나고 있습니다. 그런 것이 당신네가 스스로 만드는 약점이라는 것을 직시해야 합니다."

"하지만 우리의 주장을 인정 않는다는 것은 이해가 안 되어요."

"일본의 경우를 봐요. 일본 공산당은 미군을 해방군으로 인정하고 있지 않소. 우리는 일본의 군국주의를 불식시키기 위해 공산당의 협력도 바라고 있는 것입니다."

"한국에는 아직도 일제의 잔재가 남아 있고, 이것이 극우세력을 조장하는 원인이 아닙니까?"

"우리의 방침에는 변함이 없소. 우리는 한국의 자주적인 독립을 방해하지 않을 것입니다."

"그렇게만 된다면 우리도 협력할 수 있습니다."

임화가 미군정에 협력한다는 것은 미국의 한반도 정책이 문학가 동맹의 지향점과 궤를 같이할 때를 말한다는 것이었다.

"바로 그 점이거든요."

정보장교는 정색을 하고 말했다.

"당신은 지금 우리 정책과의 괴리가 생길 때를 지적했죠. 그것은 당신네의 노선이 어느 방향으로 나아가느냐에 따라 결정되는 것입니다. 한 가지 분명히 해두고 싶은 것은 우리는 당신네의 진의를 알고자 하는 것입니다."

그때였다. 교단 저쪽으로 덧문이 열리더니 회색 양복을 입은 중키의 사나이가 경중경중 걸어오고 있었다.

임화는 처음 그 중키의 사나이가 교회에서 일하는 사람이라 생각했다. 그런데 그는 임화에게 다가서는가 싶더니 정보장교에게 시선을 돌려 뭔가를 말하려고 했다. 그 장교도 임화에게서 새로운 틈입자에게 눈길을 주고 있었다. 임화는 무심코 그 사나이를 쳐다보았다.

어마지두, 그 사나이는 일본인이었다. 사십을 갓 넘었을까. 얼굴은 흙빛에 가까웠다. 그는 무뚝뚝한 모습으로 정보장교 곁에 멈추었다. 그 사이 언더우드 목사는 눈을 감은 채 가만히 앉아있었다.

중키의 일본인은 임화 바로 앞에 다가섰다. 두 사람의 시선이 마주쳤을 때 하마터면 소리를 지를 뻔했다. 임화는 현기증 때문에 눈이 캄캄했다.

"……."

일본인은 임화에게 능청맞게 말을 걸어 왔다.

"어 참! 시인 임화 씨 아니오?"

임화는 어안이 벙벙했다. 그 일본인은 세이가 경부 밑에서 일하던 야마태[山田]형사가 아닌가.

임화의 얼굴은 새하얗게 질렸다. 죽은 세이가와 같이 이 일제의 원흉도 임화의 부끄러운 과거의 증인이었던 것이다.

그 일이 있은 후 임화의 의식은 긴 터널을 걷는 기분이었다. 그의 그런 심정을 풀어주려는 듯이 안영달은 설정식을 소개하겠다며 그의 의향을 물었다.

“만나 봅시다.”

임화는 주저 없이 말했다. 그 사람과 만나 이야기를 나누는 가운데 어떤 수수께끼를 풀 수 있을 것 같기에 말이다.

어느 날 그의 꽁무니를 따라 간 곳은 진고개 못 미쳐서였다. 큰길에서 골목을 들어서 냉면집 안쪽 의자에 그들은 자리를 잡고 앉았다.

둘이 담배 연기를 날리고 있는데, 두터운 털옷을 껴입은 안경 낀 사나이가 문안으로 들어섰다. 오동통한 몸매에 이마가 벗어져 호남자의 인상을 풍겼다.

“군정청 여론국장 설정식 씨입니다.”

안영달은 껑충한 두 다리를 일으키며 낮은 소리로 소개했다. 지하에서 활동했던 노동운동의 투사답게 냉찬 목소리였다.

임화는 마음을 가다듬으며 긴장했다. 군정청 여론국장이라면 한국의 언론 동향을 살피고 정보도 입수하는 곳이 아닌가.

“임화 선생을 뵙고 싶었습니다.”

“피차 반갑습니다.”

임화는 경계의 빛을 늦추지 않고 말했다.

“저는 군정청에 나가고 있지만 애국심은 변함이 없습니다. 한글 신문을 영어로 옮겨서 미국 사람에게 보이고, 한국의 동향을 영문으로 작성하는 일을 맡고 있죠. 우리말을 아는 미국인이 없으니까요.”

“아니······.”

“전혀 없는 것은 아닙니다만.”

그는 임화의 표정을 읽고는 금세 말을 바꾸었다.

“하지만 그건 극소수예요. 새로 진주해 온 미군은 한국에 대해 별로 아는 바가 없으니까요.”

이때 임화는 우리말이 능란한 언더우드 목사를 떠올리고 있었다.

“그런데도 우리 신문에 난 기사를 혹시 빠뜨리게 되면 개들은 금방 알아내요. 그것이 두렵거든요. 임 선생이 『해방일보』에 기고한 글도 제 손으로 다 번역이 되었어요.”

초콜릿 빛 안경테 속에 실눈이 번뜩였다.

임화는 이 만남이 설정식의 제의라는 점과, 그렇다면 그가 알고 싶은 것이 문학단체의 성격에 대한 것인지, 혹은 자신의 과거에 대한 비밀을 넌지시 건드리려는 것인지.

그러나 중간에 안영달이 낀 것으로 보아, 상대에게서도 어떤 정보를 캐낼 수 있으리라는 생각이 미쳤을 때 그가 말을 걸어 왔다.

“임 선생, 이건 상부의 지시이기도 한데 선생이 이끄는 조선문학가동맹이 공산 계열인가 순수한 민족문학 계열인가를 알고 싶소.”

임화는 안영달의 수작에 넘어갔다는 생각이 들었다. 지금 미군정청의 여론국장에게 신문을 당하고 있는 기본이니 말이다.

하지만, 그런 의혹은 세 사람이 음식점을 나와 곧 풀렸다. 그들이 진고개를 걸어 나오자 지프 한 대가 그들 앞에 멈추어 섰다.

“이 차에 탑시다.”

설정식은 임화에게 말했다.

임화는 그의 권유를 뿌리칠 수 없는 심경이었다. 안영달은 약속이 있다며 그들과 헤어졌다. 운전기사는 한국 사람이었다.

“임 선생, 이걸 아셔야 해요.”

설정식은 인도를 흘끗흘끗 내다보면서 귀엣말로 속삭였다.

“미국의 속셈은 우리의 반탁운동을 기대하고 있어요.”

“네에? 한국의 신탁통치를 제의한 나라가 미국이 아니던가요?”

임화는 믿기지 않은 듯이 이렇게 묻자 설정식은 고개를 저으며 말했다.

“미군정청의 본심을 알아야 해요. 겉만 봐서는 큰코다쳐요.”

지프는 경복궁의 긴 담을 끼고 달리고 있었다. 차가 집에 이르는 동안 임화는 미군정청 당국이 우리의 반탁운동을 내심으로 바란다는 것에 적잖이 충격을 받으면서 질문을 던졌다.

“4개국에 의한 신탁통치라 해도 사실은 미국과 소련이 관리하는 것이니까 이 두 나라가 인정하는 임시정부가 장차 독립정부로 발전되겠죠. 한데 지금의 정세는 좌익 쪽으로 기울고 있다고 판단하는 거예요. 미국이 고민하는 것은 그 점이예요. 모스크바 삼상회의가 열린 이래 국제적인 여론 때문에 어쩔 수 없이 끌려가고는 있지만 미국의 속셈은 신탁통치안을 깨고 싶은 거예요.”

지프는 건춘문을 지나 긴 담을 끼고 언덕길을 달려가더니 다시다리를 건넜다. 그 일대는 조선총독부 관사가 있던 곳으로 설정식의 집도 거기라 싶었다. 일제의 관료들이 물러가고 그곳은 미군정청이 접수하여 여론국장의 자격으로 들어 있는 성싶었다. 집들은 모두 똑같은 모양으로 지어져 있고 뜰에는 나무 덩굴이 어우러져 있었다.

지프에서 내려 그들이 현관문에 들어서자 젊은 여인이 그들을 마중 나왔다.

나중에 안 일이지만 그녀는 설정식의 부인이 아니라 PX에 근무하는 동거 중인 여인이었다.

"자, 앉으세요."

거실에는 안락의자가 놓여 있고 임화는 거기에 걸터앉았다. 난방 장치도 잘되어 실내에 들어오자 후끈 달아오르는 느낌이었다.

먼저와는 다른 여인이 커피를 끓여 왔다. 카페인이 코끝에 아려 온다.

"커피 맛이 훌륭하군요."

임화는 이런 말을 흘리고 나서, 한국 사람의 비참한 생활을 눈에 그려 보였다. 뒤이어 과일 깎은 접시가 나오고 PX물품인 캔 맥주가 나왔다.

"한 잔 듭시다."

설정식은 시종 웃음 띤 얼굴로 캔 맥주를 입에 가져가더니 아까 중단했던 말을 이어 갔다.

임화는 음식점에서 느꼈던 경계의 눈빛을 풀고 그의 말에 고개를 끄덕이고 있었다.

설정식은 팔몰에 라이터를 켜대며 임화의 의문을 풀어주기에 열을 올리는 중이었다.

"모스크바의 삼상회의 결정대로 신탁통치가 이루어진다면 하지 중장은 참기 어려울 거예요. 좌익이 판칠 테니까. 그래서 미국의 속셈을 아는 것이 중요해요. 세계의 여론을 의식해서 모스크바 삼상회의 안에는 도장을 눌렀지만 우익의 반대를 기대하고 있는 것이 미국의 속셈이니까요. 그래서 미국이 믿는 정부를 남쪽에 세우고 싶은 거예요."

미군정청 여론국장이라는 직함을 의심할 만큼 그가 털어놓는 정보는 간담을 서늘케 하는 것이었다.

함남 출신인 그는 일본 메이지대학을 나와 미국 마운드 유니언대학을 졸업한 인텔리이자 시인이었다. 일제시절부터 시를 써왔지만, 임화와의 만남으로 그는 '문맹'에도 참여하게 되는데, 민족적 양심을 지니면서 미군정청의 회전의자에 앉아 있는 것이었다.

임화의 의구심은 풀렸다.

"과연 그렇군요. 우리의 운동 방향은 앞으로 그 점에 초점을 맞추어야 할 것 같아요."

"상대에 대한 옳은 판단이 중요합니다. 어느 때보다도 그것이 요청되는 시기이니까요. 다른 정세 변동은 다시 연락드리겠소"

임화는 안도의 한숨을 내쉬었다. 비록 그가 미군정청에 몸을 담고는 있지만 정신만은 살아 있다고 생각하니 미덥기 그지없었다.

설정식은 담배를 뭉겨 끄더니 이번에는 커피를 훌쩍이면서 말했다.

"이 말은 아무에게도 말한 적이 없어요. 이건 직책상 얻어낸 비밀이기 때문에 함부로 말할 수 없으니까요. 저는 이전부터 임화 선생의 시를 애독해 오고 있는 터에 문학인들의 정세판단이 옳게 가기 위해 특별히 말씀드리는 겁니다."

임화는 앞으로도 잘 부탁한다며 자리를 일어섰다. 작은 키에 마른 몸이 휘청거렸다. 그가 현관문을 나오는데도 먼저 번 여인은 모습을 보이지 않고, 차를 나르던 여인이 선물 꾸러미를 내밀었다.

"아니, 무슨……."

"원두커피예요." 하고 설정식은 웃음 띤 얼굴로 말했다.

두 사람은 현관문을 나와 뜰에 잠깐 멈추어 섰다. 담 밖을 휘둘러보던 설정식이 물었다.

"내일은 반탁 데모가 군정청 광장에서 있다고 하지요?"

"반탁 국민총동원 위원회 주최로 대대적인 시위가 있을 예정이죠. 여기에는 우익이고 좌익이고 다 나설 거예요."

"대단한 인원이 되겠어요."

설정식은 비웃는 투로 말했다.

"거기에는 미리 계산된 것이 있으니까 좀 과격한 데모가 벌어진다 해도 탄압은 없을 거예요."

이윽고 뜰을 나와 임화와 악수를 나누면서 그는 한 마디 덧붙였다.

"다음 연락은 미스터 안에게 알리겠어요. 장소도 다음은 시내가 될 것입니다."

신탁통치를 반대하는 서울 시민 총궐기대회가 있던 30일 새벽 한국민주당 당수 송진우가 암살되었다. 권총 6발을 맞고 쓰러졌는데 한국독립당원 수 명에 의한 테러였다.

송진우의 암살은 우익 진영에 적지 않은 충격을 주었지만, 그날의 반탁시위는 군정청 앞 광장에 2만의 군중들이 모여 들었다. 가지각색의 플래카드를 흔들어대며 군중들은 신탁통치 반대를 소리 높이 외쳤다.

임화가 서기장인 조선문학가동맹원도 조선공산당 당원들도 다수가 참가하고 있었다.

반탁 국민총동원 위원장인 권동진의 선언이 있고 나서 군중들은 구호를 외치며 회오리처럼 떼를 지어 움직였다. 광장 앞에서 총을 멘 미군과 경찰이 병풍처럼 일렬로 서 있었다.

임화의 바로 곁에서도 앞에서도 뒤에서도 '반탁'의 소리는 높이 울렸다. 모두 입을 크게 벌리고 군정청 건물을 향해 '자주독립'을 외쳐댔다. 불끈불끈 시적 감동이 일기도 했다.

"조선의 독립을 보장하라!"

스크럼을 짠 군중들은 광장을 빙글빙글 돌았다. 이런 물줄기는 몇 겹이 서로 비껴가고 마주쳤다.

임화는 설정식의 말이 귀에 쟁쟁하게 살아 있다. 비록 그가 군중 속에 파묻혀 그들과 똑같은 구호를 외치고 있었지만, 가슴속에서 우러나는 그런 소리는 아니었다.

임화는 하나의 모순을 느끼고 있었다. 민족의 자주독립은 응당 피의 외침이었다. 이 순수한 외침이 미·소 두 나라의 정치적 도구로 이용되고 있다니, 가슴 아픈 일이었다. 어쩌면 그것은 자기 자신의 운명과도 같다는 생각에 일순 「통곡」의 충동마저 일었다.

이미 타버려
꺼진
가슴속에
빛나는 것은
진주알이냐
별 알이냐
대체 소리가
우러나오는 곳을
나는 알 수가 없다

형제여
화원에서
떠나온 것은
어느 때쯤이냐

흩어진 장미를
줏으려는 나의 손길이
찾는 것은
지나간 꿈이냐

아 ……
하늘 가득히
흩어진 것은
절망의
독한 화분이다
땅을 치면
우러나오는 소린
한낱 비탄의
높은 음향이다

혼령도 죽고
기적도 죽고

승리한
적의 눈앞에서
너의 가슴이
탄주하는
장송의 곡을 따라
걸어가는 앞길에는
무덤 이상의 운명이 있다

......

......

......

전율하는 운명의 등 뒤
독개미처럼 우뚝 선 건
아 …… 잊기 어려운 적
슬픈 소리가 부른 것은
바로 원수와의 해후가 아니었느냐
분노한 청년의 명예가 아니냐
보복이란 생명의 표적이 아니냐
무엇 때문에
통곡하는 마음이 있느냐
한숨에 어린 가슴 우에
흙더미가 내려앉을 때
통곡하는 마음은
그 우에 피는
한 떨기 아네모네리라

어떤 놈이
통곡을
매장의 노래라
비웃느냐
나는 슬플 때마다
개구리처럼 아우성치며

울어대는 半島人의 자손이다
나는 우러나오는
제 소리를
감추지 못하는
큰 소리로
우는 시인이다.

회오리 속에서

임화가 집에 돌아온 것은 해가 기운 뒤였다.

피로가 일시에 몰려왔으나, 설정식과의 만남이 어떤 희망을 갖게 해 주었다. 그와 특수한 관계를 갖는다는 것은 어떤 구제의 길이 될 수도 있기 때문이다.

이튿날은 겨울비가 뿌리는 음산한 날씨였다. 임화는 착잡한 생각을 떨치지 못한 채 해방일보사를 향하고 있었다.

편집국에 들어서자 조일명은 OK 대장을 테이블에 펼쳐놓고 헤드라인에 붉은 줄을 죽죽 긋고 있었다.

그는 임화를 보자 손을 멈추고 말했다.

"내일 하지 성명이 나와요. 조선 인민에게 주는 신년사예요."

"성명내용이 뭐지요?"

임화는 의아한 눈초리로 물었다.

"해방 두 해를 맞아 조선 인민에게 주는 메시지예요."

"신년 메시지……."

"내용은 아무 것도 없어요. 미국은 조선의 독립을 위해 지원과 원조를 아끼지 않는다는 그런 취지예요."

국장의 테이블 앞에서 잠시 머뭇거리던 임화는 귀엣말로 주필을 만나 할 얘기가 있다고 했더니 그는 놀란 듯이 물었다.

"아니, 무슨 일이라도?"

"좀 들은 얘기가 있어요. 조국장과 이 선생을 만나 그걸 전해드리고 싶어요. 그건 매우 중대한 문제이기도 해요."

그는 고개를 갸우뚱하더니 선걸음으로 앞장서 갔다. 노크를 하고 주필실에 두 사람이 들어서자,

"잠깐만요." 하고 한참 달리던 펜을 멈추며 눈짓으로 앉으라고 했다. 마감시간에 쫓겨 사설을 내갈기는 성싶었다.

두 사람이 잠시 휴게실에 다녀온 사이 글을 마친 주필은 담배를 꼬나물고 있다가 반색을 한다. 틈을 주지 않고 국장이 말했다.

"임 동지가 중요한 정보를 가져왔어요."

이승엽은 금세 긴장된 얼굴로 바뀌고 있었다. 이글이글한 눈이 더욱 번뜩였다.

그날 임화가 두 사람에게 털어놓은 얘기는 반탁운동에 대한 미군 정청의 속셈에 대한 것이었다.

문학동맹 사무실에 앉아있는 임화는 왠지 아까부터 조바심이 일고 있었다. 그것은 야릇하게 돌아가고 있는 정치정세에 대한 어떤 불안 때문이기도 했지만, 자신에 대한 밑뿌리가 흔들리고 있기 때문이었다.

안영달이 기다려졌다. 그가 찾아오면 설정식으로부터 어떤 정보가 흘러들어오지 않을까 해서였다. 그러면서도 그의 정보가 과연 신빙성이 있는 것인지 의아한 생각도 들었다. 그 이야기를 들려주었을 때 이승엽은 담배만 연거푸 피우고 있었지만, 두 사람은 강한 충격 때문인지 여느 때와 다른 표정이었다.

다음 날, 임화가 혼자 생각에 빠져 있을 때 방을 노크하는 사람이 있었다. 문맹 사무실에 가끔 얼굴을 내미는 유진오가 뜻밖의 소식을 알려왔다. 그는 비밀당원으로 활동하는 신진시인이었다.

"임 선생, 뭔가 움직임이 이상해요."

"무슨?"

"요 며칠 동안 당 간부들이 모임을 갖는 모양인데, 그 회의 내용은 극비에 붙여 있어요. 최고 간부들이 말예요."

"반탁운동에 대한 토의겠지?"

"그게 아니에요."

그는 고개를 설레설레 흔들면서 말을 이었다.

"이상한 것은 한동안 모습을 감추던 박헌영 선생이 그 간부회의에 나타나고 있다는 거예요. 떠도는 말로는 평양에 다녀왔다는 소문도 있고요."

"평양을?"

임화는 놀란 눈으로 반문했다.

"북으로 가서 뭔가 중요한 정보를 가져왔다는 소문이 나돌아요."

"평양의 지시를?"

"그렇다고 봐요. 당 간부의 비밀회의가 연일 열리고 있으니까요."

두 사람은 무거운 침묵에 빠져 들면서 오만가지 생각을 해 본다. 무엇보다도 긴박한 조선의 정치 상황은 모스크바 삼상회의에서 의결된 조선의 신탁통치문제를 놓고 찬반으로 갈리는 어려운 고비를 맞고 있었다.

해방이 되던 그해 섣달 스무 여드레 박헌영은 삼팔선을 넘었다. 평양에 도착한 박헌영 일행은 서기국원 김태준, 서울대 교수인 박치우 등 4명이 수행했다.

김일성은 허가이 등 분국 간부들을 데리고 평양 교외까지 마중 나와 박헌영과 악수를 나누었다.

"오시느라 수고가 많았습니다."

당 중앙의 총비서에 대한 예우를 깍듯이 하자 박헌영도 굳은 표정을 풀며 마중 나온 일행에게 일일이 악수를 청했다. 김일성 곁에는 주영하, 김용범, 박정애, 허가이 등 분국 간부들이 줄줄이 서 있었다. 김일성은 훤칠한 키에 목덜미까지 단추를 잠그는 상의를 입고 있었으나, 박헌영은 굵은 안경테를 낀 말쑥한 신사복차림이었다.

인사를 마친 김일성이 자기가 타고 온 승용차를 타고 가버리자 박헌영은 삼팔선에서부터 타고 온 지프에 올랐다.

그들은 평양에 도착했지만 곧바로 회의에 들어갈 수는 없었다. 소 군정의 로마넨코 민정사령관이 모스크바에서 아직 평양으로 돌아오지 않았기 때문이다.

그날의 김·박 회동은 현안에 대한 논의는 젖혀두고 남북정세에 대해 의견을 나누었다. 북조선 분국 2·3차 확대 집행 위원회개최 상황을 김일성이 설명하자 총비서는 서울중앙 내부에 반탁지지가 드세다는 입장 설명을 했다. 그때 김일성은 입맛만 다시며 묵묵히 듣고 있었다.

그믐날은 서울중앙을 맞아 북조선 분국협의회가 긴급히 소집되었다. 박헌영은 방청석에 앉아 있었다. 분국회의라는 이유였다.

사회를 맡은 주영하는,

"박헌영 동지를 비롯하여 몇몇 동지가 이 회의를 방청하고 있습니다."라고 짤막하게 그들을 소개했다. 박헌영은 총비서이므로 응당 분국회의를 지도할 자격이 있는데도 홀대를 한 것이다.

새해의 신년 연회 때도 좌석을 놓고 신경전이 벌어졌다. 신년연회장에는 라운드테이블에 자리가 마련되었는데 상석에는 치스차코프, 오른편에 박헌영, 왼편에는 김일성, 레베테프, 로마넨코가 앉도록 배치되었다.

박헌영이 총비서이므로 맨 상석에 앉을 것으로 생각했던 최용달은 이걸 문제 삼았지만 그대로 묵살되었다.

김일성은 박헌영에 대한 예우를 깍듯이 했다. 다른 수행원들은 모두 고려호텔에 투숙한 데도 총비서는 자기 집에 모셨다.

이때 박헌영은 고려호텔에 연금 중이던 조만식을 만나보았다.

김·박의 두 번째 회동에서 주로 논의된 것은 신탁통치 문제 외에 서울중앙과 분국 간의 연락과 재정지원에 관한 것이었다.

북은 소 군정이, 남은 미 군정이 지배하면서 삼팔선이 점차 굳어가던 때라 김일성은 연락망의 필요성을 강조했다.

"서울 중앙에서도 그걸 인정합니다."

박헌영은 '서울중앙'이라는 말을 약방의 감초처럼 꼭 들먹이면서 말했다.

"개성·연천·양양 등지의 삼팔선 근처에 비밀연락망을 만드는 것이 어떻습니까?"

정세가 긴박해지자 남북 간에 사람이나 문서가 안전하게 오갈 수 있는 연락소의 필요성을 분국 지도자가 제안한 것이다. 총비서의 동의가 있자 분국 내에 서울중앙과의 연락업무를 맡을 연락 기구를 만들기로 했다.

이렇게 해서 연락실이라는 기구가 생겼고, 북은 서울에 재정지원을 하겠다고 자청했다.

한편 모스크바에서 영사 발리연스키와 평양으로 돌아온 로마넨코는 총비서인 박헌영과 분국지도자 김일성에게 소련의 입장을 설명하였다.

"미국이 신탁통치를 들고 나와 소련은 그 절충안으로 5년간 후견제를 실시하기로 하였소. 소련이 주장하는 후견제는 신탁통치와는 근본적으로 다른 것이오."

이는 현안에 대한 논의가 아니라 이미 소련당국이 결정한 내용을 통보하는 그런 자리였다. 이어서 모스크바 삼상회의 결정을 실행하는 방법을 찾기 위해 17명의 상무위원이 참가한 분국의 4차 확대회의가 열렸다.

이 회의 결과 서울의 조선공산당과 평양의 분국이 다음해 정월 초 찬탁 입장을 밝히고, 두 주 안으로 미·소공동위원회가 열리도록 소 군정과 미 군정에 청원서나 진정서를 보내기로 한 것이다.

당 중앙은 특히 반탁진영 내부를 분열시키고 삼상회의에 대한 지지 여론을 확대시켜 반탁진영을 고립시켜 나간다는 전술전환도 꾀하기로 하였다.

이 회의를 마치고 신년연회에 참석한 박헌영은 그날 밤 평양을 떠나 다음날 새벽 서울에 도착하기가 바쁘게 찬탁 성명을 발표했다. 그것은 모스크바 외상회의의 결정에 대한 박헌영 노선의 급선회이자 좌우투쟁의 극렬한 신호탄이었다.

그날 유진오가 다녀간 후로 임화는 안절부절 못했다.
'연말부터 엿새 동안이나 당사무실을 비운 총비서가 입원하지 않고 건강한 모습으로 나타났다고 하니, 과연 그의 말대로 평양을 다녀온 것인가, 만일 평양을 다녀왔다면 어떤 결정을 하고 왔을까.'

이런 상상을 하면서 임화는 적지 않은 동요를 일으키는 것이었다. 그리고 앞으로의 정국에 뭔가 파란이 일 듯한 예감에 사로잡혔다.

'만일 공산당이 전술전환을 가져온다면 남반부의 상황은 어떻게 될 것인가.'

임화는 허둥지둥 사무실을 나왔다. 그는 그 길로 해방일보사를 향했다. 그가 신문사에 들렀으나 조일명도 이승엽도 부재중이었다. 그는 오던 길을 돌아서 광교 쪽으로 걸어 나왔다. 정초의 거리에는 색색의 치마저고리를 차려 입은 여인들이 싱글벙글 오가고 있었다.

임화는 솔깃이 설정식을 찾아 가볼까도 생각했다. 정보가 빠른 미군정청에서는 새 정보를 얼마만큼 파악하고 있는지가 궁금했다. 그러나 지금은 그것을 물으러 갈 계제가 못 되었다.

임화가 사무실에 돌아왔을 때 건물 안은 바쁘게 움직이고 있었다. 아까까지 반탁의 플래카드를 만들고 있던 미술동맹원이 그것을 뜯어 고치느라 야단법석이었다. 임화의 눈길은 새로 만든 플래카드에 붙박여 있었다.

─신탁통치 지지하자!

─모스크바 삼상회의 결정 지지하자!

임화는 그곳을 빠져 나왔다. 그런데 거리는 조용했다. 그의 심정과는 너무도 대비되는 풍경이었다. 그는 걸으면서 생각에 잠겼다.

‘미군정청은 조선공산당이 결정한 신탁통치 지지를 어떻게 받아들이고 있을까?’

거기엔 이미 정보가 입수되어 있을 터이니 말이다. 표면적인 이유야 미국을 포함한 세 나라의 정책을 지지한다고 나섰으니 미군정청으로서는 마다할 이유가 없었다. 하지만 설정식이 말한 바로는 미군정청의 속셈은 반탁 쪽이라는 것이었다.

만일 공산당이 신탁통치 지지로 선회했다고 하면, 설정식의 그 말이 거짓이 아닌 거다. 공산당에서도 이미 미군정청의 속셈을 간파한 것임에 틀림없다.

바야흐로 정국은 좌우로 갈라지고 파국이 예상될 것은 불을 보듯 빤했다. 무엇보다도 임화를 당혹케 한 것은 이 같은 중대한 결정이 왜 갑자기 이루어졌느냐 하는 것이었다.

얼마 전까지만 해도 좌우를 막론하고 목소리가 ‘반탁’으로 기울어 있었다.

“만일 조선에 대한 신탁통치가 사실이라고 하면 우리는 절대 반대한다. 5년은커녕 다섯 달이라도 반대한다.”

공산당 간부 정태식이 한 말이다. 박헌영은 지금까지 신탁통치에 대한 공식 발언을 한 번도 비친 적이 없었다. 그렇다면 박헌영이 북에서 가져온 신탁통치 지지안은 소련의 지령이라는 생각이 미쳤다.

이 납득하기 어려운 지령, 그것은 마치 손바닥을 뒤집는 것과 같은 벼락치기 결정이 아닐 수 없었다.

이튿날 저녁 이승엽의 방에서 세 사람은 얼굴을 마주했다. 바깥 날씨 탓인지 방안의 난로는 벌겋게 달아오르고 있었다.

"이 선생, 큰 회오리가 일지 않을까요?"

임화가 이런 질문을 던지자 곁에 있던 조일명은 쓴웃음을 지었다.

"임 동지, 당신의 귀뜀이 맞았어. 그대로야."

"그렇긴 해도, 그건 우연이라는 생각이 들어요. 이유는 모르고 결과만을 갖다 붙이는 격이 됐으니 백일몽을 꾸는 것이 아닌가 싶어요."

난로 불에 양 볼이 사과처럼 발그레해진 이승엽은 입을 다물고 있다가 말문을 열었다.

"실은 나도 당의 모임에 다녀오는 중인데, 그 모임에 가서야 처음 알았어요."

그때 누군가 계단을 밟는 소리가 들리자 모두 입을 다물고 귀를 세우고 있었다. 조일명은 임화에게 말했다.

"지금은 경계를 해야 돼요. 우익 테러분자들이 언제 습격을 해올지 모르니깐."

"우리는 기만당해 온 거요."

이승엽은 부릅뜬 눈으로 말을 이었다.

"미국의 선전에 속은 거야. 모스크바 외상결정이란 게 미국 측이 왜곡해서 떠벌여댄 거야."

임화는 해방일보사를 나와 어두운 거리로 나왔다.

밤눈이 내리고 있었지만 추위는 느끼지 않았다. 그런데도 그의 발걸음은 지그재그로 비틀거렸다.

'지금 조선의 형세는 마치 한 마리 토끼를 놓고 범 두 마리가 크게 입을 벌리고 아웅하는 꼴이니, 우리는 일제로부터 해방이 아니라 또 한 번 질곡을 맞은 거다.'

그는 눈물이 나오도록 조선의 현실이 비극적이고 그럴수록 자신의 입장이 위태로워지는 것이었다. 아슬아슬한 벼랑 끝에 서있다는 생각에 그는 으스스 몸을 떨었다.

검은 구름이 뒤덮인 서울운동장에는 10만의 군중이 몰려들고 있었다. 조선공산당의 삼상회의 지지성명에 이은 신탁통치 지지를 위한 집회였다. 발 디딜 곳 없는 군중들 앞에 붉은 색, 푸른색의 플래카드가 바람에 나부끼고 있었다.

"삼상회의 지지하자!"

"반동의 모략을 분쇄하자!"

운동장의 연설대에는 누군가 마이크 앞에 나서서 쩌렁쩌렁 외쳐댔다. 박헌영의 격려사 대독이었다. 말이 끊길 때마다 박수가 터져나왔다. 박수가 터질 때면 "옳소" 소리가 나오는가 하면, 영문 몰라 하는 표정도 뒤섞여 있었다. 신탁통치 반대가 하룻밤 사이에 신탁통치 지지로 뒤바뀌었기 때문이다. 아직 그 정의를 이해하지 못한 군중은 갈팡질팡했다.

뒤이어 단상에는 연설자가 나타나 삼상회의의 진의는 신탁통치가 아니라 후견제라는 것을 역설했다. 하지만 그것이 군중들의 마음에 정확히 이해되었는지, 아마도 그렇지 못했으리라고 임화는 고개를 저었다.

삼삼오오 스크럼을 짠 가두행진은 시작되었다. 살을 에는 듯한 바람이 귓결을 스치고 지나갔다. 운동장에 서 있는 것보다 몸을 움직이는 편이 나았다.

선두에서 구호가 울려 왔다.

"모스크바 삼상회의 결정 지지하자!"

그 구호를 따라 군중이 복창했다.

"신탁통치 절대 지지!"

"신탁통치 절대 지지!"

임화가 집에 돌아오자 라디오를 듣고 있던 지하련은 그날의 시위에 대해 이것저것 물어왔다.

임화는 군중의 수가 서울이 생긴 이래 처음일 거라고 말했다. 그러자 아내는 눈을 번뜩이면서 꼬치꼬치 물었다.

"인원수가 얼마나 될까?"

"아마 십만은 넘을 성싶어."

"아! 그런 대군중이……."

아내는 연해 감탄사를 늘어놓더니 화장대 위에서 봉투 하나를 내밀었다.

"무슨 봉투?"

임화는 뭔가 찔리는 기분이었다. 아내가 방을 나가자 그는 봉투를 뜯었다. 봉투에 발신자는 명기되어 있지 않고 편지지에 짧은 문구가 적혀 있었다.

－6일 오후 6시, 교회로 나오시오.

두 번째 호출인 것이다.

임화는 그날 밤 잠을 이루지 못했다. 몸에서는 신열이 나고 있었다.

그날 오후 6시, 그는 지정된 교회로 나갔다. 그 시각에는 거리에서 사람의 얼굴을 알아볼 수 없었다.

교회는 희미한 등불이 창에 어리고 있다. 그는 몸을 가늘게 떨면서 문을 열고 들어서 전에 그랬던 것처럼 텅 빈 교회의 의자에 걸터앉았다.

그는 심판대에 올라 서있는 기분이었다. 금세 악마가 나타나 벌건 불덩어리 속에 자신을 밀어 넣을 것 같은 환각이 일고 있었다.

그는 이미 덫에 걸려있는 것이었다. 그 덫이란 그가 이 교회에 나올 때는 어떤 대가(?)를 치러야 하기 때문이다.

그때 교회의 덧문이 열리더니 구둣발자국소리가 들렸다. 두 사람의 발자국 소리는 점점 가까워졌다. 그들이 내비치는 헤드라이트 불빛에 그는 순간 움찔했다.

"늦은 시간 나오라 해서 미안합니다."

언더우드 목사 뒤에는 이전의 CIC 정보장교가 못 박히듯 서 있었다. 물을 것도 없이 임화가 여기까지 나온 것은 그들에게 치를 대가(?) 때문인 것이다.

그는 아무 말 없이 안주머니 깊이 넣어 두었던 서류를 꺼내 언더우드에게 건넸다.

"조선문학가동맹의 기구와 각 예술단체의 간부 명단입니다."

언더우드는 전등을 종이 위에 비쳤다. 정보장교는 바짝 다가서 그것을 응시했다.

"협력해줘서 고맙습니다."

목사가 말하자 곁에 섰던 장교는 빙긋 웃음으로 대신했다.

"우리도 선물을 드려야죠. 당신이 세이가 경부에게 낸 전향 서약서입니다. 이 안에 들어 있어요."

언더우드 목사는 봉투를 그에게 건네며 중얼거렸다. 장교는 여전히 빙긋거리며 서 있었다. 임화의 뇌리에는 오만가지 생각이 오가고 있었다.

'우리는 당초 미군을 해방군으로 맞이하지 않았던가? 그리고 우리가 바라는 조선의 독립을 보장해 준다면 미 군정에도 협력하겠다고 했지 않은가. 그러한 미 군정이 청산해야 될 일제의 잔재를 그대로 역이용을 하고 있다니! 대체 미군은 해방군인가? 점령군인가?'

이런 의구심이 일자 그는 가볍게 몸을 떨었다. 그는 미 군정이 정보정치에 의해 지탱되고 있는 것에 한 번 더 몸서리쳤다.

서울의 봄

서울의 봄은 왔다.

그러나 서울의 봄은 꽃샘추위가 물러갔는가 싶으면 초여름이 코앞에 다가온다.

흰 솜털보다 새하얀 백목련이 흐드러지게 피고 나면 라일락 향기가 가슴을 파고드는 5월, 신록의 행렬은 푸른 파도를 일렁이며 종로로, 태평로로, 을지로로 뻗기 시작한다.

임화는 한동안 안정을 되찾고 있었다. 그 동안 한 차례 안영달이 그를 찾아 왔다.

"오늘은 잠깐 얘길 나누고 가겠소"

지하련이 현관에 나와 안으로 들라 해도 그가 사양하자 두 사람은 푸르게 우거진 측백나무 밑으로 갔다.

"이건 절대 비밀이오. 머지않아 군정청은 해방일보를 들쑤실 거라는 정보가 있소."

임화는 새파래졌다.

"임 동지, 이 정보가 누설되면 그 출처를 의심받기 때문에 절대 비밀로 해 두시오."

"알겠소."

나직이 대답하는 임화는 그 정보의 출처가 어디인지 어림짐작이 갔다. 안영달의 선이 군정청의 설정식이었기 때문이다.

임화는 설정식이 어떤 존재인가, 이미 알고 있었다.

"여론국장한테서 나왔군요."

"아니, 직접 들은 건 아니고 어쨌든 주의를 하는 것이 좋아요."

안영달은 안개를 피우면서 햇살이 내리꽂는 가로수 속으로 사라져 갔다. 임화는 뒤통수를 얻어맞은 기분이었다.

해방일보의 간부진이 바뀌었다.

소동공의 해방일보사는 4층 건물인데 정문에는 '정판사'라는 간판이 오른쪽 벽에 나붙고, 옆 입구의 나무판자에 '조선공산당중앙본부'라 쓰인 간판이 걸려 있었다. 1층은 정판사 사무실, 2층은 공산당 중앙위원회 사무실로 이승엽이 무시로 들락거리고 있었다. 3층은 해방일보 편집국이 있고 그 귀퉁이 방 한 칸을 경기도당으로 쓰고 있었다.

이 방에 황태성黃泰成이 경기도당 위원으로 있었고, 4층에는 강문석이 소장인 '산업노동조사소'와 'E출판사'가 있었다.

3층 복도 왼쪽 맨 안쪽에 권오직 사장방이 있고 정태식이 편집국장을 맡고 있었는데 정치부장도 겸하고 있었다. 정치부 수석기자로는 새로 들어온 박갑동이 뛰고 있었다. 정태식은 작은 체구였지만 경성제대를 수석으로 졸업한 수재였다. 충북 청주 출신으로 일본인 미야케[三宅鹿之助]교수 밑에서 이재유와 경성제대 세포를 조직한 사람이다. 주필은 조일명이었다.

조선공산당 총비서 박헌영이 중앙본부에 나오면 으레 해방일보 사장실에 들렀다. 그 방에서 이강국, 이현상, 김삼룡 등 핵심간부들을 불러 요담을 나누곤 하였다.

해방일보사에는 프라우다와 이즈베스티야, 그밖에 소련에서 나오는 주요 신문과 잡지가 오고 북조선분국 기관지 『정로』도 며칠마다 뭉치로 배달되고 있었다.

사장과 주필이 다 소련 유학 출신이었다. 주필 조일명은 모스크바 동방노력자공산대학을 나온 수재로 근 5년간이나 소련 유학을 마치고 돌아왔다.

미·소 공위가 무기휴회에 들어가고 5월 15일 군정청 공보처에서는 국내외 신문기자들을 모아놓고 대령인 공보처장 뉴맨 이름으로 중대발표를 하였다. 조선공산당이 위조지폐를 만들어 정치공작에 쓰고 있다는 것이었다.

정판사 위폐사건을 맡아 기소한 검사는 조재천과 김홍섭이었다. 조재천은 숨은 한민당 핵심간부이고 김홍섭은 김준연의 사위이다.

공산당에서는 수도경찰청장 장택상과 핫라인을 가지고 있는 김광수를 보내 이 사건의 부당성을 항의했다.

"좋소, 이관술과 권오직에 대한 미군정청의 체포령이 내렸지만 나는 그 두 사람을 체포하지 않겠소."

그래서 두 사람은 멀리 피하지 않고 서울 시내에 숨어 있었는데, 경찰은 이관술을 체포해 버렸다. 일제 때 고문왕으로 이름 높던 노덕술의 손아귀에 걸려든 것이었다.

이관술과 노덕술의 만남은 이번이 세 번째였다. 그들은 다 같은 울산사람이다. 노덕술은 해방 후 일제 고등계 경찰에서 미군정 경찰로 옮기고 수사과장으로 영전되었다. 이관술이 두 번째 체포되어 노덕술의 고문을 받을 때였다. 노덕술은 자기의 고문 기록을 이관술이 깼다고 두 번째에는 죽도록 고문했다. 그의 고문에 걸려들면 전부 다 불든지, 죽든지, 두 가지 길 중 하나밖에 없었다. 그러나 이관술은 끝까지 버텨 요행히 깨어났다. 그래서 이관술의 이름은 지하운동가 사이에 불사조처럼 알려졌다. 이관술은 일제 때 이재유와 같이 창동에서 농부를 가장하여 당 재건공작을 하고 있었다. 이재민이라고 속이고 이재유를 '큰돌이', 이관술을 '작은돌'이라 하며 형제로 위장하고 있었다.

이관술은 공산당 재정부장으로 뒤에 나앉아 있어 당내에서도 얼굴을 모르는 사람이 많았다. 그는 도쿄고등사범을 나와 동덕여고보 교원을 하던 인텔리인데도 허름한 양복에 넥타이도 색깔이 바래진 것을 매고 다녔다.

그의 누이동생 이순금은 해방 전 박헌영과 같이 활동했고 해방 후에는 김삼룡의 아내가 된 사람이다.

나흘 후, 군정청의 리치 장관은 신문에 담화문을 발표했다.

—화폐의 위조범은 세계 어느 나라건 사형에 처해지고 있다. 물론 이번 위폐사건의 범인은 극형에 처한다. 빌딩 내부에 대해서는 현재 조사 중이므로 내용이 밝혀질 때까지 빌딩을 폐쇄키로 한다.

그 빌딩을 폐쇄한다는 것은 곧 정판사와 조선공산당 사무국을 폐쇄한다는 말이다. 이에 대해 중앙위원 이주하가 항의해 나섰으나, 군정청에서는 사건이 해결될 때까지 빌딩의 폐쇄를 풀지 않겠다고 통보해왔다.

그로부터 두 달 가량 지나 이관술이 체포되었다. 그가 체포되는 것을 보고 권오직은 해주로 탈출했다.

이리하여 5월 17일의 검거 이후, 치안국 지휘아래 두 달 남짓 끌어오던 위조지폐 사건은 박낙종 등 12명을 서울지방법원 검찰국에 송치, 일단락을 지었다.

증거물은 위조지폐 1200만 원, 원판 8장, 잉크 6종, 원지 400장, 식판기 1대, 공산당원증 2장 등이다.

정판사 3층에서 쫓겨난 해방일보 사원들은 갈 곳이 없었다. 사장

권오직과 주필 조일명은 피신하고, 정태식이 꾸려가야 할 처지였다.

그 후 공산당 중앙본부는 남대문 앞 일화빌딩으로 옮겼다. 민전도 거기에 같이 있게 되므로 이때부터 해방일보는 편집국과 영업국·공무국이 따로따로 아지트를 두는 떠돌이 신세가 되어 갔다.

그 해 9월 5일 조선공산당과 인민당, 신민당이 남조선 노동당으로 합당되었다.

북쪽에 북조선 노동당이 생기자 대응해서 이루어진 것이지만, 실은 자기 호신을 위한 일종의 단합이었다.

그것은 한 마디로 종래의 3대 정당이 한 정당으로 합당하는 것은 당면한 시대의 요청이라는 것을 천명하였다.

박헌영은 홀연 모습을 감추어 버렸다. 3당의 합당 발표가 있은 이틀 후의 일이었다. 군정청에서 체포령이 내리기 전날 밤 그는 선수를 친 것이었다.

체포령은 이주하, 김삼룡, 이강국 등 간부 전원에 내려졌는데 먼저 발을 뺀 사람은 박헌영이었다.

이 때 여운형은 미군정청에서 박헌영의 체포령을 준비하고 있다는 낌새를 십여 일 전에 알고 있었다. 여운형은 이 비밀을 그의 측근에게 누설하고 말았다.

"미구에 박헌영, 이주하, 이강국 등 최고간부에 대한 탄압이 있을 것이오. 그러면 공산당은 사로당을 받아들여 완전한 합당이 되고 내가 위원장이 될 수 있소."

공산당은 미군정이 추진하는 과도입법위원, 그리고 여운형과 김규식이 주도하는 좌우 합작을 반대하고 있었닝. 미군정은 공산당에 대해 공격의 화살을 늦추지 않았다.

이에 공산당은 한 발자국 물러서되 단칼을 쓰고 나왔다. 이것이 9월 총파업이었다.

"남한만의 단독정부를 수립해야 한다!"

이승만은 정읍에서 이런 충격적인 발언을 한 뒤 30여만 명의 민족청년단을 이끌면서 이들을 국방군으로 몰아세울 궁리를 하고 있었다.

"젊은이들을 우익 진영에서 빼돌리자!"

이것이 남로당의 지령이었다.

뜬소문에는 머지않아 남조선에 계엄령이 선포되리라는 것이었다. 그것은 10월의 대구사건과 이승만의 저격사건에 촉발된 유언비어였는지도 알 수 없다.

창덕궁 구름다리에서 일어난 대낮의 해프닝.

이승만이 그곳을 지나게 되어 경찰이 교통정리에 나서고 있었다. 원남동 쪽에서 미제 지프 한 대가 달려오고 있었는데, 대단한 속력이었다. 그때 검은 저고리를 입은 청년 둘이 인도에서 쏜살같이 나타나더니, 하나가 한쪽 무릎을 땅에 대고 손을 앞으로 내미는 것이었다.

차가 가까워지자 겨누고 있던 두 청년의 총구에서는 불꽃이 튀고 아차 하는 사이, 그들은 어디론가 줄행랑을 놓았다. 차는 전속력으로 달렸기 때문에 이승만은 무사했고, 동승했던 비서와 호위경관도 모두 부상을 면할 수 있었다.

범인은 체포되지 않았으나 좌익의 소행으로 여겨져, 이것도 정국이 어지러워지는 데 한 몫을 했었다.

전평全評 총파업 때의 일이다.

서울역 건너편의 전평회관 안에 허성택이 우두머리로 전국 총파업 지휘부가 설치되었다. 출판노조, 전기노조, 체신노조, 해운노조 등이 파업에 들어갔다. 신문도 못 나오고 전화도 불통이 되었다.

공산당은 박헌영과 민전 사무국장 이강국의 체포령 해제와 이주하의 즉시 석방, 남조선노동당 결성대회의 허가 등을 요구하고 나섰다.

그런데 9월 30일 밤 대구에서 돌발사건이 일어났다. 대구역 앞에서 농성하고 있던 노동자들에게 난데없이 총알이 날아들었다. 수명이 비명을 올리며 피를 쏟고 대구의전병원에 옮겨졌지만 한 사람은 죽고 말았다.

피를 본 노동자와 군중들은 순식간에 수만 명의 데모대로 바뀌어 대구경찰서를 쳐들어갔다. 이어 무장경찰대가 출동하니 대구시는 유혈의 거리가 되고 말았다.

이것이 대구의 10월 항쟁이다.

그 유혈사건이 한창이던 때 여운형은 남로당과는 별개의 사로당을 결성한다고 발표했다. 그래서 사로당을 결성한 지 11일 만에 남로당과 합당하자고 나왔다.

그러자 남로당은 당과 당의 합당이 아니라 사로당을 해체하고 개인자격으로 들어오라고 했다.

여운형이 남로당에 사로당과 합당하자는 서한을 보내기 이틀 전 그가 평양에 보낸 편지의 사본이 공교롭게 남아 있다.

이 사본은 1947년 7월 19일 그가 혜화동 로터리에서 저격당할 때 자동차 안에 가지고 있던 가방 안에서 나왔다. 평양과 미군정청을 오락가락하던 여운형은 1947년 7월 19일 누구의 손에 의해서인지도 모르게 암살당하고 말았다.

새로운 당의 지침에 따라 임화의 문화공작은 젊은이에게로 향해졌다.

"임화 선생에 대해서는 익히 알고 있습니다만 앞으로의 지도에 크게 기대합니다."

이렇게 인사를 자청해 온 사람은 민전 선전부에서 일하던 김동석 金東碩이라는 젊은 화가였다. 나중에 알았지만, 그는 이승엽의 처남이어서 임화는 유달리 관심을 갖게 되었다.

그는 영어에도 능숙하다며 이승엽이 러치 장관을 만나러 갈 때면 으레 통역을 맡아왔다는 것이다.

임화는 가슴의 동계를 느끼며 땅에 푹 주저앉고 싶은 심정이었다.

'이승엽이 러치 장관을 만나다니! 이건 금시초문이 아닌가? 이 사실을 어떻게 해석해야 옳은가?'

아마도 그 얘기는 극비에 붙여 온 일인 성싶었다.

임화는 심한 의구에 사로잡힌 나머지 미구에 이승엽을 만나 뭔가 수수께끼를 풀어볼 생각이었다.

문학가동맹 사무실이 종로에서 미도파 앞 뉴욕제과점 건물로 옮긴 후 김광균은 이곳과 손을 떼다시피 지내고 있었다. 하긴 『문학』 창간호에 실린 그의 시 「은수저」가 인민을 위한 인민의 시가 아니라는 평을 면할 수 없었지만, 문맹의 지도층은 눈을 감아 주었다. 딴은 이탈자가 생기면 안 되겠기에 구렁이 담 넘듯 넘어간 것이었다.

신문사 퇴근길이면 명동 길목에 있는 문맹 사무실에 가끔씩 들르던 이봉구는 김광균의 얼굴이 보이지 않자 돌체 다방을 돌아 대원 화랑으로 발길을 돌렸다.

그 화랑에 가면 화가 한재덕이 나와 있기 때문이다.

"용악이 얼굴은 보기 귀해졌어……."

"일선에서 뛴다던데."

"시인이?"

"집회 때마다 시를 읽고 아지프로를 한다니까."

"시 대신 투쟁을 하겠다는 건가."

"그런 소리 하면 지목받아. 그렇지 않아도 문맹에서는 이형이나 김광균을 기회주의자라고 한다던데."

"기회주의자?"

"그래, 문맹과 문필가의 중간파라는 거야."

좌우 문단이 분열된 가운데 이봉구, 김광균, 장만영은 이른바 중간파로 불리게 되었다. 이것은 일제의 카프문학 전성시대에 유진오兪鎭午, 이효석을 동반자 작가로 지칭한 것과 비슷한 것이었다.

프로문학운동에 있어서 동반자작가가 논의된 것은 30년대 초엽의 일로, 이 두 작가는 직접 프로문학운동에 뛰어들지는 않았지만, 사상적으로는 카프작가들과 맥락을 같이한 데서 일컫은 말이었다.

본디 동반자작가의 시초는 러시아문학에서 연유한 것으로, 10월 혁명 후 국내전에 활약한 인텔리 출신 작가들을 그렇게 불렀다. 그들은 10월 혁명의 의의를 인정하고 혁명적인 프롤레타리아작가와 어깨를 같이했는데, 이들을 소비에트문학에서는 '혁명의 동반자' 또는 라프도키(동반자작가)라고 하였다.

한재덕 역시 미술동맹에 적을 두고는 있지만, 이봉구와 명동에서 술이 거나해지면 조직에 얽매이는 것이 생리에 맞지 않는다고 주정이었다.

이봉구는 배인철을 잃은 후부터는 종로의 서라벌 다방에 나가다가, 서울역 앞에 있던 돌체 다방이 명동으로 옮겨 새로 문을 연다는 소문에 뚱뚱한 몸집의 재덕과 발걸음을 재갔다.

그날 밤 콘서트는 명동으로 옮겨온 돌체 다방의 첫 번째 기념행사였다.

"브람스의 제4번도 틀어요"

이탈리아의 기항지 같은 음악을 들을 수 있는 분위기 탓인지, 이 다방엔 여러 층의 손님이 찾아들었다.

그런 손님 가운데 '비창 손님'이 있었다. 일제 때 학병으로 끌려가 머리의 부상으로 정신이상이 되었다는데 매일 아침이면 나타나 저녁때까지 차이코프스키의 <비창>에 귀를 기울이는 젊은이였다.

그는 하루에도 몇 번씩 트는 이 곡을 듣고 있다가 나중에는 울음이 복받칠 것 같은 슬픔에 더 견디지 못하고 밖으로 뛰어 나간다는 것이다.

"정신적 질환 때문이겠지."

봉구는 혼잣말로 중얼거리자 마담은 안타깝다는 듯이,

"비 오는 날이면 더 심해요"

"그 청년이 나타나면 붙잡아 놔요, 모델로 그리고 싶어."

갑자기 무슨 모티브가 생각났는지 재덕은 고호 같은 인상을 흘리며 싱긋 웃는다.

"다음엔 붙잡아 놓을 테니까 꼭 그려요. 걸작이 되게 시리……"

"걸작, 그런 시시한 소리 집어 치우고 이 집에 <비창>도 동이 난 모양이니 무궁원에 가서 한잔 하세."

“이대로 돌아갈 수야 없지.”

봉구는 찻잔을 비우면서 빙긋 웃었다.

“윤용하 형도 가요.”

이렇게 친구끼리 어울려 술이 취할라치면 용하는,

“어렵고 가난해도 우리 이제 가곡을 실컷 만들어야 해.” 하고 자리에서 일어나 자신의 서정가곡을 목청껏 뽑았다.

해방 이듬해 용정에서 결혼한 아내와 월남한 그는 한때 문학 서클 <백맥>시절에는 윤호영과 자별한 사이였다.

어느 날 의사인 호영에게 열차사고로 사경을 헤매는 아버지를 도와달라고 용화의 전화가 걸려왔다.

명동의 동방살롱에서 만나 남산의 어느 판잣집으로 호영은 안내되었다.

“이렇게 누추하지만 바르게 살자니 도리가 없어요.”

그는 계면쩍은 듯이 씩 웃고는 어둑한 방으로 먼저 들어섰다. 호영은 그의 가난을 목격하고서야 처음으로 한 예술가를 이해할 수 있을 것 같았다.

다음 날 그는 손수 환자를 안고 호영의 병원을 찾아 입원을 시키고는 돌아갔다. 병세는 이미 기우는 상태여서 진전 없이 지내다 십여 일 후 환자는 눈을 감고, 상주 없이 장례를 치른 한참만에야 그가 나타났다.

“내, 자식 노릇도 사람 노릇도 못한 죄인이오.”

용하는 고개를 푹 숙인 채 울먹였다.

"허허, 그런 수도 있으니 괘념 말아요."

호영은 담배를 권하며 그를 위로해 주었다.

문화공작대

소리 소문도 없이 박헌영은 북으로 피한 후 해주의 제1인쇄소에 남로당의 중간 연락소를 두고 서울의 지하당과 전평, 전농 등을 지도하고 있었다.

남한에서는 삼일절 기념행사에 좌익은 남산광장, 우익은 서울운동장에서 각각 행사를 치른 후 거리로 뛰쳐나와 피비린 충돌을 빚게 되었다.

양쪽 대회장에 모여든 군중은 극도의 흥분에 들떠 있어 서로 마주치면 불꽃 튕기는 충돌을 할 기세였다.

두 곳에서는 각각 대회를 마치고 시가행진으로 이어졌다. 우익진영의 행렬이 남대문 근처에 이르렀을 때 남산에서 내려오던 좌익의 대열과 마주쳤다. 양 진영에서 고래고래 함성이 울리고 어느 쪽에

선가 돌팔매가 날아들었다.

"죽여라 빨갱이들!"

"백색 테러를 근절하라!"

어느덧 선두 대열은 까마귀 떼처럼 엉클어져 백병전을 떠올리는 아수라장이 되어가고 있었다.

마침내 경찰의 발포로 양 진영은 강제 해산되었으나 남로당에 대한 검거선풍이 곧 뒤따랐다.

남로당에서는 24시간 총파업으로 맞서 나오자 미군정청은 남한 일대에 계엄령을 선포했다. 잇따라 좌익 검거가 시작된 것이다.

남대문 앞 일화빌딩의 남로당 당사는 빈 상태였다. 당 간부에 대한 체포령이 내리고 나서 사무실을 찾는 발길은 뚝 그치고 사무실은 으스스했다.

그런데 한 가지 의구심을 자아내게 하는 것은, 간부들이 모두 지하로 잠적했는데도 이승엽은 지상에 남아 있다는 소문이었다.

임화는 그 점이 석연치 않았다.

한여름의 뙤약볕이 내릴 즈음이었다.

수도경찰에서는 또 8·15 폭동음모라 하여 좌익계 천 삼백 명을 검거하고, 오백 명을 포고령 위반으로 처형했다. 경찰은 군중대회를 불허하고 8월 15일 새벽을 기해 남로당 당사와 전평 등을 습격하여 강문석, 김태준을 비롯 10여 명의 고급 간부와 중견 간부들을 잡아들였다.

그 즘 안영달은 파고다공원 뒷담을 걸어가다가 멀찍이 임화를 발견하고는 뛰어 왔다.

"어딜 그리 부리나케 가오?"

"서점에 잠깐 들를까 해서요."

임화는 낙원동 입구의 '마리서사'를 가끔 들렀었다. 해외에서 새로 들여오는 신간을 사기 위해서도 그랬지만, 머리를 식히기 위해서도 들르곤 했다. 그곳에 가면 이봉구나 김광균도 만나지만 유진오, 박인환과 같은 젊은 시인들은 그를 깍듯이 대해 주었다.

"한가하시나 봐요."

"마음이 착잡할 때 가끔 서점을 들러요."

임화는 이렇게 되받고 나서 말했다.

"사람들의 시선이 따가워져요. 거리에는 어디고 개들의 거미줄이 처져 있는 듯이 생각되고요."

"임 동지, 중심을 잃지 않고 있어야 살아남습니다. 지난번의 정판사 위조지폐사건을 보세요. 그건 날조에 의한 탄압이에요. 미군정청이 독도에 사는 이재원 등 7명을 검거하고 그 증거물로 지폐를 찍는 인쇄기와 잉크, 석판, 위조지폐를 압수했지요. 그런데 그 위조지폐는 해방이 되고서 재료가 모두 폐기된 것이라 선명하게 찍혀 나올 수 없는 것들이라요. 고론데 지폐위조단에 공산당 당증을 가진 김창선과 정명환이 낀 것을 안 경찰은 그들을 미끼로 정판사 위조지폐사건을 꾸미게 된 거요."

주위를 돌아보며 안영달이 일러 주었다.

정판사 위조지폐사건과 서울 교외인 독도위조단 사건은 분리재판으로 진행되었었다. 뒤의 것은 8월 6일 판결이 내려져 남승주 징역 6년, 조승헌 등이 징역 5년, 홍사겸에게 징역 3년이 선고되었다. 이들은 혹독한 고문에 못 이겨 거짓 자백을 하였고, 이것으로 정판사 위조지폐사건이 꾸며졌다는 것이다.

그해 11월 28일 이관술, 박낙종, 손언필, 김창익 4명에게는 무기징역이, 신광범에게는 15년 징역이, 김창선에게는 10년 징역이 선고되고 관련자 전원이 유죄판결을 받는 등 사건은 막을 내렸었다.

그러나 지금의 정세는 전국에 포고령이 내려 당이 지하로 숨어들고 간부 다수가 쇠고랑을 차고 있는 상황이었다.

두 사람이 파고다공원을 한 바퀴 돌고 팔각정 계단에 자리를 잡고 앉았을 때 임화의 뇌리에는 뭔가 번뜩이는 생각이 있었다.

'중심을 잃지 않고 있어야 살아남습니다.'

그리고 보니 안영달을 만난 지가 꽤 오래 됐다는 생각이 들었다.

'그 동안 다른 동지들이 모두 지하로 숨어들고 쇠고랑을 찼는데 이 사람은 어찌 대낮에 활보하고 있담. 그는 이승엽의 직계라 하던데……'

안영달이라는 인물이 자꾸 아리송해졌다.

그는 밀양 안교리安校理 손자로, 1931년 만주사변이 일어나 대구에 주둔하고 있던 일본군 연대가 대구역 앞에 정렬해 있을 때 중학생인 그가 반전 삐라를 뿌렸다 하여 당내에서 용감한 사람으로 알려져 있었다.

그는 일본에 가서 R대학을 다니다 학병에 끌려가 해방 후 귀국하여 이승엽 밑에서 일을 보게 되었다. 그 후 승승장구하여 경남도당 군사부장으로 남북 연락책을 맡고 있던 중 서울 시내에서 체포되었으나, 얼마 후 무혐의로 풀려났었다.

그간 고생이 많았다고 임화가 추어주자 그는 수다스레 받아 넘겼다.

"위기를 아주 잘 넘겼지. 조직을 대라고 지리산까지 끌려가던 도중 돈 2백만 원을 경관한테 주고 구사일생으로 탈출해 온 거요"

그는 속임수를 쓰고 있지만, 실은 경찰을 매수한 것이 아니라 그가 경찰에 매수당했던 것이다.

한편 남로당에서는 1947년 봄부터 소련의 당학교에 유학 보낼 사람들을 선발하고 있었다. 당에서는 무엇보다도 남반부 해방을 위해 우수한 인재가 필요했다.

이 선발 책임자가 간부부장인 이현상이었다. 해방 전에 고등교육을 받지 못한 중앙당 과장급 이상 또는 지방당 부장급 이상으로 출신성분이 노동자나 빈농이어야만 했다.

이현상은 이듬해 각지에서 20여 명의 대상자를 선발, 자신이 인솔하여 모스크바로 출발할 예정이었다.

그런데 그들을 인솔하여 평양에 체류할 때 사고가 생기고 말았다.

일은 엉뚱한 데로 빗나갔던 것이다.

북로당 간부부장 이상조가 같은 직책으로서 이현상과 선전부장 김창만을 식사에 초대했었다.

한참 술잔이 오가던 중에 이상조가,

"뭐니뭐니해도 조선의 최고 지도자는 김일성 장군이지."

하고 북의 지도자를 추켜세웠다.

이현상은 가만히 듣고만 있지 않았다.

"이상조 동무, 말은 바른대로 합시다. 인물이나 경력으로 따진다면야 박헌영 선생을 당할 사람이 누구요?"

"아니, 듣자 하니 이현상 동무가 함부로 입을 놀리는구먼."

김창만도 이상조의 편을 들고 나왔다.

"뭣이 어째, 우리 조선 땅에서 공산당을 창건한 사람이 누군데 떠벌어 대는 거야."

이현상은 굽히지 않고 언성을 높였다.

두 사람 간에 댕댕하니 말싸움이 벌어지고 종내에는 술상이 엎어졌다. 남북 노동당의 간부부장끼리 친목을 다진다는 술자리가 그만 난장판이 되고 말았다.

그 이튿날 박헌영은 이현상의 소련 유학을 취소시키고 서울로 돌려보냈다. 이상조와 김창만도 그대로 자리를 지키지 못하고 각각 강등, 좌천을 당하는 꼴이 되었다.

이렇게 뜻하지 않은 사고로 이현상은 소련 유학을 갈 수가 없었다.

그 즘 평남 강동군에는 강동정치학원이 새로 문을 열었다. 이곳은 남로당의 군사·정치학교로 월북한 젊은이에게 3개월 또는 6개월의 단기훈련을 시켜 이남으로 돌려보냈다. 이미 당이 지하로 들어간 때여서 그들을 지리산으로 보내 빨치산의 간부를 양성하기 위해서였다.

이현상이 서울로 돌아오자 이승엽은 그의 거취를 놓고 이 궁리 저 궁리 했다. 평양에서의 사건소식을 이미 들어 알고 있는지라 그대로 두었다가는 북의 노여움을 사리라는 심산에서 박헌영에게 그의 파면을 건의했다.

박헌영은 울며 겨자 먹기로 그의 처리 문제는 이승엽에게 맡길 수밖에 없었다. 약삭빠른 이승엽은 북의 환심을 사기 위해 이현상을 간부부장에서 파면한 후 지리산으로 보낼 뜻을 굳혔다. 지리산에 내보내는 것은 살아나오지 못할 땅에 그를 몰아넣는 것과 다름없었다.

"이현상 동무도 알다시피 우리 당이 가장 시급한 것이 군대가 없다는 것이오. 정권은 총구에서 생겨난다는 말을 동무도 잘 알 것이오. 동무는 지리산에 들어가 남조선 혁명의 거점을 확보해 주시오."

이승엽의 날카로운 눈을 쏘아보면서 이현상은 웃음 띤 얼굴로 말했다.

"좋소. 당이 내린 결정이라면 가서 남로당 군사요원을 양성하겠소"

사실 남로당의 약점은 자기 군대가 없다는 것이었다. 남에 국방군이, 북에 인민군이 창설되고 있는데 남로당은 자기의 군대를 갖고 있지 못했다.

딴은 해방 직후 공산당은 맨 먼저 그들의 군대를 조직했었다. 건국준비위원회 산하의 국군준비대가 그것이었다. 이 국군준비대는 서울 시내 각 초등학교 교정에서 떳떳이 군사훈련을 하고 있었다.

그러나 얼마 안 가서 국군준비대는 미군정에 의해 해산되고 간부들은 체포당하고 말았다.

남로당은 곧 전술을 바꾸어 국방경비대 속에 프락치를 심어 넣고 이들을 금싸라기같이 아꼈다. 사병은 각 도당에서 그 사업을 맡고 장교는 중앙당에서 그 일을 관장하여 나름의 성과를 거두었다.

박헌영의 속셈은 군대내의 남로당 프락치를 온존시켜 가면서 앞으로의 정세에 대비코자 한 것이다.

이현상도 지리산에 갈 때의 임무는 당장 게릴라전을 하자는 것이 아니고, 남로당 독자의 군사요원을 양성해 두자는 것이었다.

유엔에서 유엔한국임시위원단이 설치될 때의 일이다.

유엔 감시아래 남북 총선거를 실시한다는 유엔 결정에 따라 인도 등 8개국 감시위원단이 입국하였다. 그러나 북에 주둔한 소련군은 이들의 입국을 뿌리쳤다.

유엔은 다시 '가능한 지역에서만 총선거를 실시한다'고 하여 5월

10일 남한만의 단독선거가 실시되었다.

남로당은 이에 앞서 2월 7일 유엔임시위원단의 입국을 반대, 전국 각지에서 시위와 무장투쟁을 벌여 나갔다. 한라산 중턱에도 야산대 아지트가 만들어졌다.

이 때 육지에서 지원 나온 경찰과 서북청년단이 제주도에 들어와 닥치는 대로 총과 몽둥이를 휘둘러댔다.

좌익들 일부는 한라산 중턱에 피신하고 일부는 제9연대에 위장 입대하여 잠복하고 있었다.

인민해방군 3천여 명은 4월 3일 새벽 2시 일제히 제주도 15개 지서를 습격, 14개 지서를 점령하고 경찰과 우익인사들을 살해하였다.

이로 인해 북제주군의 2개 선거구는 5·10총선거를 실시하지 못하고 만 1년 후에야 치르게 되었다.

그런데 4·3봉기의 지휘자 김달삼은 8월 29일 해주에서 열린 '남조선인민대표자대회'에 홀연히 나타나 4·3항쟁의 상황을 보고하였다.

공산당의 투쟁 가운데 빨치산투쟁의 효시가 된 것은 '야산대'의 활동이었다.

야산대는 1948년 2·7구국투쟁을 계기로 그 조직이 본격화된 당의 무장부대인 것이다. 도당에는 '야산대 도사령부'를, 시·군당에는 '○○야산대'를 두었었다.

그러나 그해 여름까지 제주도를 제외한 각 유격전구의 활동은 미미했다. 그러다가 10월 여수의 제14연대 봉기로 아연 활기를 띠게 되었다.

당초의 주동자는 인사계 선임하사관인 일등상사 지창수였다. 지창수가 지휘하는 봉기군은 20일 오전 중 여수 시내를 장악하고 순천으로 북상한 후 광양, 벌교, 학구, 구례 등지를 차례로 점령하고 진압군과 대치했다.

제주도 진압이 불씨가 되었었다. 여수의 14연대에는 제주도 토벌 명령이 내려졌다. 지창수는 전장병을 연병장에 모아놓고 열변을 토하기 시작했다.

"친애하는 출동장병 여러분! 드디어 올 것이 오고야 말았습니다. 오늘 밤 여수경찰이 우리를 쳐들어온다는 정보가 지금 막 들어왔습니다. 우리는 지금까지 사회에서나 또 군에 들어와서 경찰 놈들한테 얼마나 많은 멸시와 수모를 받아 왔습니까? 출동장병 여러분! 우리 무엇 때문에 동족상잔의 제주도에 가야 합니까? 우리 다 같이 궐기하여 놈들을 때려잡읍시다!"

순식간에 연대를 장악한 지창수가 미리 들어와 있던 민애청 서종현을 비롯한 20여 명의 안내를 받아 새벽 한 시께 영내를 출발했다. 이들 봉기군은 두 시간 만에 여수경찰서를 점령하고 시내에 인공기를 내건 것이 5시 30분께였다.

김지회 중위는 2개 대대 병력을 이끌고 아침 여덟 시 통근열차편으로 순천으로 향했다.

이현상이 홀연 순천역두에 나타난 것은 20일 오후였다. 광주 이

남이 계엄군에 차단되어 삼엄한 봉쇄선을 뚫고 온 것이었다. 간편한 평복차림에 별갑테 안경을 끼고 나타난 그 중년 사나이는 홍순석 중위를 찾았다. 14연대의 순천주둔 중대장인 홍순석은 남로당 현지당부와 선이 닿아 있어 봉기군들의 신분보장을 받고 있었다.

"나는 중앙당에서 나온 노상명이오."

이현상은 가명으로 자기소개를 했다. 이 가명 말고도 '노 사령'이 중앙당의 거물이라는 것은 이미 소문이 나 있었다.

"오시느라 수고가 많았습니다."

홍순석은 노 사령의 손을 잡으며 깍듯이 예를 갖추었다.

14연대의 주력이 구례읍에 들이닥친 것은 그로부터 사흘 후였다.

그날 주력부대는 경찰의 저항을 물리치고 이른 아침 구례읍을 쳐들었다. 이 부대는 순천·여수지구 수복작전에 쏠려 있던 국군 진압부대의 배후를 찌른 것이었다. 이미 경찰서 옥상에는 인공기가 휘날리고 그 앞 광장에는 병사들이 쉬고 있었다. 그 주변에는 꽤 많은 구경꾼들이 웅성거렸다.

그때 평복 차림의 사나이와 헬멧을 쓴 군복 차림의 홍순석 중위가 경찰서 안에서 나타났다. 그 뒤를 양장 차림의 앳된 여인 한 명이 따라 나왔다.

그들은 모두 권총을 차고 있었는데, 평복 차림의 사나이는 권총을 상의 안쪽 가슴께에 차고 연행된 사람들 앞으로 다가왔다.

"동무들은 무스거 일로 왔는지 알갔소?"

"우리가 무슨 죄를 지었것소 선상님네들……."
"안심들 하기요. 우린 함부로 설치지 않소"
이렇게 말하고 나서 그는 인민해방군 사령 김지회라고 자기소개를 했다. 김지회는 곱상한 얼굴에 중키의 날렵한 몸매였다. 그의 곁에 바짝 다가선 앳된 여인은 그의 애인 조경순이었다.
"노 사령님 오셨어!"
몇 발거리에 평복과 등산모 차림의 중년 사나이가 그들을 바라보고 서 있었다.
"김 사령, 군중집회가 잘 안 되는 모양이여……."
노 사령이 한 마디 던졌다.
그들은 자리를 떠나 노 사령 쪽으로 다가가서 경찰서 밖으로 걸어 나갔다.
오후의 군중연설이 있고 나서 봉기군은 구례읍에서 철수하기 시작했다. 지리산으로 향하는 병력은 4백여 명의 대열이 늘어서 있고 밤색과 흰색 두 마리의 말이 있었다. 흰색 말은 노 사령이 타고 밤색 말은 조경순이 타고 있었다.
늦가을의 해는 어슬어슬 어두워졌다.
지라산유격전구 지휘소는 세 곳으로 설정되어 있었다. 제1지휘소는 지리산과 백운산의 산자락을 휘감고 흐르는 섬진강 기슭의 구례 토지 초등학교, 제2지휘소는 지리산 문수골 안에 있는 산촌 문수리였다. 토지초등학교에서 노고단 쪽으로 4킬로 지점이다. 제3지휘소는 피아골 안에 있는 토지면 내서리였다.

당초 여수에서 순천에 당도한 주력은 약 2개 대대 병력이었고 순천에서 홍순석의 2개 중대와 광주 제4연대의 1개 중대가 여기에 동조하여 총병력은 1천 6백여 명으로 불어났다. 그중 21일 새벽 구례 방면으로 떠난 주력은 1천 명을 웃돌았다.

지리산에 들어간 이현상이 보고서를 당중앙에 낸 것은 다음해 1월 1일, 김삼룡이 그것을 받은 것은 15일이었다.

이 보고서를 받은 김상룡은 곧장 간부회의를 소집, 지리산을 남조선혁명의 기지로 한다는 데 의견을 모았으나, 그 밖의 문제는 정세가 돌아가는 것을 보아가며 다시 의논키로 했다.

이즈음 해주의 박헌영으로부터는 지리산빨치산의 월동문제에 관한 특별지시가 서울의 지하당에 내려졌다. 내용인즉 지리산 빨치산의 월동문제를 검토하여 긴급히 대책을 세우고 그것을 이내 보고하라는 것이었다.

지리산에 들어간 지창수는 노사령 앞에 불려가 당적 책벌을 받아야 했다.

"금싸라기 같은 지하당 간부들을 적지에 내팽개치고 오다니 동무는 용서할 수 없는 큰 과오를 범했소"

"노사령 님, 면목 없습니다."

"당분간 자숙하고 대기하오."

14연대 봉기의 영웅으로 떠오르려던 지창수는 그만 냉수를 둘러 쓰고 호된 추궁을 받았다.

그때부터 이현상은 봉기군을 지도하고 그의 지시에 따라 홍순석이 사령으로, 김지회는 부사령으로, 새로운 유격대의 지휘자가 된다.

이현상은 지창수에게 뒤에 남아 패잔병을 모아 뒤따라오도록 이르고 4백여 병력은 사령과 부사령에게 지휘케 한 다음 지리산 문수골로 들어갔다. 이 골은 구례 화엄사골과 피아골 사이에 있는 그다지 깊지 않은 골짜기다.

노고단을 향해 화엄사골과 나란히 뻗어 있고 노고단에서 시오리 되는 밤재까지는 동네가 연해 있는데 문수암이 있어 문수골이다.

구례읍을 한때 들이친 이현상 부대는 금융조합 쌀 창고를 털고 생필품을 시장에서 확보한 후 광양군 옥룡면을 거쳐 광양 백운산으로 들어갔다.

겨울이 되자 부대를 피아골로 옮겨 월동에 들어갔다.

피아골은 지리산의 아흔 아홉 골 중에서도 골짜기가 제일 깊고 숲이 울창한 곳이다. 이 골짜기에는 박종하가 거느리는 20명 가량의 구례군당 유격대의 아지트가 있었다.

훤칠한 키에 미남인 그는 야산대 활동을 해 온 지휘관으로 한창 교전할 때도 웃는 낯으로 작전지휘를 한대서 인기가 있었다.

이현상의 신편 유격대는 피아골에서 빨치산 전법을 구례군당 유격대로부터 배웠다.

꽃샘추위가 한창일 때 선발대인 지휘부가 지리산 뱀사골에 이르러 큰 참변을 만난다. 뱀사골 어귀 반선리 금판정 마을에 지휘부대가 지쳐 떨어져 있자 술도가 주인이 술을 실컷 퍼 먹인 후 토벌대에 신고해 버렸다. 산내면 마을에 머물러 있던 토벌대는 도가 주인의 길 안내로 한창 곯아떨어진 지휘부를 덮쳐 17명을 사살하고 7명을 생포했다. 그 사상자 중에 홍순석 사령과 김지회 부사령이 끼여 있었다.

김지회는 중상을 입고도 연장골 숲속까지 기어가 절명하는 바람에 토벌대가 한때 수색전을 펴느라 소동을 벌였다. 그 수색전에서 전사 1명과 달궁마을 광산굴에 숨어 있던 조경순이 생포되어 군법회의에서 사형을 선고받았다. 그녀는 최종 재판과정에서 무기형으로 감형됐지만 6·25 초 처단되는 비운의 여주인공이었다.

이 때 이현상은 한발 앞서 뱀사골에 돌아와 있었는데 보리뿌리를 캐먹으면서 허기를 달래며 패잔병 1백 30여 명을 이끌고 구례군당에 선을 대어 갔다.

구례군당은 피아골에 아지트를 두고 있었다.

산속의 보리 고개는 인동초처럼 견디며 살아남아야 했다. 여성대원들은 산나물을 뜯어다가 죽을 쑤어 전사들에게 조금씩 나누어 주고, 그것도 모자라 맹물을 마시면서 허기를 견뎌야 하니 죽음보다 더한 간난의 시간들이었다.

세석평전의 철쭉꽃이 한창일 때 그들은 인민유격대 제2병단으로 전열을 가다듬었다. 문수골 당시 6백 명이 넘던 인원이 2백 명으로 줄어 있었다.

백운산의 박종하 부대가 1백여 명으로 제3연대, 이영회 부대를 제5연대, 이현상 직속부대를 제7연대로 조용식이 지휘하는 부대개편을 하기에 이르렀다.

이현상 부대가 삼일절 투쟁길에 나설 무렵 서울중앙에서는 문화공작대를 보내왔다. 유격대의 정서적 지원책의 하나로 이루어진 것이다.

문화공작대는 두 직분으로 나뉘어 있었다. 하나는 남로당 문화부장 김태준을 대장으로 하는 이용환, 박우룡, 이원장 등 4명의 일행이며, 시인 유진오를 팀장으로 하는 유호진, 홍순학의 3인조이다.

지리산 유격대의 사기를 돕겠다고 이들 문화공작대는 전남 구례에 이르러 나흘간의 잠행 끝에 빨치산 부대와 선이 닿았다.

"문화 일꾼들, 오시느라 수고가 많았소"

유격대 대원들은 이들을 기쁘게 맞이했지만 당장 필요한 것은 굶주림과 추위에서 벗어나는 일이었다.

육탄시인 유진오는 빨치산과의 첫 만남에서 「생존을 위한 투쟁」의 시를 써냈다.

휘몰아치는 비바람에
고향은 있어도 흙 한줌 없는
아아 이 나라는 언제나 남의 땅

보라 이 비가 멎은 다음날엔
진정 폭풍우 같은 우리의 아우성이
새로운 장마를 마련할 것이다.
…… 눈시울이 뜨거워지도록
두 팔에 힘을 주어버리는 것은
누구를 위한 붉은 마음이냐! ……

그러나 전사들의 환영도 잠시일 뿐, 문화공작대는 삼일절 기념투쟁을 위해 출동하는 부대를 따르다가 사흘 만에 낙오되고 말았다. 창백한 문화인들로서는 체력적으로 감당하기 어려웠던 것이다. 이들은 남원군내 한 골짜기에서 헤매다 민보단에 붙잡혀 경찰에 넘겨지게 되었다.

이것이 신문에 크게 보도되었다. 학자로서의 김태준과 시인으로서의 유진오의 명성이 높았기 때문이다. 해방 직후 합동시집『전위시인집』과 입산하기 직전에 낸 시집『창』으로 유진오는 전위시인의 맨 앞에 서 있었다.

문화공작대 전원은 군사재판에 넘겨져 모조리 사형을 선고 받았다. 이 때 김지회의 애인 조경순도 같이 재판을 받고 있었다. 재판장의 '사형'이라는 선고가 그들에게는 현실이 아닌 저쪽 나라의 귀울림이었다.

김태준은 수색 형장에서 총살형이 집행되고 유진오 등은 무기로 감형, 훗날 국군의 후퇴 시 화를 당하고 만다.

지리산의 빨치산 부대는 생존을 위한 싸움에 급급할 수밖에 없었다. 서울의 지하당도 각일각 위기를 맞고 있었다. 북의 소환을 받고 이승엽이 해주로 월북한 후 서울과 해주를 잇는 비밀선은 안영달이 도맡고 있었다. 그는 서울 지도부 연락책으로 이승엽의 심복이었다. 6·25 후에 밝혀졌지만 안영달은 1949년 가을 경찰에 체포되어 변절했으나 당을 속이고 당내에 잠입, 총책 김삼룡을 체포하는 데 공을 세운다.

이듬해 3월의 어느 새벽이었다.

검찰에는 서울 시경의 홍민표 경위로부터 색다른 보고가 들어왔다.

"장충동 파출소 근처 모퉁이 2층집에 수상한 자들이 드나드는데 지금 그들의 동향을 감시하는 중입니다."

아연 긴장한 검찰은 침착하게 수사를 진행하라며 다음 보고를 초조하게 기다리고 있었다.

홍경위의 다음 보고는 충격적이었다.

"그들을 일망타진했습니다. 사찰과 분실 형사대의 지원을 얻어 그 집을 덮쳤습니다. 6명을 잡아 취조해 보니 9월 폭동계획이 실패하고 지하당이 붕괴하자 서울 시당부를 재건 수습하라는 새로운 지령을 받고 모여든 당간부였습니다."

홍민표 부대의 전향은 지하당의 새로운 재건계획마저 분쇄해 버렸다. 안영달도 이 사건에 깊이 관여하고 있었다.

홍민표는 9월 폭동의 총책을 맡고 작전지휘를 했던 서울시당 부위원장이었다. 그는 일제시대 이래 투옥되기를 밥 먹듯이 하였다. 9월 폭동 계획을 지휘해 오던 그의 전향은 남로당에 엄청난 손실을 가져다 준 사건이었다.

이 수사과정에서 가두연락선을 포착한 경찰은 김형육을 체포했다. 그러나 그가 총책 김삼룡의 비서인 줄은 나중에 알게 된다. 매주 한번 접선키로 된 필동 가두 연락선에서 안영달의 도움으로 붙잡힌 그는 비밀을 털어놓기 시작했다.

경찰은 그의 집을 수색하고 아내를 연행하여 김형육의 집에 김삼룡이 드나든다는 것을 고백 받은 것이다.

수사진은 고삐를 조여 들었다.

"자네 처가 불었어. 김삼룡과 어떤 관계냐?"

그는 더 버틸 수 없다고 여겼던지

"김삼룡의 아지트를 대지요."

하고 순순히 털어 놓았다.

김삼룡의 아지트는 그가 수사진에게 습격을 받았던 효제동 반찬가게를 비롯하여 이태원, 공덕동 등 일곱 군데나 되었다.

한낱 가두 연락원쯤으로 알았던 그가 뜻밖에 남로당 총책 김삼룡의 비서라는 것이 드러나자 수사진은 쾌재를 불렀다. 수사진은 효제동 아지트에 초점을 돌렸다.

시간은 각각 다르지만 낮에는 벙거지에 수염을 붙이고 자전거를 타고 다닌다는 김삼룡의 뒤를 바짝 쫓고 있던 수사진은 입을 쩍 벌

148

렸다.

아지트를 지키고 있는 사람은 모두 미모의 여인들이었다. 더욱이 효제동 아지트의 관리자는 대한부인회 효제동 분회의 부회장직을 맡은 여인이었다.

마침내 수사진은 북아현동의 한 의사집을 덮쳐 김삼룡의 손에 쇠고랑을 채웠다. 남창동에 있는 치안국 사찰과 분실에 연행된 그는 홍민표 경위와 숨 막히는 대면이 이루어졌다.

지하당 총책 김삼룡, 그는 1910년 충주군 용산리 빈농의 집에 태어나 일제시대에는 김대원, 김성수, 김인업 등의 가명으로 투쟁하다 1941년 경성 콤그룹 사건으로 체포되어 8·15 때 전주형무소에서 출옥한 무쇠 같은 사람이다.

지금 김삼룡을 마주 쏘아보는 홍민표는 전날 '8월해방계획'의 서울시당 지도부의 '특위책'을 맡았던 옛 동지다.

특위책 홍민표는 당내 기밀을 구수 밀회하면서 모든 당원들에게 '만일의 경우 수사당국에 자신들이 검거될 경우 죽음으로써 당을 수호할 것'을 엄히 명령하였다. 또한 전 조직을 도시 유격대로 편성 완료하고 정권인수를 위해 시정市政에 대한 구체적인 계획을 세우라고 시정문제연구위원회에 지시하는 한편 서울지구 유격사령관 조병수에게 전투 준비를 하달했었다.

이렇게 한 달 늦추어진 D데이 9월 20일을 기해 무력혁명을 준비해나가다가 겨우 나흘 앞두고 특위책인 홍민표가 경찰에 체포된 것이다.

홍민표는 혁명 대신 목숨을 택하고 9월의 무력혁명은 물거품이
되고 말았다.

"이렇게 만나게 되어 미안합니다……."

홍경위는 첫마디를 던지고 그의 손을 덥석 잡았다. 홍경위의 눈
에서 눈물이 주룩 흘러 내렸다. 김삼룡의 눈에도 이슬 같은 눈물이
어렸다.

"이젠 서로 입장이 다르게 됐으니 여러 가지로 이해해 주어야 되
겠습니다."

홍경위가 나직이 말하자 김삼룡은 처음으로 입을 열었다.

"알겠소……."

이 말은 그가 체포된 후 첫 발언이었다. 그때까지 그는 묵비권으
로 버티어 입을 떼지 않았다. 수사관의 어떤 물음에도 그저 픽 웃고
는 입을 다물어 버려 수사진을 애먹였던 것이다.

그러나 지금은 사정이 달랐다. 두 사람 사이에 넘을 수 없는 장
벽을 두고 냉엄한 현실이 있을 따름이었다.

"나는 수사관이다. 이제부터는 너를 적으로 맞이하겠다."

홀연 탈을 바꿔 쓰고 게다가 칼자루를 쥔 자의 독기 품은 한 마
디였다. 이런 선전포고를 시작으로 홍경위는 김삼룡의 신문을 진행
해 갔다.

취조의 초점은 대남유격대와 남로당의 비상연락망을 알아내는

데에 힘을 썼지만 끝내 밝혀내지는 못했다.

홍경위는 김형육의 전향을 알려주고 그에게도 전향을 권하자,

"김형육이가 전향…… 거짓말 마오. 김동무는 그렇게 약한 사람이 아니오."

하고 내쏠 뿐이었다. 서로 맞대면을 하고 나서야 수긍한 듯했지만 입을 꼭 다물고 고개를 내저었다. 마지막 방법으로 효제동에 사는 세 살짜리 아들과 아내를 시켜 전향해서 함께 살기를 권유해 보았지만 이것도 허사였다.

한편 김삼룡의 체포단계에서 또 하나의 개가는 정치고문 이주하의 검거였다.

그는 쇠고랑을 찬 후 심경의 변화를 일으킨 탓인지 모든 정보를 순순히 자백하였다.

이 두 최고 간부의 체포 소식을 접한 정태식은 박갑동에게 그들의 구출 작전명령을 지시했다.

그 즘 박갑동은 중앙상임위원인 황보와 연락선이 닿고 배철裵哲 경북도당과도 연락선을 가지고 있었다. 그래서 배철의 팔공산 유격대를 서울로 불러올 수 있으리라는 속셈이었다.

박갑동은 김삼룡이 어느 구치소에 수감되어 있는지, 어느 검사가 취조하고 있는지를 알아보도록 하부 조직에 지시하고는 원효로의 굴다리 밑으로 갔다. 황보와의 접선이 시급했기 때문이다.

그러나 황보는 나타나지 않았다. 정태식은 꼭 접선하라고 독촉이

성화같았다.

거기에는 그럴만한 이유가 있었다. 정태식과 김삼룡은 같은 고장 출신인데다 해방 전부터 같은 조직에서 투쟁해 오다 옥고도 같이 치른 혈맹의 사이였다.

하지만 김삼룡 구출작전의 성공은 기대하기 어려웠다. 설령 팔공산 유격대 2개 소대를 서울로 잠입시켜 그를 탈출시킨다 하더라도 출동한 대원은 모조리 박살이 날 것이 뻔했다.

그러나 일은 머리도 디밀지 못했다. 후에 알고 보니 박갑동이 접선을 꾀하던 날 황보는 쇠고랑을 차고 만 것이다.

이제 남은 지하당 조직은 박갑동이 맡고 있는 중앙 선전부, 기관지부, 통제지도부와 이현상의 지리산 유격대 그리고 그의 산하에 있는 경남·전남·전북도당이 잿더미 속의 불꽃처럼 명맥을 지키고 있었다.

또한 팔공산에 숨죽은 듯이 배철의 경북도당이 숨어들고 충남도당의 이주상이 쥐도 새도 모르게 대전 시내에 잠입해 있었다.

서울시당을 비롯한 경기도당·충북도당·강원도당은 이미 조직이 산산 조각나 그림자도 찾아볼 수 없었다.

무더운 여름이 성큼 다가왔다.

8월 들어 파고다공원으로 임화를 불러낸 안영달은 최근의 동향을 알고 있느냐고 물었다. 임화는 소문으로는 듣고 있다고 대답했다.

8·15 두 돌을 앞두고 루머가 떠돌고 있었다. 그것은 시민의 대대적인 시위가 있을 거라는 풍문과 함께 군정청에서는 그것을 구실로 좌익의 뿌리를 뽑고 나서리라는 것이었다.

그러면서도 그는 고개를 내저었다.

"지금과 같이 우익이 설치는 판에 그런 대대적인 시위가 성공할까요?"

"군정청에서는 그것을 기회로 붕괴시키려 하고 있어요."

임화는 가끔씩 겪는 신열 때문에 바깥출입이 잦지 않았고, 그런 탓인지 숨 막히게 돌아가고 있는 정세에는 밝지 못했다.

"그럼, 우리도 위험하겠군……."

임화는 나직이 말했지만 기어이 올 것이 왔다는 생각이 미쳤다. 이번만은 그들의 손길을 벗어날 수 없을 것 같았다.

'어찌할 것인가? 이 검거선풍 속에 내가 남아 있다가는 동지에게 의심받을 것은 불 보듯 뻔 한 일이 아닌가?'

하지만 일단 검거된다면 병든 몸을 어찌할 것인가 망망한 생각이 뇌리를 스치고 지나갔다. 설정식과 맺어 있는 선도 믿을 것이 못되었다. 여차하면 무슨 소용이 있을까 싶었다.

두 사람은 공원을 나와 뙤약볕 속을 걸어갔다.

"그 점에 대해 상의하고 싶어서…… 앞으로의 처신 말예요."

임화는 섬뜩한 생각이 들었다. 앞으로의 처신이라는 말에 왠지 소름이 끼치고 오만가지 생각이 난마처럼 얽히었다. 아직 그에게는 이승엽의 행방도 조일명의 소식도 아는 바가 없었다. 하지만 시인의 육감은 안영달을 자기에게 보낸 것은 필시 그들 중의 한 사람일 거라고 단정했다.

임화는 가만히 서있는데 안영달이 뒤를 돌아보았다. 어두운 녹색 지프가 바로 거기에 와 있다. 눈에 익은 차였다.

이윽고 두 사람은 설정식의 응접실에 마주 앉았다. 그는 몸이 어떠냐고 묻고 나서,

"임 선생도 남쪽에는 남아날 수 없게 됐어요."

"……."

"그대로 있다가는 위험해요. 임화 시인은 너무 알려져 있어 군정청이 손을 뺄 수 없을 거예요. 이번엔 뿌리째 뽑을 모양이니까."

"어쩌면 좋을까요?"

"북으로 가세요."

"언제?"

"준비가 되는대로……."

그러면서 설정식은 안영달에게 눈길을 돌렸다.

"그 준비는 이 사람이 할 테니까 북쪽에 가서 맡은 일을 해내면 돼요."

임화는 어안이 벙벙해 입이 얼어붙어 있었다.

"북으로 가면 그쪽에서 신변을 돌봐줄 거요."

"누가?"

"지금은 말할 수 없어요. 하지만 당신이 월북하면 익히 아는 사람한테서 손길이 뻗어올 꺼요."

"설 국장!"

하고 임화는 애원하듯이 중얼거렸다.

"나는 병든 몸. 북으로 가면 쓰러지고 말 것이오. 남쪽에 남아있을 수는 없을까요."

"만일 그걸 바란다면 감옥에 가는 길밖에 없어요. 우리가 보호하는 것도 한계가 있어요."

그러나 임화는 좀처럼 입을 떼지 않았다.

안영달은 한 발을 무릎에 얹고 두 눈을 지그시 감은 채 그들의 이야기를 듣고 있었다.

그때 설정식은 냉큼 말했다.

"앞으로 2주일 후면 남한 일대에 선풍이 몰아 닥쳐요. 그때까지 몸을 빼세요."

"……."

"만일 그 기회를 놓치면 감옥에 가요. 아무도 당신을 도울 수는 없을게요."

임화는 맥없이 일어섰다. 안영달도 자리에서 일어나 두 사람은 설정식의 현관문을 나섰다.

두 사람은 한동안 입을 다문 채 가로수 그늘을 걷고 있었다. 거리의 행인 수 명이 숨을 헐떡이며 그들의 곁을 지나고 있었다.

"당분간 여행을 떠난다고 아내에게는 말해 둬요."

임화는 그것이 실감으로 느껴지지 않았다. 얼마 전까지만 해도 상상도 못한 일이 현실로 다가왔기 때문이다.

그 때문인지 희한하게도 앞으로 벌어질 일들이 남의 일 같이만 여겨졌다. 하지만 냉엄한 현실이 그의 앞에는 하나의 선택을 기다리고 있었다.

'미군정의 지령에 따를 것인가? 이를 거부하고 감옥을 선택할 것인가?'

초겨울의 별은 바둑판의 보석과 같이 반짝이고 있었다.

임화는 어깨를 움츠리면서 걸어갔다. 개성을 지나서는 외투 깃을 올려 세우고 맨송맨송 걸었다. 어딘지 짐작이 가지 않는 지점이지만 널따란 광야인 것만은 느낄 수 있었다.

임화 곁에는 젊은이 하나가 따르고 있었다. 선요원線要員이라고만 소개를 받은 사나이로, 임화의 짐을 어깨에 메고 있었다. 그는 한마디 말도 지껄이지 않았다.

어디만큼 걸어 왔을까. 여울져 내리는 강물소리를 듣고 그들은 냇가에 멈추어 섰다. 잠깐 서라며 그 사나이는 어둠 속으로 사라져 갔다.

아마도 삼팔선의 접경지인 예성강의 상류쯤이라고 임화는 상상을 해보았다.

그는 그 자리에 냉큼 앉았다. 주위를 의식해서였다. 외투 깃은 머

156

리통을 온통 덮은 채였다. 밤공기를 가르고 멀리 기분을 앗는 총성이 울렸다. 임화는 더욱 웅크린 채 쉼 없이 흐르는 검은 강물 속에 시선을 내리박고 있었다.

'아내에게는 뒤따라오도록 일렀지만 어찌 내일을 기약한다 할 수 있겠는가.'

그런 불길한 생각 때문인지 가슴이 오들오들 떨려온다. 한동안 젊은이는 돌아오지 않았다. 물소리 이외엔 사위가 어둠뿐이다. 이 지점은 경비대가 순찰을 도는 곳이라고 그가 일러 주었기 때문에 정적은 아무 두려움이 아니었다.

'지금 삼팔선을 넘는다!'

처음으로 그는 남에서 북으로 간다는 의식이 가슴에 치밀어 왔다. 그도 그럴 것이 불과 두세 시간 전에 개성을 떠나왔으니 말이다.

임화는 문득 지하련의 모습이 떠올랐다. 자기를 만나 병구완을 하느라 고생 고생한 아내가 가여워졌다. 『문장』지에 단편 「결별」을 들고 나온 지하련은 임화의 두 번째 부인으로 그와 새로운 인생행로를 걸어온 동반자였다. 거창 출생인 그녀는 여학교를 나왔을 뿐이지만 재원으로 눈에 띄는 미모였다.

임화는 문득 뒤를 돌아보았다. 자신이 웅크리고 있는 지점에서 이삼백 야드 거리일까. 기다란 미루나무 그림자가 검은 하늘에 솟구쳐 있다.

"많이 기다렸지요"

바로 곁에서 말을 걸어 왔다.

"그럼, 떠나요."

사나이는 임화의 사정은 아랑곳없이 길가에 놓아두었던 짐을 다시 짊어졌다.

"나룻배가 있어요?"

임화는 벼랑에 선 기분으로 물었다.

"지점이 달라요…… 그대로 강을 타고 갑시다. 한 시간만 걸으면 삼팔선을 넘어요."

임화는 머릿속이 텅 빈 채로 서 있었다.

"앞으로 한 시간…… 근처에는 경비병이 오락가락 하니까 발소리를 죽이시오."

여기서부터는 여느 길을 피해서 걸어가야 한다고 청년은 주의를 주었다. 강가에도 경비병이 얼씬거린다고 했다. 삼팔선 이남에서 이북으로 가는 사람이 부쩍 늘고 있기 때문에 서북청년들까지 구구식 총을 메고 경비병을 거들고 있다는 것이다. 잡히면 영락없이 황천길이다.

이 지점에서 한 시간만 걸어가면 된다고 하니 임화는 더욱 긴장되었다. 그는 길 아닌 길을 걸으면서 수차례 논으로 발이 미끄러졌다. 그때마다 살얼음이 깨지면서 서걱 소리를 냈다.

임화는 기침이 나오려는 것을 참으려고 한참을 쭈그리고 앉아 오버 깃으로 얼굴을 파묻고 있었다.

"이제 괜찮을 게요."

청년은 그의 등을 자근자근 두들겨 주면서 나직이 속삭였다. 멀리서는 또 기분을 앗는 총성이 울렸다.

두 사람은 다시 걸어 나갔다. 가도 가도 캄캄한 들녘은 커다란 입을 벌리고 그들을 집어삼킬 듯이 두려움만 안겨주고 있었다.

하늘에는 별이 곱다. 언젠가 꿈에 젖던 때 보던 별, 가슴에 사랑이 가득할 때 우러러 보던 별, 해방의 감격이 벅차오를 때 황홀해하던 별, 그런 별들이 보석 상자를 흩트려놓은 밤하늘에 헤일 수 없는 빛을 흩뿌리고 있는 것이다.

임화는 삼팔선이 눈앞에 이른 것을 지레 짐작할 수 있었다. 북에는 이런 저런 사연이 얽힌 얼굴들이 그를 기다리고 있을 터이다. 스스로 수수께끼를 가슴에 품고 미궁 속으로 빠져 들어가는 착잡함이란 무슨 말로 형언할 수 있을까.

"다 왔어요. 잔등만 넘으면 돼요."

그의 용기를 돋우려는 듯이 청년은 귀엣말로 말했다. 논길이 밭두둑으로 바뀌고 눈앞의 별들이 절반가량 시야에서 사라지고 없었다. 산이 가로놓여 있었기 때문이다. 강을 뒤로 하고 걷고 있었다.

'이 잔등을 넘으면 북쪽나라, 나는 대체 해방 조국에서 어떤 존재인가?'

임화는 속으로 울부짖었다.

해방이 되고 나서 겨레의 의지와는 상관없이 금 그어진 삼팔선!

남과 북에 진주해 들어 온 외국군대! 또 그들이 갈라놓은 국토와 사상의 장벽! 이런 것들이 자신의 가슴을 이렇게 아프게 저며 올 줄은 미처 상상도 하지 못한 일이 아닌가.

그의 가슴은 지금 천 갈래 만 갈래로 찢어질 것만 같았다. 만일 삼팔선이 갈라지지 않고 이 길을 자유롭게 걷는다면! 날이 새면 산새들 가지 끝에 우짖고 평화가 깃들일 나무숲인데…….

임화는 나무에 손을 기대고 한동안 멈춰 서 있었다.

"정신 차리세요."

청년은 임화의 손을 끌어주면서 길을 재촉했다. 그들이 잔등을 다 오르자 찬바람이 불어오더니 코끝을 베어갈 것 같다. 머리끝에 물기가 잡히는 걸 보니 눈발이 날리는가 싶었다.

어느 새 산길을 타 내리고 있었다. 청년은 익숙한 발걸음이다. 잔등을 넘어서는 숲속의 굽은 길을 잘 찾아 걷고 있다. 눈은 점점 퍼부어 대고 희부연 하늘에는 별들도 거짓말처럼 숨고 없었다.

청년은 뚜벅뚜벅 걸음을 늦추더니 <봉선화>를 콧노래로 흥얼인다. 임화가 옆구리를 가볍게 때리자,

"인제는 됐어요."

"네?"

"삼팔선을 넘어 왔으니 기침을 해도 되어요. 임화 선생, 안전 월북을 축하합니다."

임화는 입안이 얼어붙어 말이 안 나왔다. 추위 때문인지 몸이 부

들부들 떨렸다.

그때 눈을 둘러 쓴 장정 수 명이 이쪽으로 걸어왔다. 회중전등이 눈을 부시게 하였다.

"임화 선생을 모셔 왔습니다."

길을 인도한 선요원은 상대에게 신고했다.

"수고가 많았소."

마중 나온 젊은이는 선요원에게 한 마디 하고는 임화에게 시선을 돌렸다.

"오시느라 고생되셨지예…… 여기는 조선인민이 마음 놓고 살 수 있는 나라입니다."

그가 내미는 손을 임화는 두어 번 흔들었다.

"선생의 월북을 다시 한 번 축하합니다. 남조선의 유명한 시인을 북반부는 진정 환영합니다."

임화는 뭔가 화답을 하려 했으나 목이 꽉 잠겨 말이 안 나왔다. 입술도 바싹 말라 있었다.

"어디 냉수 좀 없을까요?"

"조금만 참으세요."

알고 보니 젊은이들은 외투 속에 총을 메고 있었다. 길을 안내했던 선요원도 한 무리가 되어 다음 장소로 옮겨 갔다.

임화는 언덕 아래 있는 초소로 안내되어 갔다. 블록으로 쌓은 서너 칸의 작은 집이었다. 방 안에는 석유난로가 불꽃을 피우고 있었다.

한 사람이 찻잔을 내밀었다.

"목마르신데 이 차를 들어요."

임화는 한 모금을 삼키자 목젖에 통증을 느꼈다. 안쪽 천장 벽에는 두 개의 사진틀이 걸려 있었다. 오른쪽에는 장군의 초상이, 왼쪽에는 박헌영의 초상이었다.

"여기서 잠시 쉬신 다음 해주로 가서 몸조리를 하십시오."

임화는 행선지가 해주라고 하니 잡히는 것이 있었다. 안영달의 귀띔으로는 해주의 연락사무소에 해방일보 사장이었던 권오직이 소장으로 있다는 말이 얼핏 생각났다. 임화는 새로운 힘이 솟았다. 이번에는 두 사람이 길안내를 맡고 있었다.

그들이 초소를 나왔을 때 남쪽의 선요원은 임화 가까이 다가왔다.

"저는 여기서 돌아갑니다. 건강하십시오."

임화는 그의 손을 흔들었다. 그러나 그 악수 속에는 여느 사람이 알 수 없는 신호가 숨겨져 있는 것이었다.

"저 선요원은 삼팔선을 밥 먹듯이 넘지요. 하지만 우리는 저 사람의 신분이나 정체는 알 수 없어요."

그가 떠나가자 총을 멘 호위병은 일러 주었다. 선요원이란 글자 그대로 이 지점에서 저 지점, 다시 말해서 한 장소에서 다른 장소까지만 연결지어주는 것이 그가 맡은 임무의 전부인 것이다.

동이 틀 무렵 그들은 산자락을 내려서고 있었다. 들녘 저 너머 동쪽 산봉우리에는 붉은 색감이 하늘 가득 물들여지고, 금세 흩뿌린 눈보라도 날개를 접었는지 희불그레한 아침은 고즈넉했다. 언덕을 내려서자 강가의 나룻배가 시야에 들어왔다.

"자, 이 배에 타시지요."

임화는 작은 몸을 날려 나룻배에 뛰어 올랐다.

새로운 도시와 시민들의 합창

스산한 한 해가 가고 동인잡지 『신시론新詩論』이 선을 보이자 서
라벌 다방은 젊은 시인들로 북적거렸다.

박인환, 김경린, 임호권 등 젊은 시인들이 새로운 에스프리를 가
지고 등장한 후반기 모더니스트들. 문학이 정치에 깊이 빠져들고
있을 때 문학을 건지려는 운동이요, 낡은 서정을 벗어 던지려는 신
세대의 기수들인 것이다.

회색 싱글에 노타이 차림으로 불쑥 직장에 나타난 박인환을 보고
김경린은 처음 멋있는 문학청년으로 짐작했다.

"김형은 나를 잘 모르실 테지만 나는 김형이 일본에서 바우(Vou)
그룹에 참가했던 것을 잘 알고 있소"

어찌 보면 당돌하리만큼 그는 청순하고 악의 없는 웃음으로 악수

를 청해왔다. 그날 밤 두 사람은 모나리자 다방으로 발길을 옮겼다. 다방 주인의 따스한 대접과 하바네라의 음악을 들으면서 문단의 혼란상에 대해 이야기 하다가,

"김형, 우리 멋있는 현대시 운동을 해 봅시다."

이러한 제안도 서슴없이 하는 인환이었다. 서정의 낡은 옷을 훌훌 벗어버리고 산뜻한 이미지 운동을 펴보자는 것이었다.

말끝마다 멋을 앞세우는 박인환은 서점 '마리서사'를 경영하다가 자본을 날려 버려 빈털터리 신세였지만 그것을 후회하는 기색은 없었다.

"나는 아무 미련도 없소 그때 드나들던 친구들을 사귄 것만으로도 큰 수확이지."

김경린은 역시 타고난 시인이라는 생각을 해본다.

"그때 정숙丁淑을 알게 되어 그녀를 사랑하게 되고, 약혼까지 했으니 서점에서 진주를 캔 셈이지."

수수꽃다리가 그윽한 향기를 내뿜는 이른 봄 박인환은 이정숙과 덕수궁에서 화촉을 밝히고 그들은 원서동에서 교보 뒤뜰로 이사를 하였다.

약혼 시절 명동의 찻집에서 둘이 마주 앉으면,

"정숙이 어때, 이 시 멋있지?"

인환은 밤새워 쓴 시를 약혼녀에게 먼저 읽히는 것이 즐거웠다. 그녀는 좋은 집안 출신이었고 날씬한 몸매에 지성미도 갖춘 재원이

었다. 그녀와 인환은 어느 때고 명동거리를 누비고 다녔다.

인환의 출현은 김경린의 시작詩作에 뜻하지 않은 자극제가 되어 주었다. 시의 세계적인 동시성을 주장해 온 그는 매우 고독한 좌표에 서 있었고, 스티븐 스펜더에 인환이 기울어질 때 김경린은 에즈라 파운드와 커밍즈의 시에 관심을 쏟게 되었다

이러한 관심은 드디어 『신시론』 1집에 이어 앤솔러지에의 꿈으로 무르익어 갔다.

그 무렵 새로 발간된 『국제신문』은 주필에 송지영, 편집국장에 정국은이 맡았는데, 이 신문은 한때 문단의 큰 관심을 자아냈다. '민족문학의 신 구상'이라는 제목 아래 김동석과 김동리의 대담을 실은 것이다.

2차 세계 대전 후에 풍미했던 사르트르의 실존주의 문학을 묻자 김동석은,

"반동문학이다. 막다른 골목에 든 자유주의의 발악으로서 시대와 역사에 반항하는 반동문학의 한계를 벗어날 수 없다."

이를 받은 김동리는,

"무슨 주의니 반동이니 하는 따위의 문제가 아니다. 실존주의든 공산주의든 또 무슨 잠재의식의 문학이든 모두가 문학정신이 빈약하다. 우리에게 있어서의 현대는 그 사람들의 18~19세기와 20세기를 합친데다 동양이란 특이한 전통을 가진 것이 다르다."

김동석은 김동리에게 비수를 꽂듯 날카롭게 반박했다.

"그것이 문제로다. 20세기 문학을 부정하는 그 관념적인 이론 …… 하지만 김군의 문학은 기실 20세기 이전의 문학일 뿐이다. 거기서 완고한 자신을 폭로하였는데 그것은 김군이 과거에 속하는 문학임을 스스로 고백한 셈이다."

그러나 김동리는 그의 비판을 공식주의의 난센스라고 되받아치고 나왔다.

하나는 좌익문학의 기수로, 또 하나는 순수문학의 기수로서 양보 없는 대결을 보이고 있을 때 박거영이 '대지' 2층에 데려다 화해를 시키려 했으나 헛된 노력이었다.

문예서점을 지나 명동 입구의 보석상 자리에 '대지'라는 양품점이 문을 열었는데 진열장에는 진귀한 물건들이 지나는 사람의 눈길을 끌었다. 이 '대지'의 주인은 상하이에서 돌아온 장사에 밝은 박거영으로 시도 쓴다는 소문이 나돌았다.

아래층은 양품점이지만 위층은 박거영이 베푸는 술자리로 항상 득실거렸다.

이용악, 이병철 등 단골손님이 찾아오면,

"한 잔 합시다 그려."

후리후리한 키에 말상을 지닌 그는 체구와는 어울리지 않는 가냘픈 웃음소리로 술잔을 권했다. 그러다가도 기분나면 이상한 양복을 갈아입고 명동거리에 나타나 사람들과 악수하기에 바빴다.

『신시론』 1집은 장만영이 경영하는 산호장에서 나왔다. 소공동에서 다방 '하루뼁'을 하던 그가 명동 앞 충무로에 옮겨와 '비엔나'라는 다방을 열었다. 다방 안에 들어서면 조병화가 그린 유화 한 폭이 눈에 띄었고 김기림, 김경린 들이 자주 다방에 드나들었는데, 산호장이라는 출판사에서 호화판 시집이 발간되자 시인들의 발길이 끊이지 않았다.

『신시론』은 국판 16쪽의 작은 동인지였지만, 표지도 없이 상단에 시, 하단에는 시론과 에세이를 실은 특이한 편집으로 선을 보였다.

그런데 '대지' 근처에는 <수선사>라는 출판사가 생겨 중견평론가 백철, <성황당>의 정비석이 자주 드나들게 되고, 명동의 건너편 경향신문사 곁에 '플라워'라는 다방에는 김동리, 조연현 등 청년문협 사람들이 모여들고 있었다.

홀이 널찍해서 김동리의 「황토기」, 서정주의 「귀촉도」가 이곳에서 출판기념회를 가졌었다.

홍효민의 『인조반정』 출판기념회는 싸움판이 벌어지는 소동도 있었다. 술이 거나해서 늦게 들이닥친 정지용의 내리까는 말투가 그만 불씨가 되었다.

"효민의 밤은 뭐고, 『인조반정』은 다 뭐냐. 흥, 그 얼굴, 그 수염, 참 가관이로다."

이건 매서운 재치라기보다는 수모를 주기 위한 비방이라는 데서 모두 발끈했다.

"문학동맹이면 다요. 여기가 어느 자린데 되지 않는 행패요."

젊은 유동준이 그를 밖으로 끌어내 거리에선 싸움판이 벌어지고 '홍효민의 밤'은 어수선한 밤이 되고 말았다.

해방 이듬해 『청록집』은 박두진 ,박목월, 조지훈의 3인에 의해 햇빛을 보게 되었는데 정지용의 제자들인 이들 세 사람이 시에 사슴이 많이 나오고 또 스승의 『백록담』에 이어지는 『청록집』으로 하자고 해서 그 시집의 이름이 붙여진 것이다.

하지만 정지용은 이미 그들의 고풍스런 낭만을 떠나 있어서 그들의 모임 따위엔 얼굴을 내비치지 않았다. 이른바 시의 지용, 소설의 이태준이 문학동맹에 깊이 관계하고 있기 때문이었다.

그 즘 좌우합작이 실패로 돌아가자 남북협상을 들고 나와 김구가 삼팔선을 넘어 평양으로 간다는 소문이 떠돌았다. 반탁운동을 통하여 이승만과 손을 잡아오던 그가 남북협상 길에 오른 것이다. 단정 수립이 이루어지려는 시점에서 반탁운동은 의미가 없어졌고 단선 단정의 가부로 초점이 모아졌기 때문에 김구는 김규식과 함께 북에 남북 지도자회담을 요청하는 서한을 보냈다. 북에서는 유엔소총회 결정이 난 뒤에야 전조선정당사회단체 대표자연석회의를 제의해 왔다.

김구는 김두봉에게 보낸 편지에서 김일성의 호칭을 정중하게 '장군'이라고 했다. 유엔소총회가 한국 내의 감시 기능 지역에서 총선거를 실시한다는 미국안을 통과시키고 곧바로 선거일을 5월 9일로 결정하자 하지는 이 날에 일식日蝕이 있다 하여 5월 10일로 날짜를 잡았다.

이 때 임정 주석과 부주석을 지냈던 김구와 우사尤史 김규식은 서
로 다른 정치 노선이었지만 독립국가 건설이라는 일념에는 서로 뜻
을 모았었다.

평양방송의 '남북연석회의를 갖자'는 초대장은 남한 정국을 화끈
달구어 놓았다. 서울의 거리에는 삐라가 날렸고 벽보가 물결쳤다.

김구가 북행하던 날 그의 숙소인 경교장은 북행 반대시위로 아수
라장이었다. 새벽부터 모여든 시위군중은 소리소리 외치며 경교장
을 에워쌌다.

"김구 북행 결사반대."

7백 평 남짓한 뜰 안은 남북협상을 반대하는 군중들로 뒤엉켰으
나, 김구는 비서 선우진에게 떠나자고 말했다.

이윽고 김구가 대기 중인 차에 오르자 부녀자들과 학생들이 차
앞으로 몸을 던지며,

"선생님 기어이 가시려거든 저희들을 짓밟고 가십시오."

울음 섞인 함성이 메아리쳤다. 남북협상을 지지했던 임정계 유림
도 북행만은 안 된다고 목청을 돋우었다.

김구는 상기된 얼굴로 2층 거실로 되올라갔다. 이번에는 서대문
형무소에서 같이 옥고를 치른 도인권 목사가 김구의 옷소매를 당기
며 말렸다.

그러나 노혁명가의 고집을 꺾을 수는 없었다. 백범은 한번 옳다

고 생각하면 끝까지 밀고 가는 외곬 혁명가이자 민족주의자였다.
정오 무렵 백범은 베란다에 모습을 드러내 사자후를 뿜어냈다.

"내 나이 일흔이 되도록 나는 독립운동에 몸 바쳐 왔소 더 살면
얼마를 더 살겠는가. 여러분은 나에게 마지막 독립운동을 허락해
주오. 이대로 가면 조국은 두 조각이 나고 서로 피를 흘리게 될 것
이오."

그런데도 시위 사슬이 풀리지 않자 백범은 아들 신과 비서 선우
진에게 경교장을 빠져나갈 궁리를 해보라고 일렀다. 김신과 비서는
경교장 뒷길을 이용해 빠져나가기로 했다.

오후 두 시쯤 운전사가 뒷담 밑에 대기한 차에 백범 등 세 사람
은 뒤 계단과 취사실을 통해 뒷담을 넘어 승용차에 올랐다. 해질 무
렵에야 차는 삼팔선의 여현에 닿을 수 있었다.

감쪽같이 빠져나간 백범의 뒤를 쫓는 기자들은 삼팔선 푯말을 배
경으로 포즈를 취해 달라고 졸랐다. 사진을 찍은 후,

"이번에 가시면 꼭 통일이 성사되리라 믿습니까?"
라고 묻자 그는 태연히 말했다.

"어디 첫 술에 배부르겠는가. 한두 번 회담을 열어 가면 성사가
있을 거야."

기자들이 몇 마디 더 묻자 김구는 시간이 늦었다며 차에 올라 갈
길을 재촉했다.

김구가 여현역을 지나 조그만 마을에 이른 것은 해름 때였다. 북

의 보안대원 3명이 차를 가로막고 김구 일행을 사무실로 데려갔다. 그들은 소지품 조사를 한 뒤 '오이가 몇 개에 갓이 몇 개' 하는 식의 암호로 상부와 전화 연락을 하는 것이었다.

세 시간이 지나도 아무 소식이 없자 김구는 추상같은 호령을 했다.

"너이 놈들, 점심도 안 먹은 사람들을 이럴 수가 있느냐!"

환영준비위원회 위원장이 평양까지 갈 차를 가지고 나타난 것은 자정 가까워서였다.

일행이 상수리 특별호텔에 여장을 풀고 한 시간이 지나자 김두봉이 2층의 김구 방을 찾아왔다. 백범 일행은 곧 평남도청 건물이었던 인민위원회 사무실로 안내되었다.

문 밖에 나온 우람한 청년이,

"제가 김일성입니다. 먼 길에 오시게 해 죄송합니다. 선생님의 고명은 익히 들어왔습니다."

라고 인사를 했다.

"나 김구요"

백범은 김일성과 악수를 한 뒤 아들 신과 비서를 소개하였다.

그러나 김규식의 북행은 이와는 사뭇 달랐다. 그는 21일 새벽 원세훈 등 민련 대표 16명과 함께 승용차편으로 장도에 올랐다. 이들은 네 명의 종로서 경관이 탄 지프의 호위를 받으며 서울을 빠져나갔다.

그들이 개성을 지나 평양에 도착한 것은 이튿날 해 뜰 녘이었다.

김규식은 곧 상수리호텔로 안내되었다. 김일성과 김두봉이 방을 노크할 때 침대에 누워 있던 김규식은 비스듬히 일어나 인사를 나누었다.

김두봉이 먼저 운을 떼었다. 연희전문 시절 그는 김규식의 제자요, 중국에선 독립운동을 같이 한 동지였다.

"이 분이 김일성 장군입니다."

이에 김일성은 예를 갖추어 첫 인사를 건넸다.

한편 연석회의에 참가한 남쪽 정당 단체는 모두 40개나 되었으며 한독당과 민련 대표를 빼고는 4월 중순에 삼팔선을 넘었다.

참으로 멀고도 험한 여정이었다. 그러나 두 지도자가 도착했을 때는 이미 남북연석회의는 막이 올라 있었다.

4월 19일 저녁 6시, 평양의 모란봉극장에서는 남북연석회의의 막이 올랐다.

회의에는 북로당 60명, 민주당 40명 등 15개 단체 대표 3백 명이, 남에서는 남로당 39명, 사회민주당 등 31개 단체 대표 245명이 참석하였다.

첫날의 회의가 둥지를 튼 모임이었다면 두 번째 회의는 대표자 자격심사위 발표에 이어 북·남의 정치정세 보고가 있었다. 김일성은 '북조선에선 인민이 주인이 되었다'며 '남조선에서의 단선을 보이콧하자'고 목청을 돋우었다.

박헌영과 백남운도 '단선반대 투쟁에 앞장서 투쟁하자'고 목소리를 높였다.

연단에 오른 백범은 두루마기 옷깃을 여미고 나서 열변을 토했다.

"여러분, 조국이 없으면 민족이 없고 민족이 없으면 정당이나 주의가 무슨 소용이 있겠는가. 그러므로 현 단계에서는 우리 민족의 과업이 통일 독립을 쟁취하는 일입니다. 따라서 우리의 투쟁 목표 어느 쪽이든 단선 단정을 반대하는 일이요……."

연단 아래서는 우레 같은 박수소리가 터져 나왔다.

그러나 김규식은 건강이 좋지 않다는 핑계로 끝내 연석회의에 나타나지 않았다. 그는 당초 자신이 내놓은 남북요인회담이 아니라는 이유 때문이었다.

닷새 동안 남북연석회의가 열린 모란봉극장은 날마다 구호 소리로 요란했다.

이윽고 평양 시내 나들이에 이어 쑥섬 회동으로 모든 일정을 마친 남쪽 대표들은 귀환 준비를 서둘렀다. 백범을 따라갔다 온 신문 기자들이 명동거리에 나타나자,

"남북협상은 꿈같은 이야기. 김구 선생은 오로지 애국 애족 일념 뿐이신데……."

대폿집에서 기자들이 떠들어대자 손님들은 잔을 놓고 침통한 빛으로 앉아 있었다.

얼마 후에 '오십선거' 제헌국회가 소집되고 8월 15일에 대한민국 정부가 수립됨으로써 남북협상파의 꿈은 산산조각이 났다.

명동 입구의 명천옥에서 낯익은 술꾼들이 축배를 드는데,

"남한만의 단독정부는 반대요. 나는 김구 선생의 노선을 지지하기 때문에 이런 경축 따윈 반갑지 않소"

하고 반대하는 손님들도 있었다. 명동의 술꾼들은 좌우, 중간 사람들이 한데 어울려 술을 마시며 경축과 찬물을 끼얹는 풍경이 한동안 벌어졌다.

어느 날 '대지' 문 앞에서 서성거리는 나그네가 있었다. 거지꼴에 얼굴은 문둥이였다. 어디서 소문을 들었는지 이곳을 찾은 그를 때마침 이용악이 '대지'에 들어서려다 말고,

"댁은 뉘시오?"

"이 집 주인이 박거영 선생이라고 중국에서 돌아오고 시도 쓰신다기에……."

"아니, 그 분을 잘 아는 사이신가요?"

"그렇진 않습니다만 문인들이 많이 모인다고 해서……."

"글이라도 쓰고 있소?"

"머 좀 끼적이고는 있지요."

"좋소, 올라갑시다."

이렇게 해서 술자리에 어울린 문둥이 한하운은 그날 밤 감격에 겨워서인지 피울음 같은 시를 읊어댔다. 중국에서 농대를 나오고 지주의 아들이었다는 그가 함흥에서 월남하기 전에 쓴 「데모」라는 시는 술자리의 흥을 한껏 돋우었다.

뛰어들고 싶어라
뛰어들고 싶어라

풍덩실 저 강물 속으로
물굽이 파도소리와 함께
만세소리와 함께

물굽이 제일 앞서
핏빛 깃발이 간다
모두 성한 사람들 저희끼리만
쌀을 달라 자유를 달라는
아우성소리 바다소리

아, 문둥이는 서서 울고
데모는 가고

겨레의 통일을 이뤄 보겠다고 평양을 다녀 온 백범이 흉탄에 쓰러졌다는 비보가 명동거리를 휩쓸 무렵이었다.

명동에 들어서서 시공관을 향해 가다가 오른쪽 골목을 들어서면 다방 '라 뿌름'이 나온다. 이 다방의 단골손님은 외국문학파라 할 박태진과 전봉래였다. 박태진이 영시에 반하고 프랑스 문학에 전봉래가 심취해 있을 때 이진섭, 김병욱이 심심하면 이곳에 들렀다.

'라 뿌름'과는 반대쪽 골목의 '세븐' 다방은 박인환이 단골로 다니고 있었다.

그는 결혼 후에도 무엇에 쫓기는지 매일같이 분주히 돌아다녔다. 멋과 기분 없이는 한시도 살 수 없었던 인환, 산뜻이 상고머리로 깎아 바람처럼 거리를 누볐다. 종로에서 시청 앞으로, 소공동을 거쳐 명동으로 갈 길이 바쁜 걸음걸이였다.

명동 큰 길에서 어쩌다 이진섭과 마주치면 인환은 "어이!" 하고 손을 흔들어 지나쳤지만 태진과 전봉래는 인사가 없었다. 그들 못지않게 인환은 도도했다.

명동 5정목의 한 뒷골목에는 김수영의 어머니가 조그만 가게를 차리고 있었다. 이곳에는 주당 이봉구를 선두로 이한직, 임호권, 김경린이 모여 술을 마시고 떠들어댔다.

눈 내리는 크리스마스 밤 양병식과 가게를 나와 명동의 '세븐' 다방에 들어선 인환은 스펜더의 시 「급행열차」를 낭송하고는,

"양형, 이 시 좋지? 조지 거시원의 음악을 들으면서 썼지. 그의 음악을 들으면 미칠 것만 같애."

그는 절로 흥분에 겨운 듯 전후에 새로 나온 거시원의 음악을 무척 좋아했다.

그 무렵 인환은 『자유신문』에 적을 두고 있었다. 광화문 종각 뒤 좁은 골목에 있는 처가의 사랑채에 기거할 때인데 명동에서 친구들과 술을 마시다가도 귀가를 서두르곤 하였다. 시간이 늦을 때면,

"경린이, 미안하지만 우리 집까지 같이 가주어야 하겠어. 정숙은

무조건 경린이와 함께 다녔다고 하면 믿으니 말이야."

그의 아내는 김경린의 행동거지만은 믿었다. 그의 계산기와 같은 직장생활을 신뢰했던 것이다. 경린은 깔끔하고 빈틈없이 보이는 관리 타입이었다.

시가 정치의 탁류에 휩쓸리고, 또 음풍농월吟風弄月의 전통 속으로 도피해 갈 때 인환은 인간의 자의식 속에서 현대를 보는 눈을 닦고 있었다.

이윽고 전위적인 현대시를 표방하는 앤솔러지 「새로운 도시와 시민들의 합창」이 김경린, 임호권, 박인환, 김수영, 양병식의 동인에 의해 햇빛을 보았다.

이 합동시집이 나오자 남다른 관심을 가진 부산의 조향은 어느 날 이한직과 남대문 옆에 있던 무역회관 뒤쪽의 김경린 사무실을 찾았다.

조향은 대뜸 모더니즘 시운동을 함께 하자고 제의했다. 경린은 그 길로 인환의 집으로 향하였다. 처음 동인회의 명칭이 거론되자 인환은,

"후반기後半期가 어떻소?"

하고 일동의 의견을 물었다. 지난 30년대의 모더니즘에 대한 20세기 후반이라는 뜻이었다.

모두 찬성하고 편집은 한 사람씩 돌아가면서 하기로 하되 창간호 편집은 인환이 맡기로 하였다. 인환의 제의가 또 있었다. 이상로와

김차영을 동인으로 넣자는 제의에 모두들 찬성이었다. 그래서 김경린, 박인환, 이상로, 이한직, 조향이 동인으로 김차영, 배모가 준동인으로 출발을 다짐했다. 7인의 무법자들의 출발인 셈이었다.

후반기가 결성되고 나서 박인환은 경향신문사로 직장을 옮겨 갔다. 조병화의 시 「하늘」이 문화면에 나자 인환은 신문을 들고 휘가로에 달려 왔다.

"병화, 네 시 좋더라."

그 자리에는 김기림도 같이 차를 들고 있었다. 편석촌의 알선으로 병화는 장만영 시인이 경영하는 산호장에서 첫 시집 『버리고 싶은 유산』을 냈던 터라, 편석촌에 의지하고 그의 소개로 박인환도 알게 되었다. 병화는 자기 시를 신문에서 읽기는 처음이라 감동하는 빛이 또렷하고 인환의 칭찬까지 받았으니 넘치는 기분이었다.

그날 밤 인환과 어울린 병화는 명동장, 무궁원 등 예술가들의 소굴을 휩쓸면서 엉망이 되도록 술을 마셨다. 자기가 먹고 싶은 안주를 구워 먹고, 술도 마음대로 퍼먹는 자유로운 선술집, 돌체 건너편 골목에는 명동장과 무궁원 대폿집이 서로 이마를 맞대고 있어 밤이 되면 이 두 집에서 취해 나오는 술꾼들이 큰소리로 주정을 하는 것도 예사였다.

자욱한 연기, 법석이는 소리, 호주머니는 알팍해도 신이 나는 술집 풍경이었다.

증권회사 건물 자리엔 새로 '모나리자'라는 다방이 문을 열었다.

정면에는 <모나리자의 미소>가 걸려 있고 항상 분위기를 따스하게 해주는 홍마담의 말마디는 명동거리를 들르는 손님들의 발길을 잡게 만들었다.

명동의 집시 이봉구가 이 거리에 비치기만 하면 시인, 소설가 몇몇은 꼭 붙어 다녔다. 이봉구는 소설가인데도 시인들을 더 좋아했고 젊은 시인들은 그를 따랐다.

봉구가 '돌체'에 들어서자 왕방울 눈을 껌벅이며 종일 진을 치고 앉아있던 김수영은,

"이 형, 오늘 밤 망년회에 같이 갑시다."

충무로 4가에 따로 방을 얻어 나와 있던 그가 자기 집에서 망년회를 베푼다는 것이었다.

"야, 근사한 방을 얻었군. 김수영은 멋쟁이야."

양병식이 농담을 지껄이면서 먼저 방에 들어섰다. 그런데 뒤따라 들어선 봉구가 '이크!' 하고 방안풍경에 놀랐다. 그것은 벽에 붙여 만든 방에 찬바람이 솔솔 들이치고 천장은 군데군데 뚫어져 쥐가 금세 떨어질 것 같고, 장판은 얼음판으로 손을 입에다 호호 불며 모두 앉을 생각을 안 했다.

그의 누이인 수명이 오빠를 원망하듯 큰 눈을 쓸까스르며 바닥에 이불을 펴자 모두들 그 위에 올라앉았다. 조금 후에 망년회랍시고 과자니 안주니 술이니 하는 것이 쟁반에 받쳐 나오고, 수명은 밖으로 나가 방에 불을 지폈다.

“방 한 번 멋있군! 무슨 살림살이 시작하는 모양인데, 저 풍금 같은 물건은 뭐꼬?”

최재덕은 익살스럽게 떠벌여댔다.

“음, 책상이야.”

방구석에는 김수영이 손수 만들었다는 책상이 풍금처럼 덩그렁 놓여 있었다.

모두들 이불 위에 올라앉아서도 오돌오돌 떨기는 매한가지. 쭉쭉 술잔을 들이켜니 취기가 금세 동했다.

최정희가 기분이 나면 목청을 돋우어 <데부네의 노래>를 부르고 최재덕은 <애수의 소야곡>을 불러 방안이 아우성판이 되어 갔을 때다. 이집 주인이 문을 열고 들어 와 시비조로,

“이 오밤중에 잠을 편히 잘 수 없으니 내 집 내가 빌려 주고 이 무슨 꼴이요.”

그러면서 운전사라고 자기소개를 하자 이봉구가 나서서,

“미국의 최고 문화인은 운전사요, 우린 가난한 문사들이지만 선생은 우리나라의 기술자요 문화인이요 그 명예를 살리셔야 합니다.”
하고 추어주고, 뚱뚱한 최재덕이 두 주먹을 부르쥐고

“밤중에 주정하는 놈이 있거든 자동차 핸들을 들어 부숴버리지 기운 뒀다 어디 쓰려오.”

큰소리를 치자 그만 질리어 방바닥을 만져본 후,

“원 방이 이렇게 차가워서야 어찌 밤새 노실 수 있겠소 우리 집

장작을 갖다가 지펴 드리겠소”

집주인이 혹 떼러 왔다 혹 붙이고 나가자 김수영은 갈비 한 대를 근처 자기 집에서 들고 와 숯불에 구워 먹는데 양병식은,

“밝아오는 일천구백오십년이여, 우리에게 희망을!”
하고 시흥을 돋우자 김수영은 노란 샤스바람으로 자신의 「거리」를 읊조리고 있었다.

“오, 거리는 모두 나의 설움이다.”

새해가 밝기 전 문예빌딩에서는 순문예지 『문예文藝』가 발간되어 나왔다. 이 빌딩은 ‘모나리자’ 다방을 지나 산업은행 건너편에 자리 잡고, 지하실 다방 ‘문예살롱’에는 『문예』를 찾는 사람들이 모여들 었다. 모윤숙 발행에 조연현이 편집을 맡고 있었다.

작은 키에 눈살이 매서워서였던지 조연현은 면도날이라는 애칭 이 붙어 다녔다. 해방 전 『문장』지에 시를 투고했으나 정지용의 추 천을 받지 못한 채 해방 후 그는 평필을 들고 나왔다. 몰튼류의 관 념미학에 빠진 그가 순수문학을 표방한 것은 당연한 일이었다.

문학동맹이 철저하게 친일파 문인을 멀리하고 정지용은 그 점에 서는 엄격했다. 정지용이 정치시인으로 타락했다고 그가 꼬집고 나 오자,

“제깐것들 서푼어치도 못되는 주제에 흥! 시가 뭣인 줄이나 알고 떠벌이는가?”

그는 단골 ‘아카데미’ 다방에 앉아 스스로 시의 황제임을 뽐내고

있었다.

그러나 문학가동맹이 지하로 들어가고 남한에 단독정부가 들어선 후 이른바 중간파로 불리던 김광균, 이봉구, 장만영은 자기 세계로 돌아가고 있었다. 문학가동맹에서 손을 뗀 광균은 연상 위에 책을 놓고 독서로 소일하는가 하면, 봉구는 신문사 일에 파묻히게 된 것이다. 그가 일하던 서울신문사에는 한글연구가인 홍기문이 편집국장을 맡아 보고 사회부에 노천명이, 문화부에 조경희가 일을 하고 있어 일과가 끝나면 다방으로 술집으로 자리를 옮겨 다녔다.

봉구는 일이 바쁜데다가 새로 애인이 생겨 시간이 아쉬울 지경이었다.

"당신 요즘 회관에도 안 나오고 모임에도 볼 수 없으니 문학가동맹과 손을 끊을 셈이요?"

길에서 이용악을 만나면 이런 핀잔을 받았고,

"이형, 절교라도 할 셈이요."

김동석이나 이병철은 봉구를 만나면 먼저 손을 내밀어 회관에도 들르고 성실한 동맹원이 되어 달라고 했다.

이 무렵 윤동주의 유고집이 정음사에서 나왔다. 마침 윤동주와 연전 동창이 신문사 기자여서 그를 통해 윤동주의 동생 일주와 인사를 나누고 이봉구는 시집을 받아볼 수 있었다.

해방 전 조선의 상당수 시인들이 일제를 찬양하고 일본 군국주의를 노래할 때 어두운 밤하늘의 별과 같이 빛나던 윤동주. 그는 시한 편 발표 못한 채 무서운 고독 속에 스물아홉의 꽃다운 나이로 숨을 거두었다. 일제의 발악으로 일본 땅 후쿠오카 형무소에서 해방을 반년 앞두고 시인은 간 것이다.

그러나 그가 노래한 조선의 혼은 죽은 것이 아니었다.

죽는 날까지 하늘을 우러러
한점 부끄럼이 없기를,
잎새에 이는 바람에도
나는 괴로워했다.
별을 노래하는 마음으로
모든 죽어가는 것을 사랑해야지
그리고 나한테 주어진 길을
걸어가야겠다.

오늘밤에도 별이 바람에 스치운다.

순수소설을 쓰던 이태준도 문학가동맹의 간부가 되어 한동안 작품을 볼 수 없더니 북으로 가버렸다는 소식이 봉구의 귀에 들어왔다.

'작품을 쓰자! 작가가 좋은 소설을 써야지 무슨 정치냐!'

이런 생각에 젖던 봉구는 신문사 일을 마치면 다방을 찾고 계동 어귀에 있는 광균의 사랑채를 찾았다.

김광균의 아늑한 사랑방엔 많은 친구들이 모여 들었다. 이 사랑방에서 김기림은 침울한 표정으로 봉구와 이야기를 나누었다. 이미

지하에 숨어든 문학가동맹원들이 가두에서 선을 대고 밤낮없이 뛰는 정치공작에 더는 빠져들 수 없어 그가 고민하는 기색이 완연했다.

북에서 오라고 여러 차례 알려 왔지만 김기림은 이에 응하지 않았고, 문맹 친구들이 북으로 가자는데도 몸을 사려 왔었다.

신문사도 그 동안 인사이동이 심했다. 편집국장인 홍기문이 총무국장과 자리를 바꿔 앉고, 논설진에도 변화가 역연했다. 논조가 중립에서 좌익에 치우친다하여 당국의 경고가 잇따랐기 때문이다.

사장은 공정과 엄정중립을 부르짖었지만 실무진은 마이동풍 이었다. 문학가동맹도 열성당원 뺨치게 뛰었고 신문사 안에도 그들의 손은 뻗쳐 있었다.

하루는 일을 마치고 나오는 봉구에게 노천명이 다가서,

"동무는 문학가동맹원이면서 왜 방관자 노릇이오?"

"그 무슨 뜻이오?"

"일을 해야지 않소"

"일이라니?"

"……."

"일이라면 글 쓰는 일밖에 더 있소 작가가 소설을 쓰는 일보다 더한 일이 있단 말이오"

"그건 예술지상주의자의 잠꼬대요. 동무는 큰일이오"

"큰일이라니……."

“두고 봅시다.”

그녀는 뾰로통한 얼굴로 돌아서 버렸다.

어느 여름날 점심시간이었다. 밀짚모자를 눌러 쓴 형사 두 사람이 이봉구를 찾아왔다.

“좀 갑시다.”

“무슨 일……”

“수도청 출입 기자가 눈치도 없소.”

“정말, 무슨 일이요?”

“당신, 문학가동맹원이지요.”

“그렇지만 지금은……”

“됐소. 갑시다.”

웬걸, 신문사 문 밖에 트럭 한 대가 그들을 기다리고 있었다. 거기에는 서너 사람이 먼저 타고 있었는데, 아는 얼굴도 끼어 있었다. 그들을 태운 트럭은 종로를 거쳐 마포 쪽으로 방향을 틀었다. 마포서에 들어서자마자 취조가 시작되었다.

“문학가동맹 지하 세포를 대라.”

“아니, 무슨 소리요?”

“이거 맛을 봐야 불겠나.”

봉구는 어안이 벙벙해 입을 다물고 있자 취조형사는 담배를 권했다. 담배 한 대를 피우고 나서야 그는 자신의 근황을 털어놓고 이건 너무한 짓이 아니냐고 따졌다.

그는 닷새 만에 석방이 되었다. 나중에 안 일이지만 수도청 간부의 보증으로 그는 탈 없이 풀려난 것이었다.

석방된 이튿날 사찰과장에게 인사를 하러 갔더니,

"이형 미안하오. 오해 마시오."

"아니 애써 주셨는데……."

"이 기회에 <보도연맹>에 들어 두는 것이 어떻소."

"문학가동맹에 이름만 올라 있을 뿐인데두."

"그러기에 감시의 대상이 아니오. <보련>에 들어 두는 것이 이형의 신변 확보에도 도움이 될 테고."

보도연맹이란 이른바 전향자를 선도한다는 기관이다. 자의반 타의반으로 봉구는 <보련>에 적을 두게 되고 이 모임에도 나가게 되었다. 이 모임에서 그는 지난날 문학가동맹의 작가, 시인들을 만나 어색한 말이 오갔다.

"우리는 회색분자에다 낙오자로 낙인이 찍혔는데 이번에는 또 전향자라는 새 이름을 얻었으니 기막힌 일이로군."

키가 자그마한 정지용이 가시 돋친 넋두리를 늘어놓자 편석촌은 쑥스런 웃음을 지으며,

"우리가 일제의 암흑에서도 지켜 온 순결을 글쎄 해방조선에서 때를 묻게 하다니 기막힌 일 아니오. 이걸 시대의 혼돈으로만 돌려서도 아니 될 것이오. 우리는 벌써 자유인이 아니니깐."

이런저런 이야기로 위안을 삼을 수밖에 없었다.

이봉구가 <보련>에 나가고 있을 무렵 서울신문이 정간처분을 받아 문을 닫았다. 얼마 안 있어 신문은 속간되었고 사장을 비롯한 인사 개편이 있은 후 그에게 계속 일하자는 권유가 있었지만 봉구는 작별인사를 한 뒤 명동의 '돌체' 다방에 얼굴을 내비쳤다.

"잘 관뒀어. 좋은 소설이나 쓰라구."

재덕이 반가와 손을 내밀면서

"나도 그림을 그려야겠어."

이렇게 주거니 받거니 어울리면서 1950년 새봄이 다가왔다.

어느 날, 한성일보사에서 '돌체'로 전화가 걸려왔다. 급한 일이라 하여 이봉구가 달려갔더니 문화부장을 맡아주되 2~3일 내로 출근해 달라는 것이었다. 편집진용의 인선을 맡은 박계주가 조르는 바람에 그는 응할 수밖에 없었다.

그 무렵 이봉구는 사랑에 빠져 있었다.

그날 오후 N양은 학교강의도 제쳐놓고 '돌체'로 나왔다. 그녀는 신문사 근무를 축하한다고 중국집에서 한턱내고는 내일 저녁 다시 만나자는 약속을 한 뒤 가 버렸다.

출근을 하루 앞두고 봉구는 아침부터 다방으로 뛰어 나왔다. 검은 왕방울 눈을 껌벅이면서 캡을 쓴 김수영이 나타났다. 마음은 순박하면서도 금세 무슨 일을 저지를 것 같은 인상이다.

두 사람은 간밤 폭음을 한지라 해장을 하러 다방을 나섰다. 성당 맞은편으로 올라가고 있는데 느닷없이 누군가가 봉구의 어깨를 가볍게 치며 다가왔다.

"이봉구 씨 맞지요?"

처음 보는 사람이다. 하나는 가죽잠바, 하나는 신사복 차림이지만 형사라는 것을 한눈에 알 수 있었다.

"모시러 왔습니다."

"어느 서지요?"

"가시면 아시겠지요."

"네?"

"저 분은 뉘신가요?"

그의 곁에 큰 눈을 두리번거리고 서 있는 김수영을 보고 물었다.

"친구인데 해장 가는 길이오."

"잘 됐소. 함께 가십시다."

이래서 김수영은 봉구 때문에 그들이 잡은 택시를 타고 서대문 경찰서로 이끌려갔다.

따로 취조실에 들어선 봉구에게 다짜고짜 신문하기를,

"지하공작 선을 대라. 문학가동맹 재건의 세포 조직을 대란 말야."

"뭐요. <보련>도 들고 동맹과는 옛날에 손을 털었는데 뭘 자백하라는 거요. 당장 오제도 검사와 수도청 사찰과장한테 연락을 취해 주시오."

"연락? 신문기자를 지냈다고 건방진 수작을 떨어. 빨리 자백 않으면 족칠 테니까.”

반말로 살기등등하게 나오는 것이었다.

“지하로 들어간 사람들을 찾아내어 물을 것이지. 나는 모르는 일이오.”

“뭐가 어째? 맛을 봐야 불겠나.”

이윽고 그는 냉수세례를 받고 한참만에야 제정신을 찾아 유치장으로 들어갔다.

그는 이튿날 또 끌려 나갔다. 영문 모르는 그에게 유치장 안에 들어와 있는 두 사람이 그의 이름을 댔기 때문에 그를 데려왔다는 것이다.

“얼굴을 보면 짐작이 갈지 모르나 처음 듣는 이름들이오.”

그 두 사람이란 밤이면 단골술집에 나타나 그에게 술을 권하며 서툰 문학이야기를 지껄이던 문학청년들이 아닌가.

그가 들어온 지 일주일째 되던 날 형사가 나타나더니 특별면회라면서,

“똑똑하고 예쁜 누이동생이 참 부럽소”

“네? 누이동생?”

휘청거리는 다리를 끌며 면회실로 갔더니 ‘돌체’에서 만나는 N양이 면회를 와서,

“너무 걱정 마세요. 신문사와 집에서 발 벗고 나서고 있어요”

그녀는 초밥과 과일을 한 묶음 풀어 놓으면서 먹으라고 권했다.

N양의 말에 따르면 수영은 그날 바로 나왔다고 한다. 그녀는 다녀가면서 곧 석방될 거라는 말도 귀띔해 주었다.

그러나 그 말과는 반대로 그는 송청이 되고 말았다. 그 문학청년이 횡설수설한 대로 조서가 꾸며지고 봉구도 공범으로 지장을 찍으라는 것이었다.

이미 냉수세례를 받아 본지라 검찰청에 가서 부인하기로 하고 그는 지장을 찍었다.

그는 서대문 미결감에 갇힌 몸이 되었다. 말로만 듣던 절도, 사기범들 속에 한 식구가 되어 덧없는 나날을 보내야 했다.

그 동안 변호사를 대었고, 검사취조 만기일인 20일째 되는 날 밤 그는 불기소로 미결감에서 풀려 나왔다.

이튿날 이발과 목욕을 한 뒤 거리에 나오니 새 세상인가 싶었다. 발길은 '돌체' 다방으로 향하고 있었다.

"이 선생님, 그간 얼마나 고생하셨어요."

반가움에 넘치는 마담의 인사말이다.

"애, 냉커피 내오고 이 선생님이 좋아하는 음악 틀어 드려라."

다방에서 <솔베이지의 노래>가 은은히 울려나왔다. 이런 음악을 들으면서 봉구는 실로 꿈만 같은 감회에 젖고 있었다.

어디서 소식을 들었는지 김수영이 헐레벌떡 다방으로 달려왔다. 두 사람은 술집으로 가서 오랜만에 회포를 풀었다. 그들이 술집을 거쳐 '돌체'에 와 보니 N양이 미리 와 기다리고 있었다.

“이제 혼돈의 세계를 빠져 나오셔야 해요.”

과거로부터 탈출을 하라는 그녀의 아픈 충고였다.

“그래, 면목 없어 신문사도 못 나가고, 허망한 배회만 하고 말았어!”

“저는 이제 병원에서 환자를 돌봐야겠어요. 명동 출입도 못할 것 같아요.”

“N양은 에테르 냄새나는 환자실로 가요. 나는 작품 세계로 빠져 들어야겠어. 해방이 되고 나서 3~4년 동안 갈팡질팡 이 무슨 꼴이람.”

봉구는 자조에 가까운 한숨이 절로 새어 나왔다.

포성이 울던 날

　지하로 숨어든 문맹원들이 하나 둘 쇠고랑을 차고, 서대문 형무소에 수감된 이용악, 이병철은 재판을 기다리는 초여름이었다.

　5월 열이렛날 용산의 육군본부에서는 김삼룡, 이주하, 정태식 등 남로당 지하당 간부들의 재판이 열렸다.

　김삼룡은 흰 한복을 입고 재판정에 들어섰다. 째진 바짓가랑이를 끌면서 그는 뒤따라오는 이주하와 정태식에게 고개를 돌려 뭐라 귀엣말을 속삭였다. 세 사람은 얼굴을 맞대고 고개를 끄덕거렸다.

　재판은 정태식으로부터 시작되었다. 민간인은 채항석과 장병민 부부만이 방청이 허락되었다. 정태식을 기소한 검사는,

　"남로당은 폭동, 방화, 살인을 선동·자행한 폭력집단인데 정태식은 그들의 기관지 『해방일보』와 『노력인민』을 통해 폭동, 방화, 살인

을 선동한 책임자다. 따라서 사형을 구형한다.”

그러자 그는 즉각 반박하고 나섰다.

“지금 검사의 논고는 증거에 근거하고 있지 못하오. 왜냐하면 『해방일보』와 『노력인민』의 어디에도 남로당이 폭동, 방화, 살인을 하라고 쓴 대목이 없지 않소.”

재판장은 선고하기 전 피고에게 발언의 기회를 주었다.

“현재의 심정은 어떠한가?”

정태식은 눈을 감고 잠깐 생각에 잠기었다. 만감이 서리는 일순이었다.

정태식은 S검사의 유도작전에 말려 체포되었다. 그는 체포되기 전 김삼룡과 이주하가 체포된 것을 알자 박갑동에게 김삼룡을 구출할 것을 지시했다.

그때 박갑동은 중앙상임위원인 황보와 연락선이 있었으며, 그는 경북도당과 연락선을 가지고 있었다. 배철 도당위원장은 팔공산 아지트에 있을 때였다. 그래서 팔공산 빨치산을 서울로 불러들이는 구출작전을 염두에 두고 그런 지시를 했던 것이다.

박갑동은 김삼룡이 어느 형무소에 수감되어 있는가, 어느 검사가 어디서 취조하고 있는가를 알아오도록 하부 조직에 지시했다.

그는 황보와의 접선을 위해 원효로 굴다리 밑으로 갔다. 그러나 황보는 나타나지 않았다. 정태식은 계속 지시를 내렸다.

“반드시 접선하라.”

정태식이 초조해 하는 데는 이유가 있었다. 정태식과 김삼룡은 같은 충청도 출신인데다 해방 전부터 같은 조직에서 같이 투쟁하고 옥고도 같이 치른 그야말로 혈맹의 사이였다.

박헌영과 더불어 세 사람의 동지애는 남로당의 근간을 이루고 있었다. 그러나 김삼룡의 구출작전은 성공을 기대할 수가 없었다. 설령 팔공산의 빨치산 2개 소대를 서울로 끌어들여 김삼룡은 탈출할 수 있을지 몰라도 출동한 그들은 전멸을 면할 길이 없을 터이니 말이다.

하지만 상부의 명령인지라 박갑동은 이틀 동안 황보와 접선을 시도했는데도 그는 끝내 나타나지 않았다. 뒤에 알고 보니 그와의 접선이 있던 날 황보는 체포되어버린 것이다.

김삼룡·이주하가 잡혀간 지 며칠이 지났다. 박갑동은 밤에 정태식의 아지트에 갔더니 그의 손을 잡아끌어 옆에 앉히며,

"박동무! 좋은 일이 있소. 내 시키는 대로 이것을 꼭 집행하시오."

그는 나직이 일러주었다.

"S라는 검사가 있소. 그는 일제 때 만주에서 소련공작원과 반일투사들을 많이 취조한 사상 검사였소. 해방 후 그 S검사가 소련군에 체포되어 총살당하게 되었는데 그는 소련군에 모종의 서약을 하고 서울에 와서 미군정에 들어가 검사가 되었소. 그가 나에게 이번 김삼룡 동지에 관해 중요한 제의를 해왔소."

그러면서 S검사는 미군의 정보기관이 자기의 정체에 대해 낌새를 맡은 것 같아 신변이 위험한데 지하당에서 이북으로 가는 루트만 보장해 주면 자신이 김삼룡 동지를 데리고 비밀 취조실로 간다 하고 같이 탈출해 오겠노라 제의해 왔다는 것이다.

묵묵히 앉아 있는 박갑동에게 그는 다시 말했다.

"나를 대신해 그 S검사를 박동무가 만나 주오."

한참 만에, 그는 정태식의 재고를 간청했다.

"저는 그 얘기를 잘 이해할 수가 없습니다."

정태식은 S와의 관계도 잘 모르면서 반대하는 것을 책망하는 듯했으나 박갑동이 그의 지시를 접수하지 않은 것은 그때가 처음이자 마지막이었다.

이야긴즉슨 채항석의 생질인 서울대생 P가 S검사의 제의를 가져왔노라는 것이었다. P의 대학동창에 S검사의 동생이 있었고 P가 S검사의 동생에게 자기가 정태식을 안다고 했더니 S검사가 자기 동생을 통해 그러한 제의를 해온 것이라고 하였다.

"저는 아직 젊어 당의 고위간부로는 보이지 않습니다. 이 중요한 사업을 성공시키려면 S보다 나이 많은 동무를 보내는 것이 좋지 않겠습니까?"

"누구 적당한 사람 있소?"

"변귀현이 어떨까요."

그는 나이도 많고 얼굴에 수염도 많아 적격이라 싶어 추천했다.

"그래, 참 좋겠군."

변귀현은 이승엽계로 <노력인민> 공작책에서 기관지부 책임자로 옮겨 있었다.

S검사와 그가 접선할 날짜가 정해졌다. 그날 오후 6시 박갑동은 변귀현을 데리고 혜화동 로터리에서 명륜동을 향해 걸어가기로 하고 반대쪽에서 P가 S검사의 동생을 데리고 오기로 되어 있었다.

그날 아침 박갑동은 일찌감치 현장에 나가 골목골목을 다 살펴보았다. 그는 약속시간 10분 전에 동소문 밖 소나무 밑에서 변귀현을 만났다.

그날따라 그는 면도를 말끔히 하고 스프링코트에 신사모를 눌러 쓰고 그곳에 미리 와 있었다. 박갑동은 그를 데리고 천천히 약속장소로 걸어갔다. 긴장을 억누르며 그들이 경학원 입구까지 오자 P가 키 큰 사나이를 데리고 온 것이 눈에 띄었다.

"저 애요. 둘이 나란히 걸어오죠."

박갑동은 일러 주고는 그의 뒤로 빠져 보도에서 한길로 내려섰다. 변귀현이 접근해 말을 건네는 것을 확인하고 박갑동은 한길을 건너 줄행랑을 놓았다. 때마침 삼선교 전차가 출발하려는 찰나, 그는 전차에 몸을 날려 올라탔다.

이윽고 전차에서 내린 박갑동은 안도의 한숨을 내쉬며 안암동 아지트로 돌아올 수 있었다.

이튿날 박갑동은 비서를 정태식의 연락원 P와의 안전확인선인 돈

암동 둑길에 내보냈다. 그런데 P가 그곳에 나오지 않았다는 것이다. 그는 아차! 싶었다. 정오에 두 번째 P와의 안전확인선 시도가 있었다. 결과는 마찬가지, 사고가 난 것이라고 단정할 수밖에 없었다.

다음날 아침 박갑동은 자신의 안전확인선에 직접 가 보았다. 그러나 아무도 나오지 않았다.

'큰일 났구나. 전부 다 잡혀 갔으니…….'

그 뒤 박갑동은 산업은행의 채항석을 찾아갔으나 그는 아직 안 나왔다는 것이다. 눈앞이 캄캄해진 박갑동은 퍼뜩 채항석 부인 장병민의 친구 집이 생각났다. 그 집 대문을 들어서니 마침 담벼락에 있던 교수 부인이 나와, 날벼락 같은 말을 하는 것이었다.

"선생님 큰일이에요. 그제 밤에 정선생과 채씨 부부가 몽땅 잡혀 갔어예. 지금 선생님 하나만 잡으면 된다고 서울 시내 형사대가 쫙 깔렸대요."

"그래요. 고마워요."

한마디 인사를 남기고 그는 재빨리 그곳을 빠져 나왔다. 그는 정신없이 아지트로 돌아와서 벌렁 드러눕고 말았다.

이튿날, 아지트를 지키는 할머니와 누이동생으로 가장하고 있는 비서가 조심스런 눈으로 쳐다보기에,

"내가 잠꼬대를 했어요?"

"헛소린지 뭔지 전쟁이 일어난다고 몇 번이고 그런 말을 하셨어요"

염려됐던지 비서가 물수건을 이마에 얹어 주었다.

재판이 열리던 날, 검사의 논고가 있은 후 할 말이 없는가 하고
물었다.

눈을 감고 잠시 생각에 잠긴 정태식은 체념한 듯 눈물을 흘리며
전향의 의사를 비쳤다.

"만일 나에게 여생이 있다면 대한민국 사람으로 이 나라의 민주
화를 위해 노력해 볼까 합니다."

그는 담당 변호사가 중간에서 힘쓴 보람으로 사형에서 20년의 징
역선고를 받았다.

이주하에게도 논고가 있었다. 재판장은 선고를 하기 전에 이주하
에게 발언의 기회를 주었다.

"할 말은 없는가?"

"할 말은 많지만, 한마디로 나의 자식은 앞으로 절대 정치가는
시키지 않겠소"

이주하는 사형선고를 받았다.

그는 해방되던 해 원산에서 서울로 떠나 올 때는 독신이었으나
늦장가를 들었고, 그가 체포되었을 때는 두 살 난 아이가 있었는데
끔찍이 사랑했다.

김삼룡은 처음부터 사형을 각오했는지 검사의 논고에 이어 말할
기회를 주었으나 입을 다물었다.

“나는 아무 할 말이 없소 나를 더 이상 욕보이지 말고 처형해다오.”

그에게도 사형이 선고되었다.

처음 그들이 재판정에 들어설 때 세 사람이 얼굴을 맞대고 고개를 끄덕인 것은 김삼룡이 이주하와 정태식에게 모든 책임은 내가 질 터이니 동지들은 어떻게든지 살아 나가라고 눈짓을 했던 것이었다.

김삼룡 자신은 남조선 혁명의 실패에 대한 전책임을 지고 죽어 가지만, 박갑동의 두 어깨에는 무거운 책임이 지워지게 되었다.

그런데 6월 열흘께 이상한 정보가 들려왔다.

해주의 남로당 연락소 간부의 한 사람인 박승원이 전주 시내에 잠복해 있다는 것이었다. 초대 소장은 해방일보 사장이던 권오직이었으나, 그는 헝가리 공사로 나간 뒤였다. 그때 남북 비밀 루트는 이승엽계인 안영달이 맡고 있었다. 나중에 알게 된 일이지만, 안영달은 1949년 가을 이미 체포되어 변절했으나, 경찰을 매수해 탈출했다고 속이고 당내에 잠입해 김삼룡을 체포하는 데 일등공신이었다. 그는 김삼룡을 체포하고는 자기 정체를 숨기기 위해 이북으로 넘어가 버렸다.

이상한 정보는 꼬리를 이어, 인천경찰서에는 조복애를 비롯해 월북했던 남로당 간부 7~8명이 잠입해 오다가 체포되어 갇혀 있다는 정보도 잇따랐다.

박승원은 영주 사람으로 해방 전에 공산주의 운동을 하다가 검거

되어 전향, 해방 후에는 신문사 내의 프락치 책임자를 거쳐 1946년 가을 해주로 월북했었다. 하동 출신인 조복애는 체포되었으나 전주에 잠입해 있는 박승원과는 조만간 연결이 될 것으로 박갑동은 기대하고 있었다.

6월 열여드레, 북에서는 홀연 북조선 최고인민회의와 남한 국회를 8·15를 기해 하나로 통일하자는 제의를 해왔다. 또한 서울에서 구금중인 김삼룡·이주하와 북에 연금중인 조만식을 교환하자는 제의도 해왔다.

이에 북의 조국통일민주주의전선에서는 남쪽에 호소문을 보내오고, 그 글월을 휴대한 세 사람이 삼팔선을 넘어오자 군 당국에 잡히는 등 심상치 않은 움직임이 일고 있었다.

그 호소문의 내용은 이승만 대통령을 비롯, 이남의 정계 요인 아홉 사람을 제외하고 남북이 통일하자는 것이었다. 그러나 정부는 제안의 내용은 비밀에 붙이고 호소문을 가져온 세 사람을 잡아서 전향을 시키고 방송을 하게 하니 일껏 사태를 망가뜨릴 뿐이었다.

쌀값이 소두 한 말에 3천원으로 껑충 뛰고 나날이 민심은 흉흉해지고 있었다.

6월 스무 닷샛날은 새벽부터 장대 같은 빗줄기가 내리고 있었다. 그날 새벽 삼팔선 일대에서는 일제히 포성이 울려 퍼졌다. 서해안에서는 새벽 네 시, 동해안에서는 새벽 다섯 시 무렵이다.

북의 심상치 않은 움직임이 수차 보고되었으나 이러한 정보를 군의 수뇌부에서는 한 귀로 흘리고 있었다.

비가 퍼붓는 토요일 밤에는 서울 육군 장교클럽의 개관 파티가 성대히 열렸다. 6·25 전날 밤이다. 인민군은 빗속을 뚫고 옹진반도, 개성, 의정부, 춘천, 강릉지구에서 포문을 열고 삼팔선을 넘어섰다. 개성, 의정부, 춘천방면은 의정부를 중심으로 세 방면으로 서울을 목표로 하는 남진이었다.

─오전 5시 15분.

육군본부의 당직실에는 꼬박 밤을 지새운 김종필 중위는 의정부 방면의 수비를 맡은 제7사단 사령부의 급보전화에 귀를 기울였다.

"전선의 각 초소가 적의 공격을 받고 있다. 전면공격인 것 같다."

김중위는 당직사령실로 달려갔다.

"적의 전면공격입니다. 사령께서 전군에 비상경계를 하명해 주십시오."

"농담 말어, 내겐 그런 권한이 없어……."

김중위는 서둘러 참모총장에게 연락해 달라고 보고하고는 방으로 돌아와 정보국장 장도영에게 전화를 넣었다.

"국장, 벌어졌습니다."

"뭐가 벌어졌단 말이야?"

김중위는 전 전선이 적의 포격을 받고 있으니 곧 전군에 비상경계를 내려야 한다고 보고하였다.

정보국장 장도영 대령은 25분 후 육군본부에 얼굴을 드러냈다.

하루 종일 KBS방송은 한국군의 승리를 보도했다. 그러나 사태의 진상을 알 길 없는 서울 시민들은 라디오가 전하는 '승전보'만을 믿고 잠자리에 들었다.

그날 밤 아홉 시, 무초 대사는 이승만의 긴급호출을 받고 대통령 관저로 달려왔다.

"난 정부를 이끌고 신속히 대전으로 이동할 생각이오. 대사도 미국인 부녀자의 피난을 서두르는 것이 좋을 것이야."

"각하, 그건 매우 서툰 발상이라고 생각합니다."

이승만의 발언은 무초 대사를 놀라게 하고 심한 반발을 일으켰다.

"대통령은 국가의 상징입니다. 적이 아직 가까이 이르지도 않았는데 대통령이 밤도주를 한대서야 국민과 군대의 사기에 미치는 영향이 어떠하겠습니까."

"아니오, 대사. 난 나 개인의 안전을 도모해 서울을 떠나려는 것은 아닌 게야."

이승만은 고개를 설레설레 흔들었다.

"만일 머뭇머뭇하다가 나와 정부가 공산주의자에게 붙잡히기라도 한다면 그거야말로 국민의 사기를 완전히 떨어뜨리는 일이 될 거요."

이렇게 정부의 이동에 대한 시기를 놓고 대통령과 무초 대사는 한 시간이 넘도록 토의를 거듭하고 있었다.

결국 타협안으로 이승만은 대전이 멀다면 가까운 수원에 이동한다고 말하고, 오늘 밤은 이동을 않겠다고 수정 제의했다.

무초 대사는 자정 무렵에야 대통령 관저를 물러나 미 대사관으로 향했다.

비는 밤새 지적지적 내렸으나 대포소리는 끊일 사이가 없었다. 날이 샐 무렵 전투는 더 치열해지는지 포성과 총소리가 뒤섞이어 콩 볶듯 했다.

날이 밝자 낙산駱山의 포좌는 간 곳이 없고 미아리 고개에는 두 대의 탱크가 진격하고 있었다.

이 두 대의 탱크는 인민군 제4사단 소속의 105전차부대 선봉들이었다. 제4사단을 따라 내려온 최용건 민족보위상이 중앙청에 인공기를 내걸고 축하연을 베풀기 몇 시간 전 두 대의 탱크는 맹위를 떨치며 서울시내로 들어왔다. 낙산의 포좌가 돌연 물러나게 된 것도 이 두 대의 탱크가 무악재고개를 넘어섰기 때문이다.

그런데 무악재고개를 넘은 한 대의 탱크는 국립도서관을 향하고, 다른 한 대의 탱크는 서대문 형무소를 목표로 전속력을 내고 있었다. 국립도서관 쪽은 귀중한 문화의 보고를 접수하려는 것이었고, 서대문형무소를 밀고 든 것은 옥에 갇힌 사상범들을 해방시키기 위한 구출작전으로, 최일주를 대장으로 한 특공대이었다.

이 특공대는 서대문형무소에 수감 중인 김삼룡, 이주하를 비롯하여 지하당 간부들의 구출작전이라는 특수임무를 띠고 있었다.

　그러나 서울 진입 최선봉의 탱크가 6월 28일 새벽 3시 서대문형 무소에 들이닥쳤을 때는 구출 대상인물은 한 사람도 찾아내지 못했다. 이미 사형이 집행된 뒤였다.

　최일주의 고향은 함남이었다. 그가 월남한 것은 1947년 봄, 원산 중학교를 졸업하고 김일성대학에 들어가기 위해 외가가 있는 평양에 왔다가 모스크바 유학을 조건으로 대남공작 요원으로 선발되었기 때문이다.

　그는 김지회의 연락요원 임무를 띠고 1947년 초여름에 서울에 왔었다. 그는 곧 김지회와 접선, 국방경비대 제1연대에 입대하여 그 후 줄곧 김지회의 연락병으로 있으면서 한편 감시역도 했었다.

　제14연대 봉기 첫날밤에는 김지회를 대신하여 지창수 상사가 이끄는 '병사 소비에트'를 측면에서 도왔다. 김지회는 처음부터 전면에 나서지 않고 배후에서 그들을 지휘 조종했던 것이다. 그 후 지리산에 들어가서도 최일주는 김지회를 보좌했다.

　이듬해 2월, 전멸의 위기에 놓인 빨치산의 현황을 보고하고 긴급 지원을 요청하라는 김지회의 지시를 받고 그는 50여 명의 대원과 태백산맥을 타고 북으로 향하였다.

　그러나 그들은 오대산 지역에서 국군토벌대에 포착되어 거의 전멸하고 부상자 최일주 등 5~6명만이 구사일생으로 삼팔선을 넘어 갔다.

　최일주는 평양의 군병원에 입원중인 4월초 지리산 뱀사골에서 김지회가 전사했다는 소식을 전해 듣고 아연했다.

새벽녘 최일주의 특공대가 서대문형무소 영내에 진입했을 때는 이미 간수들은 그림자도 볼 수 없고 살기마저 일고 있었다.

. 그런데 사태가 위급해지자 육군형무소에 수감 중이던 김삼룡, 이주하 등 남로당의 주요간부들이 처형되었다.

인민군 탱크가 들이닥친 것을 안 감방 안에서는 한동안 아우성소리가 터져 나오고 방방이 알루미늄 식기로 자물쇠를 두드려 깨고는 감방 문을 부수고 나와 소리소리 질렀다.

"인민군 만세!"

"……만세!"

이렇게 해방을 맞은 푸른 수의의 수감자들은 빡빡 깎인 민머리에 언뜻언뜻 구름 사이로 비치는 따가운 햇살을 받으며 서대문로터리를 지나 광화문으로 우르르 내달리고 있었다.

낮때쯤 거리에는 붉은 기를 흔들며 만세를 부르는 사람이 나타나는가 하면, 되넘이고개를 넘어서 동소문을 향해 탱크며 자동차, 우마차, 보병들이 연이어 쏟아져 오고 있었다.

아리랑고개엔 국군이 버리고 간 대포가 하릴없이 서 있고, 한때 정신없이 피난 갔던 사람들도 전쟁이 핥고 간 집으로 꾸역꾸역 들어오는 중이었다.

이날 종로 네거리에는 인민군 탱크의 캐터필러 소리가 요란히 굴러가고 있었다. 그 탱크 위에는 감격에 겨운 임화의 모습도 나타났

다. 인민군 문화공작대의 자격이 아니라 종로 네거리의 시인으로
돌아오고 있는 것이다. 일찍이 동숭동 낙산 밑에서 자란 그가 지금
고향을 찾아 서울에 입성한 것이었다.

　지하당 총책 박갑동은 을지로 4가 아지트에 숨어 든 채 28일 아침
을 맞이하였다. 그는 시민으로 가장하고 근처를 한 바퀴 둘러보았다.
　대문마다 인공기가 매달려 있었다. 그는 지하당원에게 '남로당
지하당원은 모두 소공동 정판사로 모이라'는 삐라를 써 붙이고는
서대문형무소를 향했다.
　그는 광화문 네거리를 지나 중앙청 쪽을 보니 인민군 부대가 정
렬하고 있었다. 그는 그쪽으로 발길을 옮겨 정문으로 들어서자 보
초가 길을 막았다.
　"나는 남반부 지하당 총책인데 사령관을 만나러 왔소"
　때마침 안에서 장교가 나와 그를 중성中星 4개 달린 사람에게 데
리고 가자 대뜸 물었다.
　"당에서 누가 안 왔나요?"
　"우리가 맨 먼저 왔는데 당에서는 내일이나 올 겁네다."
　그는 그 곳을 나와 다시 서대문 쪽을 향했다. 앞에서 백지장 같
은 얼굴의 젊은이가 걸어오고 있었다.
　"동무, 서대문 감옥에서 나오시오?"
　"네……."

“애쓰셨소. 나는 지하당 당원이오.”

“어머, 새 세상을 만나다니!”

젊은이는 그를 껴안고 울음을 터뜨렸다. 서대문형무소까지 가는 도중 수백 명과 이렇게 껴안고 악수하느라 꽤 많은 시간이 걸렸다. 그러나 그가 형무소에 이르렀을 때는 이미 감방 안은 텅텅 비어 있었다.

그가 소공동의 정판사에 이르렀을 때는 점심때가 지나 있었다. 그런데 그의 비서만이 오도카니 그를 기다리는 중이었다.

그녀는 총책을 보자 날쌔게 달려오며,

“큰일이에요. 서울 시청에 이승엽 동지가 와서 선생님을 군령에 처한대요.”

“왜?”

“이승엽 동지가 지하당원은 서울 시청에 모이라 했는데 선생님지시대로 여기 정판사에 모였어요. 그것을 안 이 위원장이 노발대발하였대요.”

이승엽은 군사위원으로 해방지구의 전권을 위임받아 왔고, 자기의 명령은 곧 군령인데 지하당 총책인 박갑동이 이 군령을 어겼다는 것이다. 그래서 그가 군령을 위배한 반역 행위를 범해 총살에 처한다는 것이었다.

갠 하늘의 날벼락이었다.

그날 아침 중앙청의 제4사단 이권무 18연대장이 당은 내일에나

올 것이라 했기 때문에 지하당원을 그리로 소집시켰던 것이다.

이승엽과 그는 원래 사이가 좋지 못했다. 그는 죽는 한이 있더라도 이승엽을 한 번 만나 보리라고 시청으로 뚜벅뚜벅 걸어갔다.

시청 정문을 막 들어서는데 누군가가 불렀다.

"박 동무!"

쳐다보니 아뿔싸! 죽은 줄만 알았던 정태식이 아닌가.

그는 그날 서대문형무소에 가면서 풀려난 사람에게 물었더니, 10년 이상 선고를 받은 사람은 하루 전에 끌어내어 다 총살시켰다는 것이었다. 그래서 그는 정태식이 총살당한 것으로만 알았었다.

정태식은 시청 밖으로 그를 끌고 가면서 일러 주었다.

"이승엽이 동무를 총살시키겠다고 서명하는 것을 나와 조일명이 말리고 오는 중이오. 지금 들어가지 말고 어디 좀 피해 있으시오."

"조일명 동무도 내려 왔습니까?"

"조 동무는 기획실장으로 이승엽 동지를 따라 왔소."

박갑동은 그 말을 듣고서야 안도의 한숨을 내쉬었다. 조일명은 박헌영의 동서이며 해방일보 시절부터 박갑동을 아껴주던 사람이었다. 그들은 서울신문사와 시청 뒤에 있는 경성일보사를 접수했다. 이 사옥은 동아일보가 쓰고 있었다.

서울신문사 사옥은 R에게 『조선인민보』를 복간토록 하고, 그와 정태식은 경성일보 사옥을 접수하여 『해방일보』를 복간키로 하였다. 대표는 박갑동이 맡았다.

그런데 다음 날 평양의 『로동신문』 진영이 들이닥쳐 중앙위원회 지시라며 장혁주가 주필, 이원조가 편집국장이 되고 박갑동은 논설위원을 맡으라는 것이었다. 여섯 명의 논설위원 중 정태식을 제하고 네 명이 북로당원이었다.

신문이 나온 수일 후 편집국장은 박갑동을 부르더니 거드름을 피우며 말했다.

"박 동무는 앞으로 농업 문제에 대해서만 논설을 쓰시오."

이원조는 안동 사람으로 도쿄 호세이대 불문과를 나와 문학평론가로 활약했었다. 해방 전에 조선일보에서 이승엽과 같이 기자로 뛰었으며, 문학가동맹에서 일하다 일찍 월북했었다. 이육사의 친동생이기도 한 그는 1946년 권오직이 정판사 사건으로 해주로 피하여 제1인쇄소소장이 되자 그곳에 가 있다가 이승엽의 후광을 입은 사람이었다.

인민군이 서울을 점령하자 남한 화폐를 북조선 돈의 팔분의 일로 절하했다. 게다가 북로당원은 월급 외에 전시 수당이 붙었다. 그러니 같은 월급을 받아도 남로당원의 두 배 월급이었다.

또한 시민의 식량 사정이 나빠지자 '자치대'라는 붉은 완장을 두른 청년들이 총대를 메고 집집마다 다니면서 식량의 보유량을 조사해 간 후 조금만 남기고 식량을 내달라는 것이었다.

"놈들의 학정으로 인민들이 굶어죽을 지경에 이르렀으니 우선 가진 것을 골고루 나눠 먹어야 합니다."

그러면서도 늦어도 일주일 안으로 서울 시민에게 배급해 줄 식량을 북에서 실어오겠다고 늘어놓았다.

그러나 일주일은커녕 이주일이 지나도 식량 배급은 깜깜소식이었고 시민들도 이제는 아무도 믿고 기다릴 수 없게 되었다.

"거보라우, 걔들이 하는 수작은 못 믿는다 하잖습니까."

이북서 월남해 온 사람들은 골목 어귀에서 동네사람끼리 귀엣말로 비아냥거렸다.

이렇게 식량 사정이 나빠지니 2천원 미만이던 쌀값이 5천원으로 껑충 뛰어 오르고 어느덧 만원을 바라보게 되었다. 모두들 부석부석한 얼굴에 푸성귀와 풀만 뜯어 먹느라 기름값이 천장 모르게 올라갔다.

어느 날 신문사 논설위원실에 여자 손님이 찾아왔다. 그녀의 목에 난 흉터로 이순금임을 금방 알고 박갑동과 정태식은 셋이서 모처럼 이야기를 나누게 되었다.

그녀는 김삼룡의 아내로 갖은 풍파를 다 겪은 터라 두 눈에 고인 눈물을 닦으며 김삼룡의 체포경위를 말해 주었다.

"3월 스무 이렛날 저녁 정태식 동무와의 연락 시간을 기다리던 그는 날이 어두워져 한복을 양복으로 갈아입으려 하는데 경찰이 습격해 왔지요, 수 명의 경찰은 대문을 두드리면서도 집에 무기가 있는 줄 알고 바로 뛰어들지는 못했어요. 그 사이에 그는 뒷담을 올라 지붕을 타고 잽싸게 빠져 나갔지요.

지붕을 몇 채 뛰어넘어 땅에 뛰어 내렸는데 하필이면 거기가 막다른 골목인거라. 겨우 골목을 빠져 나와 한길에 나섰는데 어디로 갈까 잠시 멈칫한 후 안영달을 배치시켜 둔 북아현동의 당 아지트로 갔는데 덜커덕 덫에 걸리고 말았지요.”

짐짓 안영달은 경찰의 앞잡이가 되어 김삼룡을 체포하려고 기회를 노리고 있던 중이었다.

6월 27일 김삼룡과 이주하를 비롯한 그 밖의 중형자들 속에 긴 지리산 문화공작대의 김태준, 유진오 시인과 김지회의 애인 조경순도 이때 수색에서 총살형에 처해졌었다.

7월의 찌는 날이었다.

삼청동 전 국무총리 관저에 있는 중앙당 서울 연락소는 광화문 네거리에서 서대문으로 가는 서울고등학교 자리에 있었다.

어느 날 중앙당 서울 연락소를 박갑동이 찾아갔더니 이범순은 이승엽을 서슴없이 비판하였다.

“박 동지는 놈들의 가혹한 탄압 속에서 지하당의 깃발을 지켜 왔는데, 우리 당에서 너무 대접을 소홀히 하고 있소.”

이범순은 이제순, 이효순 삼형제의 막내였다.

이제순은 1937년 함남 보천보를 습격했던 혁명투사로, 그 뒤 체포되어 해방 직전에 옥사했다.

그는 독기를 품은 듯이 말했다.

“이승엽은 경기도를 자기 개인의 왕국으로 만들고 있소 김삼룡을 잡히게 한 안영달을 경기도 인민위원장을 시켰고 당내에서 안영달이 김삼룡을 체포한 배신자라는 반발이 일자 그 후임에 박승원을 갖다 앉히고 안영달을 토지조사회 책임자로 앉혀 눈가림을 하고 있단 말이오."

토지조사회는 조선일보 맞은 편 건물에 본부를 두고 경찰관과 미국정보원을 색출하여 잡아내는 기관이었다.

얼마 후 정태식이 이승엽에 의해 해방일보를 물러나고 남로당계로는 박갑동 혼자 남게 되었다. 정태식은 배급까지 중지당해 채항석의 집에 들어앉게 되었다.

박갑동은 서울시 인민위원회로 조일명을 찾아 갔다.

"김삼룡 동지는 지하당을 살리기 위해 재판을 받을 때 자기 혼자서 모든 책임을 질 테니 정 동지에게 전향해 살아서 나가라 한 것이오."

"그 얘긴 이순금 동지에게 듣고 있소. 하지만 이승엽 동지가 정 동지를 안 좋아하니 그게 걱정이오."

"왜요?"

"아마도 해방 직후 정 동지가 이 동지를 잘못 본 성싶소."

해방 후 이승엽이 떠돌아다닐 때 별로 존경하려 든 사람이 없었다. 이승엽과 조일명은 일제 때 전향을 한 경력도 엇비슷했다.

박헌영은 1948년 평양에 정권이 설 때 이 두 사람을 믿을 수가 없어 북으로 불러들이고 김삼룡, 이주하와 정태식을 믿고 지하당을 맡겼던 것이다.

"정 동지와 같은 유능한 동지를 매장한다는 것은 당으로서도 큰 손실이 아닙니까."

"글쎄 조국전쟁이 끝나면 어떻게라도 궁리를 해 봅시다."

박갑동은 실망한 듯,

"이 전쟁은 어떻게 일어나고 앞으로 어떻게 되겠습니까?"

그러나 그 물음에는 대꾸가 없이 조일명은 길쭉한 얼굴에 뭔가 깊은 생각을 하는 듯 굳게 입을 닫고 있었다.

설사 그가 전쟁에 대한 비밀을 알고 있다 손치더라도 섣불리 말할 성질이 못되었다.

수분 후 그는 무거운 침묵을 깨고 말했다.

"일체 불평을 입에 담지 마시오. 그저 시키는 대로 하는 것이 사는 길이오."

박갑동은 평양의 분위기와 박헌영의 처지를 어느 정도 짐작할 수 있을 것 같았다. 그래서 에둘러 물었다.

"왜 서울이 해방되었는데도 남반부가 기반인 박헌영 선생이 안 오십니까?"

"글쎄 주어진 일이나 하는 것이 좋대두."

조일명은 일껏 말하고는 다시 입을 열지 않았다.

그 즈음 서울 시민에게 제일 큰 문제는 먹을 걱정과 의용군 모집과 새로 생긴 말로 전출 문제였다.

의용군 총사령부는 유축운이 책임자로 있으면서 모든 청년 남녀는 의용군 대열에 나서라고 외쳐댔다. 각 동에서는 동민을 모아 보내고 학교에선 학생들을, 직장에선 종업원을 채찍질해 단기간의 훈련을 마친 후 전선에 투입하고 있었다. 어느 학교에서 몇 백 명, 심지어 D여중에서는 5~6학년 2백 명 전원이 자진해서 의용군에 지원했다는 이야기가 꼬리를 물고 옮겨 다녔다.

서울대학에 들어있던 인민군 부대가 다른 데로 옮겨간 후 서울시 인민위원회의 일부가 이곳에 와서 도서관과 연구실까지 모두 쓰게 되었다. 그것은 전날 있었던 B29 용산폭격으로 미리 소개를 한 조처였다.

서울시 인위人촟가 학교에 옮겨 온 후론 교문에서의 출입이 엄했다. 인민군이 들어 있을 때보다 더했다.

이 기관은 막대한 권력을 이양 받아 정부의 기능을 대신한다 하며, 모두가 당원이라는 것이다. 제4사단을 따라 서울에 내려올 때 이승엽은 김일성 최고사령관으로부터 서울시 인민위원장과 남조선 점령지구의 군사위원을 임명받았던 것이다.

서울의 공습은 점점 심해졌다. 비행기가 뜨면 전차는 그 자리에 서고 승객은 내려 골목이나 처마 밑으로 숨어들었다.

8월로 들자 폭격이 날로 늘어갔다. 처음은 한강을 노리다가 용산을 두들기더니 차츰 도심지를 노린 듯 쌕쌕이가 날아와서 소이탄,

로켓탄을 퍼붓고는 날쌔게 꼬리를 감추어 갔다. 이 쌕쌕이를 '호주
덕'이라고도 불렀다.

민주선전실이라는 것도 새로 생겼다. 마을에 집회실을 마련하여
조석으로 사람들을 모아 시국에 대한 이야기를 들려주고 어른 아이
할 것 없이 인민가요를 가르쳤다. 여기 나오는 연사는 민청원이나
정치보위부에서 나온 젊은이가 맡고 있었다. 판에 박은 어조로 선
전을 하였다.

"조선을 강점하려는 미제와 리승만 도당들은 철통같은 인민의 힘
으로 마침내 바다 속으로 몰아넣고야 말 것입니다⋯⋯."

종각 뒤 한청빌딩에는 문학가동맹이 들어섰다. 전 조선문학건설
본부 자리이다. 북조선 문화부장인 김오성을 비롯하여 월북했다 내
려온 임화, 김남천, 안회남, 이태준, 임학수들이 서울의 잔류문인들
을 끌어내어 사상강좌와 노래를 가르치고 있었다.

이른바 지하 문인, 영어 문인, 준은신 문인을 제외한 거개의 문인
들이 문학가동맹 사무실에 발을 들여 놓았다. 거기에 나가면 서로
의 얼굴과 안부를 확인할 수 있었고, 다른 맹원들의 성화를 피할 수
있기 때문이었다.

인민재판이 성행하던 서울에는 갖가지 동맹들이 우후죽순처럼
생겨나고 있었다.

문맹 사무실에는 이들 외에도 감옥에서 풀려 나온 이용악, 오장
환, 이병철 등의 지하 투쟁파 시인들도 한 그룹을 이루어 동에 번쩍

서에 번쩍 뛰고 있었다. 그런가 하면 어깨에 중성을 단 노천명이 여맹 사무실과 문맹 사무실을 분주히 오가고, 여전히 조경희가 그의 뒤를 그림자처럼 따르고 있었다.

어느 비 오는 날 사무실에 있던 옥중 그룹들이 잡담을 나누는데, 남산에서 의문의 총격으로 쓰러진 배인철의 애기가 나오자 이병철은 에둘러 말했다.

"그 친구, 자기 애인을 가로채려고 하자 지하에 숨겨 둔 권총으로 쐈던 거야."

6·25 전 문연 서기장인 홍태식의 조직선에는 배인철, 이용악, 이병철이 활약했었다. 그때 지하에 한 자루의 권총을 숨겨두고 있었는데, 그 권총으로 연적이던 배인철을 쏘았다는 것이다. 하지만 평소 허풍스러운 그인지라 모두들 반신반의하는 눈치들이었다.

그 자리에 있던 김수영은 왕방울 눈을 씀벅거리면서 고개를 갸웃할 뿐 말없이 앉아 있었다. 배인철, 이병철, 김수영, 이들 세 사람은 한 여성을 놓고 경쟁을 벌이던 4각관계였다. 그 중 김연실이 가장 끌렸던 배인철을 불의의 기습으로 넘어뜨린 것이었다.

종로 네거리의 인민재판장에는 작가이자 평론가 김팔봉이 심판대에 올랐다. 그는 일제 때 카프의 효장으로 활약하다가 전향을 한 중견의 한 사람이다.

그는 재판 끝에 '나는 반동이다'라는 푯말을 달고 소달구지를 끌면서 시내 일주를 하는 꼴불견을 연출했다.

그 동안 모습을 볼 수 없었던 김동환, 이광수, 박영희, 정지용, 김기림이 정치보위보로 끌려갔다.

김기림은 혜화동 거리를 걸어가는데 밀짚모자를 쓴 젊은이 두 사람이 다가와,

"선생님 모시러 왔습니다."

"……."

"기억이 안 나실 줄 모르겠습니다만 저희는 동국대학에서 선생님의 강의를 듣던 학생입니다."

"그래 어디로 가자는 건가?"

"가시면 압니다."

"으음!"

김기림은 언짢은 생각에 말 대신 기침소리를 냈다.

"선생님 어서 차에 오르시죠."

이렇게 자칭 제자라는 두 젊은이는 김기림을 데리고 정치보위부로 향했다.

이것은 저명인사에 대한 '모시기 공작'의 하나로 서울시 인민위원회 2층에 자리 잡은 노동당 중앙위원회 서울지도부가 맡고 있었다.

김기림은 해방공간의 혼란 속에서 문학가동맹 집행위원과 시부위원장을 맡았었다.

그러나 1948년 남한에 단독정부가 들어서자 그는 선택의 기로에 서게 된다. 남한의 공산당 활동이 금지된 시점에서 문학가동맹원인

경우 월북이냐, 아니면 전향해서 보도연맹에 가입하느냐 하는 선택을 해야 했었다. 물론 그는 고민 끝에 전향의 길을 택하였고, 이것은 그의 자존심에 상처를 안겨주는 일이었다.

군사위원회 8호 결정의 작전 명령은 '모시기 공작'이었다. 여기에는 지역 당과 구역 내무서, 시당 조직들로부터 정보를 얻어내고 당 조직으로부터 협력자들, 특히 우익 정당·단체와 주요 기관에 들어가 있던 프락치들을 이용하는 수법을 썼다.

인민군이 삼팔선을 넘은 지 사흘만인 6월 28일 서울을 점령하고, 30일에는 이권무가 이끄는 제4사단 18연대가 한강을 건너 영등포 전투를 시작으로 한국군은 패주에 패주를 거듭하고 있었다. 거기에는 소련제 전차 T34의 위력이 크게 작용했었다.

방호산方虎山의 제6사단은 7월 3일 인천을 점령하고, 전선사령부는 제4사단에 전진명령을 내려 4일에는 수원을 점령, 파죽지세로 내달아 갔다.

7월 말에는 제6사단이 전남 광주를 거쳐 지리산 남방의 진주로 향하고 있었다.

그 진격이 어찌나 빨랐던지 8월초 제4사단이 낙동강변의 영산靈山을 거쳐 마산을 눈앞에 둔 서북 700고지 진지에서 종군작가 김사량 金史良은 감격한 나머지 크게 소리 질렀다.

"바다가 보인다! 거제도가 보인다! 저게 남해 바다다!"

그러나 7월 20일을 고비로 전쟁은 형세가 뒤집히게 된다. 어떤 전차도 일격에 부순다는 미군의 신무기 3.5인치 바주카가 대전을 잃은 후 각 전선에 배치되었기 때문이다.

그로부터 인민군이 진격해 오는 길목에는 처절하기 이를 데 없는 '악마사냥'이 벌어져 갔다.

6·25전쟁은 한 핏줄인 피가름의 싸움이었다. 그런데 전쟁의 주도권은 어느 결에 유엔군의 손에 넘어가고 압록강 진격 후에는 중국의용군의 참전에 따라 국제전으로 뒤바뀌는 비극적 상황을 맞게 된 것이다.

인천상륙작전은 세기의 대도박이라고 일컫는다. 이 도박의 승수는 5천대 1이라는 거의 절망에 가까운 것이었다. 극동해군사령관 조이 제독에게 맥아더는 거침없이 말했다.

"그건 나도 잘 알고 있소. 하지만 당초 그런 위험을 다 알고 나는 5천대 1의 대도박을 할 것이오."

맥아더는 '크로마이트' 계획안을 워싱턴에 보고하고 승인을 구했으나 전황이 악화되자 그 계획은 연기되고 제1해병여단과 제2보병사단을 '부산 교두보'에 투입했다.

그러나 그는 인민군의 압력이 드세지면 드세질수록 그것을 배제하여 전세를 일거에 뒤집기 위해서는 인천상륙이 필요하다는 것을 통감하고 있었다.

맥아더는 마침내 8월 12일 '크로마이트' 100-B계획, 즉 인천상륙작전의 발동명령을 내렸다. 작전부대로는 미 제1해병사단, 제7보병사단, 거기에 한국군의 일부가 참가하기로 하였다. 8월 15일에는 이들 상륙부대를 통괄하는 제10군단이 새로 편성되고 사령관에는 참모장 알몬드 소장이 임명되었다.

8월 30일, 맥아더원수는 유엔군사령관의 이름으로 '유엔군 작전명령'을 하달했다. 상륙일은 9월 15일.

그날은 한낮이 지나면서 가는 빗줄기가 내렸다. 그 빗줄기 속을 함재기는 출격을 거듭하면서 인천을 중심으로 한 반경 40킬로 이내 지역에 포탄을 퍼붓고 순양함대에서는 인천으로 통하는 도로에 간단없이 포탄 세례를 해댔다. 그 때문에 서울에 주둔하던 인민군 제18사단 제22연대는 인천으로의 진출을 완전히 저지당하고 말았다.

5천대 1의 대도박을 승리로 이끈 맥아더는 인천상륙작전이 성공하자, 다시금 불같은 명령을 내렸다.

"서울을 탈환함과 동시에 남쪽으로 남쪽으로 진격을 개시하라."

그것은 남하하는 인천상륙 제10군단과 부산교두보에서 반격으로 전환하여 북상하는 제8군과의 사이 쇠침대 위에 올린 인민군을 쇠망치로 두들겨 부순다는 이른바 '슬러지 해머'작전인 것이다.

9월 28일 정오, 서울 종합청사에서는 환도식이 거행되었다.

맥아더원수는 다음의 일장연설을 마친 후 곧 도쿄로 날아갔다.

"신의 도움으로 우리 부대는 한국의 옛 수도를 탈환했습니다. 대통령 각하, 나와 나의 장교들은 다시금 군무에 전념하고 행정의 책임은 각하와 각하의 정부에 맡기겠습니다.”

인천상륙작전이 개시된 9월 15일 밤 부산 교두보의 수비대는 그 이튿날부터 총공격에 나섰다.

밀다원 시대

8·15 기념폭격이 있을 거라 하여 서울 시민들은 공포 속에서 이날을 맞이했는데, 여느 때와 다름없는 폭격이 있었다. 이 점을 고려했는지 기념행사는 동별로 치러졌고, 그 시간도 꼭두새벽이나 해질녘이었다.

모임에서는 민청원이 나와 전황 소개를 하면서 승리를 장담했다.

거리에는 8·15 기념표어가 수없이 나 있고 시내 담벼락에도 선전 문구는 닥지닥지 붙어 있었다.

이른바 워커 라인이라 하여 마산—왜관—영덕을 잇는 방위선 즉 부산교두보를 가운데 두고 치열한 공방전이 불을 뿜고 있을 때 각 단체, 학생 할 것 없이 의용군 모집은 극성을 부렸다. '8월을 해방의 달로 하여야 한다'하여 이 사업은 숨 가쁘게 추진되고 있었다.

문학가동맹도 예외는 아니었다. 종로 네거리의 한청빌딩에는 아침부터 의용군 소모를 위한 준비가 진행되고 있었다.

오전 열 시가 넘자 꽤 많은 문인들이 문맹 사무실에 모여들고 임화, 이태준, 임학수, 현덕, 김남천, 안회남, 김오성 들이 나타났다. 사회를 맡은 김동석의 소개로 북한 문화부장 김오성의 인사가 있고 나서 연단에는 김사량이 올라섰다.

"여러분 문화일꾼들은 영예로운 문화공작대로서 전선에 나가게 됩니다. 인민군대에 사기와 용맹을 안겨주는 숭고한 임무를 문화공작대는 맡게 될 것입니다. 지원자는 지체 없이 앞으로 나오시오."

그런데도 모두들 옆 사람의 눈치만 살피고 있자 이번에는 임학수가 사무실을 빙 돌면서 무언의 압력을 넣기 시작한다.

그때 쌕쌕이 한 편대가 서울 상공에 제비처럼 날아들어 기총소사를 해두기는 바람에 한바탕 소란이 벌어졌다. 그 소동이 있은 후 이병철이 날쌔게 연단에 뛰어 오르더니 "조국통일을 진정으로 바라는 문화일꾼이라면 앞 다투어 의용군 지원에 앞장서시오!" 하고 선동을 해대자 박계주가 몇 발자국 앞으로 나서고 뒤를 이어 고원 등 수명이 몇 발자국 앞으로 나섰다. 왕방울 눈을 씀벅거리고 있던 김수영도 슬금슬금 걸어 나와 그들의 대열에 끼었다.

이렇게 십여 명이 지원자 대열에 서자 그때까지 장내를 지켜보고 있던 임화가 나서서 그들을 치하하는 환영인사를 했다.

"동무들은 이제부터 두 어깨에 문화의 꽃다운 임무를 지게 되었소. 여러분의 장도에 승리가 만발할 것을 진정으로 바라겠소”

어느덧 문맹 사무실에서도 문화공작대가 결성되고 그들은 다음 날 문화공작대의 일원으로서 전선을 향하게 된다.

그런 어느 날 소식이 궁금하다며 김경린이 박인환의 집을 찾아왔다.

“경린이, 이거 질식해 버리고 말겠어. 모더니즘이고 뭐고 끝장이야.”

“그래, 전쟁은 도시를 잿더미로 만들고 인간의 존엄을 헌신짝처럼 버리게 하고 있어. 날마다 퍼붓는 폭격통에 거리는 지옥이야. 언제 죽을지도 모르겠어.”

김경린은 암담한 심정을 털어 놓았다.

“지금 유엔군이 워커 라인을 형성하고 있는 모양인데 대구로 내려가 보고 싶어.”

“그건 위험해.”

이런 대화가 있던 수일 후 박인환은 대구를 목표로 천안까지 내려갔다가 서울로 되돌아왔다.

의용군 소모가 있던 날 문맹 사무실에 갔던 김차영은 서울을 피할 생각으로 현덕玄德을 찾아가 인천으로 가 있겠다고 했더니, 그는 통행증을 만들어주어 서울을 빠져나갈 수 있었다.

9월이 되자 마을과 직장에서 의용군으로 나갔던 청년들이 부상병이 되어 돌아왔다는 소문이 나돌았다.

가을 기운이 완연했다. 그 동안 모습을 감추었던 김동리는 손소희의 다락방에서 바깥세상의 눈을 피하고 있었다.

쌀 한 줌 넣고 거기다 호박이며 푸성귀를 듬뿍 넣어 멀거니 쑨 죽한 사발을 손소희는 다락방에 든 김동리에게 건네주면서 속삭였다.

"조금만 기다리면 될 것 같아요. 인민군이 낙동강 도하작전에 성공했다고 떠들어 대지만 지금 상황이 심상치 않은 모양예요."

그러면서 라디오를 다락에 살금 넣어준다. 김동리는 그녀가 내민 죽사발을 곁에 둔 채 라디오 소리에 귀를 기울였다. 희한하게도 대한민국 방송도 들리고 일본방송도 들렸다.

"자유의 소리, 대한민국 방송입니다."

김동리는 울컥 목이 메어왔다.

"공산 세계에 머무는 여러분은 군사시설에 가까이 가지 마시고 부디 살아남아서 좋은 세월을 맞이합시다."

방송은 이때쯤 해서 누가 훼방을 놓는지 딴 방송으로 바뀌어버린다. 이야기가 제자리를 찾을 무렵 해서 일어나는 수작이다. 허겁지겁 다시 사이클을 맞추어 음량을 조절해도 갑자기 크고 높은 소리가 나와 질겁하게 만든다.

그가 죽을 다 먹을 즈음해서 손소희는 다락문을 두드리고 빈 죽그릇을 건네받은 후 새 소식을 알려준다. 어디서 들었는지 풍문은 곧잘 나돌았다.

"모윤숙 여사도 잘 숨어 지내는 모양이고 조연현, 이종환 씨도 탈 없이 지낸다 해요."

"음, 얼마 안 남은 것 같은데……."

"글쎄요. 군산에 상륙하는 미군을 물리쳤다고 연일 보도하고 있지만 유엔군이 인천에 상륙했다는 풍문이 돌고 있어요."

수일 전 인민군 총사령부의 보도에서는 적이 군산에 상륙을 기도하는 걸 분쇄했다는 발표가 있었다.

"한데 말예요. 조연현 씨는 밀짚모자를 쓰고 동대문시장에서 엿판을 놓고 엿장수를 한 대요."

"살아남으려면 그런 은신술도 필요하지."

사실 지하에 숨어버린 김동리나 모윤숙, 조연현 들을 찾아내려고 김동석과 이병철은 부산히 뛰어 다녔으나 헛수고만 하였다. 김동리의 라이벌이 김동석이었다면 조연현의 적수는 전위시인 이병철이었다.

그 즘 박인환은 세종로 처갓집 지하실과 원서동 집을 전전하면서 서울이 수복될 때까지 긴 여름을 숨어 지냈다.

세종로 지하실에는 이따금 장만영, 김광균, 이봉구, 김경린이 서로 모여 답답한 마음을 달래며 새로운 소식을 주고받았다. 장만영은 청진동 집에 숨어 지내고 있었다.

이런 어수선한 판국에도 박인환의 지하실 장서들은 가지런히 꽂히어 먼지 하나 없이 깨끗했다.

박인환의 부인은 둘째 아들의 출산달이 가까워졌다. 출산예정일이 9월 25일인지라, 인사동의 어느 산파에게 부탁을 해놓고 있는 중인데, 그때 집 앞 비각에 인민군이 대포를 설치해놓고 있어, 박인환은 부인을 앞세워 인사동 산파집을 향했다. 그들이 지나는 청진 동과 견지동 거리에는 따발총을 든 인민군이 서서 검문을 하고 있었다.

"어디를 가오?"

"인사동 산파집에 갑니다."

등에 이불을 짊어진 박인환이 머뭇거리며 말했다.

"뭐하는 사람이오?"

"제 아내한테 산기가 있어 급히 오는 길이라……."

그는 동문서답을 하자,

"지금 전세가 어떠한데 어느 길이고 갈 수 없소."

"아니, 금방 아기를 낳게 돼서 사람이 죽게 되는데 이 무슨 짓이오. 어서 가게 해 줘요."

이번에는 부인 이정숙이 사납게 나오니 그들은 양심이 동했는지 슬그머니 보내 주었다. 그날 밤 딸 세화를 출산하게 된다.

그런데 9월 25일 밤은 포성이 더욱 거세어지고 사방에 불길이 솟아올랐다. 동대문에서 을지로 통으로 검은 연기가 길길이 오르더니 한밤에는 빨간 불길이 솟구쳤다.

비행기는 무시로 폭탄을 퍼부었다. 이곳저곳 포탄 터지는 소리와 정릉 골짜기에도 새빨간 로켓포탄의 불길이 솟아올랐다.

그날 밤 박인환의 세종로 집이 폭격을 당하고, 그들이 거처하던 사랑방이 형체도 없이 부서져 버렸다. 온 가족이 폭사를 당하는 위기를 그들은 아슬아슬하게 넘겼던 것이다.

서울 하늘이 미군 비행기로 새까맣게 덮이자 해방일보 논설위원실에 앉아 있던 박갑동은 지하실로 몸을 피해 갔다. 천장이 흔들리며 흙이 우르르 머리 위에 쏟아졌다. 평양에서 내려온 자칭 혁명가들은 평양에서 소환장이 왔다고 얼굴이 새파래가지고 하나 둘씩 떠나갔다.

그 즘 인민군 총사령관의 특별명령이 내렸다.

"남반부의 공장 시설을 북반부로 옮기는 전투를 시작하라."

영등포 등 공장지대에서 기계부품을 뜯어 등에 진 행렬이 북으로 연이어졌다.

'이제 나는 어디로 가야 할 것인가. 이북으로 가야 하나?'

박갑동은 이런 고민에 빠져 있을 때 이원조의 부름이 있었다.

"중앙당 간부부에서는 동무에게 경기도당 간부부로 가라는 전달이 왔소."

박갑동은 이것이 이범순의 지시인 줄 알았다.

이범순은 평양 중앙당 대표로 서울연락소 소장으로 왔다가 인민군이 충청도와 전라도를 점령하자 노동당 대전연락소를 설치했다. 그는 '남반부 해방구 노동당 총책'이었다. 그는 얼굴이고 체격이고 수완이 걸출한 사람이었다. 그러나 막상 해방일보를 떠난다 생각하니 박갑동은 섭섭했다.

경기도당 간부부가 있는 정신여학교 교정에 그가 들어서자 지도

원 두 사람이 짐을 지고 걸어 나왔다. 그들은 박갑동임을 확인하자,

"지금 의정부 방면으로 대피하는 길이오. 중앙당 간부부의 지시를 받고 기다리는 중이니 잘 됐소, 같이 동행합시다."

그는 서울을 떠날 준비를 하지 않아 중절모에 감색 신사복 저고리와 미군 하복바지를 입고 있었다. 그런데 여기서 그들과 헤어진다면 이범순의 간부부와는 선이 끊기기 때문에 도리 없이 그 두 사람을 뒤따랐다. 용산 쪽에서는 검은 연기가 솟아오르고 있었다.

그들 일행은 한 왕릉 근처에서 하룻밤을 지내고 이튿날 의정부로 향했다.

그날은 유엔군이 서울을 수복하는 날이었다. 아침부터 미군기들의 대폭격이 시작되어 의정부 시가지는 모두 잿더미로 바뀌어 버렸다.

그날 밤을 산속 한옥에서 피하고 의정부를 빠져 나오면서 삼각산을 뒤돌아보니 산 너머 하늘이 벌겋게 불타고 그 위로는 보름달이 둥실 떠 있다.

"아, 저 달!"

그는 추석 달임을 깨닫고 서울로 달려가고 싶었다.

한편 서울에 온 임화는 이태준 들과 낙동강전선을 돌아온 후 문화연맹에서 활동한 것은 두 달이 채 못 된 기간이었다. 전의를 잃고 후퇴하는 인민군을 따라 서울을 허둥지둥 탈출하고 있었으니 이것도 운명이라 할 수 있을까.

국군과 유엔군이 아직 들어오지 않은 시가지에는 새벽부터 인민
군이 버리고 간 군수물자 약탈극이 벌어지고 있었다. 온 동민이 나
서서 피륙과 식료품 등을 서로 많이 차지하려고 수라장을 이루었다.
정오 지나 골목길이 술렁이더니 미군이 들이닥쳐 소탕전을 벌이는
중이었다. 한동안 시가지에는 탄환이 콩 볶듯이 빗발쳤다.

이러한 총성도 멎고 생지옥이나 다름없었던 서울은 조금씩 숨통
이 트이고 있었다.

박인환이 거리로 나오자 종로 네거리는 폐허가 되고 종각은 흔적
도 없는데다 인경은 땅에 털썩 주저앉아 있었다. 뼈대만 앙상히 서
있는 빌딩 지하실은 시가전을 벌인 지 일주일이 지났는데도 매캐한
냄새가 풍기고 전신주는 까맣게 타 있었다.

중앙청의 시커먼 몰골은 쳐다보기가 두렵고 태평로거리는 타다
남은 벽돌과 기왓장의 잿더미로 변해 보기에도 민망했다.

광화문 네거리의 비각은 허물어지고 멀찍이 바라본 서울역은 일
그러진 성냥갑처럼 을씨년스러웠다.

명동 성당 건물만이 폐허의 잿더미 속에서도 우뚝 서 있었다. 전
쟁의 석 달 동안 시가는 온통 잡초로 덮였으며 창과 지붕이 부서진
서울의 거리에 피난 갔던 시민과 문인들이 뜨문뜨문 모여들기 시작
했다.

새로 신문을 찍어내는 경향신문에 박인환은 복귀하게 되고 명동
의 목로주점에 이봉구와 자리를 같이하면서 회포어린 술잔을 나누

었다.

"김영랑 시인이 서울 수복 때 유탄에 쓰러졌다니 참 애석해."

오랜만에 갖는 술자리인지라 이봉구는 감회에 젖으면서도 불의의 총탄에 쓰러진 시인의 죽음을 안타까워했다. 「모란이 피기까지는」의 시인 김영랑은 인민군이 물러가는 미아리에서 수복을 몇 시간 앞두고 날아오는 유탄에 맞아 쓰러졌던 것이다.

"김동리, 조연현이 문총에 모여 재건 운동을 편다던데요."

"그럴 테지, 그들은 문단정치에 밝은 사람들이니까."

국립도서관 건너 서점 2층에는 문총文總이 새로 자리를 잡고 재건 운동을 서두르고 있었다. 명동은 포화 속에 반 조각이 되어 버렸지만, 명동입구에서 문예서점, 명동극장, 국립극장 쪽만 남고 건너편의 많은 건물이 타서 허물어졌고 충무로로 통하는 명동 거리는 절반이 타버려 명동장, 돌체 등이 빈터만 쓸쓸히 눈에 띄었다.

문총에는 헤어졌던 얼굴들이 나타나고 수원 근처에 숨어 있던 김광주는 밀짚모자에 당목 중의 적삼을 입고 곰방대를 피우며 이곳에 나타났다.

그 즘 문인들이 두세 사람만 모여 앉으면 인공 치하 3개월의 숨은 이야기로 꽃을 피웠다.

이봉구는 박인환과 다방에 앉으면 구수한 화술로 곧잘 피난 때의 이야기를 들려주곤 하였다.

"수복 후 부역 문인이 상당수 끌려갔는데 그중에는 노천명도 끼어있다니 중형이나 면했으면 하는데……."

서울에서 숨어 지내던 이봉구는 처음 몇 번은 문학동맹 사무실에 얼굴을 디밀었으나 하는 일들이 무시무시해 숨어 버렸다. 그런데 노천명은 9·28이 가깝도록 얼씬거리고 있었다. 의용군 소모 때에는 그 일에 앞장서 나섰다. 골목에서만 숨어 다니던 이봉구가 하루는 노천명이 흰 운동화에 물주전자를 들고 문학동맹회관으로 들어가는 뒷모습을 바라본 적이 있었다.

이봉구는 딱하고 안타깝기만 했다.

'정세는 달라져 국군과 유엔군이 반격으로 나오고 있는데 그것도 모르고 쯧쯧…… 배가 고파서 저럴까?'

서울에 남은 사람들은 식은 죽이나 푸성귀로 배를 채웠다. 이봉구의 경우도 예외는 아니었다. 그는 숨어 지내게 되자 식구들은 먹을 양식이 없어 신작로 길을 걸어 사흘 만에 고향땅 안성으로 가고, 그는 집 보는 할머니와 지내다가 보위부에서 잡으러 오자 뒷문으로 도망쳐 다른 곳에 숨어 지냈었다.

하루는 종로 뒷골목을 조심조심 거니는데 노천명이 눈에 띄었다.

그녀의 뒷모습을 지켜보다가 회관 안으로 사라지자 봉구는 자리를 피했다.

마침내 9·28 수복이 되자 봉구는 숨었던 지하실에서 뛰어나와 더풀한 머리로 맨 처음 이발소를 찾았다. 그리고 미친 사람처럼 거리를 쏘다녔다.

노천명이 서울시 경찰국에 잡혔다는 소식이 들려오고 얼마 후 서울재판소에서 그녀의 재판이 열렸다.

칼바람이 부는 겨울 날씨였다. 벽에 금이 가고 유리창이 깨어진 법정에서 노천명이 쇠고랑을 차고 끌려 나왔다. 봉구가 앉아 있는 방청석 곁으로 박인환이 소식을 듣고 달려왔다. 마리 로랑생을 좋아한다는 노천명이 수의를 입고 서 있는 꼴은 처량하기 그지없었다.

그날 노천명은 부역자 처벌 특별법에 의해 20년의 실형을 선고받았다.

그녀는 처음에는 서울형무소에 수감되었으나 후에 정부의 1·4 후퇴로 인해 부산으로 이감되어 갔다.

‘마돈나’ 맞은편에 ‘돌체’가 옮겨 와 진종일 <솔베이지의 노래>를 들려주고 다방을 찾는 옛 얼굴이 하나씩 늘어갔다.

그러나 아주 사라진 얼굴도 적지 않았다. 납치나 월북으로 이 거리의 단골들이 자취를 감춘 것이었다.

김기림이 납북되어 가던 도중 미군기 공습으로 폭사했다는 소문이 나돌고, 김병욱, 임서하, 이시우, 남궁연, 정현웅, 김진섭, 홍구범 등 수많은 문인들이 이 거리에서 사라져 갔다.

명동의 술집 추성옥에는 소박한 여주인의 인정 탓인지 애주가들의 발길이 끊이지 않았다. 경향신문사에선 휴간 중이던 잡지 『신경향』이 속간되는 바람에 주간을 맡은 김광주는 새로 입사한 여기자 박기원을 데리고 이 술집을 자주 찾았다. 수주 변영로는 텁수룩한 머리와 눈곱 긴 눈에 낡아빠진 외투, 고무신짝을 끌고 이 집에 매일 들렀다.

주태백이 변영로는 해장술이 얼근해지면,

"내일 또 올 테니 알겠지."

눈웃음을 남기고 갈지자걸음으로 돌아가곤 하였다.

『신경향』 속간호가 나오던 무렵, 전선은 중공군의 개입으로 전세가 뒤바뀌고 10월 3일 삼팔선을 돌파한 국군은 북진을 거듭했으나 팽덕회가 지휘하는 중공군의 인해전술에 밀려 평양을 내 주고 다시 흥남 철수와 유엔군의 후퇴로 서울 거리는 피난민들로 수런거렸다.

이미 군의 장교 가족이 세간을 남으로 실어 나르고, 돈 있는 사람들도 덩달아 움직이고 있었다.

그러나 트럭 한 대를 얻어 대구까지 가려면 거금이 든다고 하니 피난도 돈과 권세 없이는 쉬운 일이 아니었다.

당국에서도 늙은이와 어린이는 서울을 떠남이 무방하다는 발표가 있었다. 이것은 소개의 묵인이어서 시민에게는 큰 충격이었다.

박인환의 가족도 피난을 서둘렀다. 그는 서울을 떠나기 전 그가 편집을 해온 <후반기>동인 원고를 집안 뜰에 묻어 두었다. 소중한 원고를 피난길에 분실할지도 모른다는 생각에서였다.

12월 8일 박인환의 가족은 군 수송열차의 군수품 곡간 차에 올라 서울을 떠났다. 다행히 아기를 가진 어머니들은 건빵을 쌓은 짐 위에 앉아 가도 된다는 인솔자의 호의에 그의 가족은 편하게 대구까지 갈 수가 있었다. 새벽 네 시에 열차는 대구에 가 닿았다.

대구에는 박인환의 친인척이 중앙동에 살고 있었다. 그곳에 일주일쯤 신세를 지다가 동인동으로 방을 얻어 나갔다. 일단 가족을 대구에 옮긴 박인환은 다시 서울의 경향신문사로 돌아왔다. 서울로 돌아온 그는 세종로 집 뜰에 묻어 두었던 후반기 동인의 원고를 꺼내었다.

그는 땅에 묻었던 동인들의 작품을 들고 대구로 가게 되는데, 그때 동행을 못한 장인 장모는 인천서 배를 타고 대구로 오게 된다.

박인환은 이때부터 『경향신문』 본지가 발행되는 부산을 오가게 되고, 대구에서는 전선판을 내며 종군기자로 뛰게 된다. 부산에서는 먼저 이곳에 내려가 있던 김경린, 김차영, 조향 들을 만나 후반기 동인 원고를 그들에게 넘겨주었다.

그 후 종군 작가단에 참가하게 된 박인환은 종군작가의 임무를 띠고 서부 전선과 강원도 전투 현장을 다녀온다.

그는 전선을 따라 어린 시절의 강원도 인제 땅을, 전쟁으로 인한 고향의 황폐한 모습을 보고 한동안 우울했다.

박인환은 1951년 가을에 가족들을 데리고 부산으로 내려가 광복동 금강 다방 맞은편 골목에 두 칸짜리 방을 얻어 부산피난살이를 시작하였다.

인천으로 피난 갔던 김차영은 노량진에서 군 트럭을 타고 온 김규동과 이인석, 한상억 등 인천문인들의 도움으로 부산가는 배를 타고 부산의 피난민 대열에 끼어들었다.

　항도 부산에는 각처에서 모여든 피난민들로 만원을 이루었다. 이 곳은 1·4후퇴 이후 1953년 환도까지 3년 동안 정치와 군사, 문화의 중심지가 되어 피난민과 원주민이 뒤섞인 밀집의 도시가 되어 갔다.

　작가, 시인들은 술집에서 아는 얼굴을 만나 서로 위안을 삼았고 다방은 그들이 글을 쓰거나 연락을 주고받는 안식처였다. 그들은 다락이나 비좁은 단칸방에서 새우잠을 자고 날이 새면 부석한 얼굴로 다방으로 찾아들었다.

　광복동 로터리에서 시청 쪽으로 조금 내려가 2층에 있는 '밀다원'에는 김동리를 비롯하여 김환기, 이봉구, 손소희, 조연현, 조병화, 남관 등 문총파들이 자주 드나들고 '녹원' 다방은 박인환, 김경린, 이봉래, 김차영, 양병식, 조향, 김규동 등 젊은 문인과 한묵, 김영주, 김훈 등 화가들이 종일 얼굴을 맞대었다. 김규동은 처음 '밀다원'에서 조향, 김차영, 김경린을 자주 만났으나 이 다방의 주인과 입씨름을 하고 나서는 발길을 끊었다.

　이 다방에서 모퉁이 하나를 돌아간 '금강' 다방에는 조연현이 편집하던 『문예』지의 필진이 진을 치고 있었다.

　그 후 '밀다원'은 젊은 시인 정운삼 수면제 복용 자살로 문을 닫게 되고, 다방 아래 있던 문총 사무실도 옮기게 되었다. 이 사건 이후 전봉건의 형인 전봉래가 다방 '스타'에서 음독자살을 한 사건이 일어났다.

이때는 피난문인들의 가난과 어려움이 극에 이르던 때여서 큰 충격과 침울한 그림자를 던져 주었다.

박인환은 장관인 처삼촌의 관사 방을 얻어 기거했으므로 남보다도 일찍 정착할 수가 있었다. 그는 시청 수도과에 다니는 김경린을 찾고, 조향이 근무하던 남포동 뒷골목 2층 사무실과 그의 아우가 경영하는 레스토랑에서 그들과 자주 얼굴을 마주했다. 그때, 일본에서 <미래파> 동인으로 활약하다 귀국했다는 이봉래도 만나게 되고 김차영, 김규동을 자주 만났다.

원래 부산에 거주하던 조향은 중앙문단에 대해 별로 좋은 감정을 갖고 있지 않았다. 기존의 시를 거부하고 새로움을 추구하던 그로서는 박인환과 같은 '새로운 도시파'에 대해 유다른 호의를 보였었다.

조향에게 하루는 김규동이 시 한 편을 가지고 찾아왔다. 그는 작은 키에 무릎까지 닿는 미군 작업복을 걸치고 바싹 마른 얼굴에 소리 없는 웃음을 띠면서,

"이거 새로운 시라고 썼는데 읽어 봐 주십시오."

그가 내미는 「보일라 사건의 진상」이라는 시는 낡은 서정시가 아니었다. 그것이 마음에 걸렸는데 조향은 도리어 그 점을 사서 칭찬을 해주었다.

"김형의 시는 둔중한 어휘들이 행간에다 거무튀튀한 이미지의 중량을 늘어놓고 있소."

“전통적인 재래시로는 전쟁의 상황을 쓸 수가 없었습니다.”

“그래서 새로운 시 운동이 일어나야 하는 거죠. 김형의 그 전쟁이라는 시대적인 이미지, 어두운 그로테스크한 이미지에 몰두하란 말이오.”

조향의 충고가 김규동에게는 용기를 주고 큰 힘이 되어 주었다.

그러나 아직 직장을 얻지 못해 우울한 나날이었다. 아침저녁 영도다리를 건너와 바다를 굽어보면 기름이 뜬 부산 항구는 온갖 배로 가득하였다. 좁은 바다에 뱃고동소리, 비행기 소음, 갈매기 울음이 합주 되어 귀를 어지럽게 하였다. 거기에 생선 비린내와 소금기 절인 바다를 굽어보면서 그는 한기를 느끼었다.

그러면서도 문학을 한다는 자부심은 저버리지 않았다. 하루는 규동이 김차영을 찾아 왔다. 차영은 그때 동양통신 정치부장으로 느긋한 편이었다. 숙소는 조병옥이 묵고 있던 중앙여관 옆방의 5호실로 다다미 8첩방이었다. 청색 작업복 차림의 규동을 데리고 그는 ‘산유화’ 다방에 들러 차를 마신 후 국제시장의 순댓국집으로 갔다.

까칠한 얼굴로 맛있게 순댓국을 먹고 있는 규동을 보고,

“고생이 많죠?” 했더니 기다렸다는 듯이,

“실은 일할 직장이 있는가 해서 찾아 왔습니다.”

“그래요. 내 정국은 국장한테 전화 넣어 보지.”

그가 말하는 정국은 국장은 조판공으로 들어가서 신문제작의 모든 부서를 두루 거친 명 편집국장이다. 정 국장은 혼자서 세 가지

사설을 단숨에 써서 공장에 내보내는 재사이기도 했다. 김차영의 소개장을 들고 정 국장을 찾은 김규동은 곧 『연합신문』사에 입사하여 생활의 근거를 찾게 되었다.

부산에 모인 이들 새로운 도시파들은 활동의 발판을 신문 지면에서 찾기 시작했다. 박인환은 조향, 김경린, 이봉래, 김규동, 김차영과 만나면서 새로운 모임인 <후반기> 그룹을 다지며 몇몇 신문 지면에 작품과 시론을 발표했다.

곤색 싱글에 빨간 넥타이를 매고 광복동의 다방가를 휘젓고 다니던 이봉래는 다부진 몸매에 멋을 내기를 좋아했으나 박인환의 훤칠한 키에는 늘 가위눌린 기분이었다. 그렇지만 <후반기> 모임의 차와 담배 값은 늘 그의 몫이었다. 그만큼 그는 체면이라는 것에 신경을 썼다.

<후반기>동인들은 <문예>파들이 진을 치고 있는 '금강' 다방에 가끔 시위를 하듯 떼몰려 갔다. 거기 가서는 장로 격인 김동리를 보고도 인사 없이 차를 마시다 돌아왔다.

이런 일이 몇 번인가 있고서 "후반기 놈들은 되지 못하게 악당들"이라는 욕을 듣기도 하였다.

조병화의 제3시집 『패각의 침실』이 파란 잉크로 찍혀 나와 '휘가로' 다방에서 출판기념회가 열릴 때의 일이다. 이진섭의 누나가 경영하는 '휘가로'에는 여러 계파들이 두루 모여 있었다.

사회자의 소개로 김동리가 앞쪽에 나가 축사를 하던 중,

"조병화의 시는 피부감각적인 언어로……."

채 말이 끝나기도 전에 임긍재는 김동리를 향해 손에 들었던 정종 잔을 내던지니 삽시간에 다방 안은 싸움판을 말리느라 수라장이 되어 버렸다.

후반기 멤버들은 『신조』, 『경향신문』, 『국제신보』 등에 주로 글을 썼다.

어느 날 이봉래는 「아프레게르의 영토」라는 글을 써서 국제신보에 두 번에 걸쳐 그 글을 실었다. 논설위원인 송지영이 실어준 것이었다.

이것은 조연현의 「아프레게르의 동란」에 대하여 반론을 편 글로, 조연현이 아프레게르를 독일어라고 한 것에 '평론을 하는 무식한 자'라고 비판하면서 후반기 문학은 퇴폐적인 전후 감각이 아니고 새 문학임을 밝히었다.

그들은 낡은 전통시에 반기를 드는 시대의 반역아들이었다.

이진섭이 편집을 맡은 『주간국제』에는 「후반기 문예특집」을 꾸몄는데 박인환은 「현대시의 불행한 단면」을 썼다.

그는 이 글에서 전후적인 황무지 현상과 광신에서 더욱 인간의 영속적 가치를 발견하는 데 현대시의 의의가 존재한다고 하였다.

이즘 최초의 합작시인 「불모의 엘레지」가 김경린, 이봉래, 조향 3인에 의해 『민주신보』에 발표되었다. 이것은 초현실주의 기법으로 조향의 제의에 따라 쓰게 되는데, 이 합작시가 발표되자 일부 문학인의 공격과 냉소가 빗발쳤다.

ㄱ은 김경린, ㄴ은 이봉래, ㄷ은 조향.

불모의 엘레지

ㄱ. 오늘도

　무수히 낙하하는 에나멜 꿈과

ㄴ. 고층건물 위에 구름처럼 나부끼는 기치와의 사이를

ㄷ. 불안을 안고 전락하는 현대의 행렬이여 아멘!

ㄱ. 함부로

　왜곡된 이념을 찢어 버리며

ㄴ. 무너진 예배당의 층층대에 서서 오후의 바다를 본다.

ㄷ. 아이스크림과 소년의 추억은 내 최후의 포물선을 그리고 ….

ㄱ. 오오

　상들리에 밑에서 바라보는 태양은 우리들의 헬리크!

ㄴ. 도움done의 하늘에 박수처럼 흩어지는 무수한 부고여!

ㄷ. 강아지를 몰고 나는 오후의 산보로에 선다.

이처럼 낡은 문학에 대한 반항으로 그들은 생활이 박제된 부산 거리에서 술과 담배로 시간을 소비하고 있었다. 이때는 박인환이 경향신문사를 그만 둔 뒤라 술과 담배를 이봉래에게 신세지고 연합신문 문화부로 김규동을 찾았다.

그는 시는 썼지만 산문을 쓰지 않았으므로 그에게 건네는 원고료는 찻값에 지나지 않았다. 빈털터리 시인이었지만 박인환의 기지와 오만은 여전했다.

찌는 듯한 여름날 광복동 거리를 박인환과 김규동은 녹음 진 가로수 밑으로 걸어가고 있었다. 그들이 남포동 골목으로 들어설 때 길목을 지키고 있던 헌병이 김규동에게 신분증을 가졌는가고 물었다. '국민병수첩' 검문이었다. 수첩 없는 그는 몇 사람의 위반자들에 섞이어 전봇대 밑에 붙들려 세워졌다.

그러나 박인환은 의젓한 걸음걸이로 그들 앞을 지나치면서 헌병에게 손을 들어 보였다.

"수고합니다."

헌병이 어리둥절해 있을 때 박인환은 아무 일 없다는 듯이 그곳을 태연히 지나갔다. 그도 수첩을 지니지 않은 것은 매한가지였다. 구겨진 바지에 허름한 노타이 차림의 규동은 검문에 자주 걸렸지만 한여름에도 박인환은 정장을 하고 거드름을 피우며 걸어가니 헌병의 검문소도 기가 질린 모양이었다. 자주 검문소에 걸리는 규동을 보고,

"다음에 걸리면 시인이라 하게나, 내 한번은 유명한 시인이라고 했더니 경례를 붙이며 놓아주던 걸."

"아아…… 형다운 소리군, 형의 염치는 천하가 알아 줘야 해."

규동이 쏘아 붙여도 그는 성을 내기는커녕 빙긋빙긋 웃을 뿐이었다. 어쩌다 놀림을 당한다 싶을 때도 그는 주먹을 폈다 쥐었다 할뿐

시비를 걸지 않는다.

이봉래는 항상 호주머니가 두둑했다. 남색 아니면 진곤색의 싱글을 걸치고 동에 번쩍 서에 번쩍 뛰어 다녔다. 그는 어디서 자금을 뜯어오는지 친구들 간에 담배와 술과 점심의 해결사였다.

사십 계단 아래 한적한 다방에서 규동이 무슨 글인가 쓰고 있었다. 인환은 초콜릿색 구두를 신고 흡사 영화배우처럼 나타나 팔몰 한 대를 길게 뿜더니,

"어딜 가나 권태로우니 여름은 통속이고 거지야, 겨울이 빨리 와야 두툼한 홈스펀도 입고 버버리도 걸치고 머플러도 날리고 모자도 쓸게 아니야."

"멋은 혼자 다 내는군."

"규동, 시를 거꾸로 한번 써 보라구. 마지막 행부터 시를 쓰면 재미난다구!"

"또 싱겁기는! 차나 들지."

규동은 차를 시키면서 원고지를 메우고 있으면,

"나, 가."

그는 한 마디 남기고는 훌쩍 떠나버렸다.

인환이 시를 거꾸로 쓰라는 것은 이미지의 당돌하고도 폭발적인 결합을 위해서인 것이다. 자동기술법에서 힌트를 얻은 이 기법은 신기스럽고 섬광을 보는 듯한 느낌을 준다.

그의 시 「의혹의 기」 끝 연을 마지막 행부터 거꾸로 옮겨 본다.

고갈된 세계에 갈 앉아 간다.
「아포롱」은 위기의 병을 껴안고
이러한 혼란된 의식아래서
잊을 수 없는 환상의 기
잊을 수 없는 의혹의 기

그런데 원래의 시는 아래와 같다.

잊을 수 없는 의혹의 기
잊을 수 없는 환상의 기
이러한 혼란된 의식아래서
「아포롱」은 위기의 병을 껴안고
고갈된 세계에 갈 앉아 간다.

조병화의 제3시집이 나온 뒤였다. 하루는 인환이 찾아 와 국제시장 단골 술집으로 가서 두 사람은 오랜만의 회포를 풀었다. 서로 피난길에 겪었던 이야기를 주고받다가,

"이 엽서 김수영이 부쳐온 거다."

병화는 문득 호주머니에서 꺼낸 엽서를 인환에게 건네주었다. 엽서의 내용은 이런 것이다.

—나 이곳에 있네. 포로수용소이지만 두렵지 않은 곳이야. 한번 찾아와 다오……

김수영은 서울에서 의용군으로 나갔다가 포로가 되어 동래의 유

엔포로수용소에 갇혀 있었다. 그에게 부산 피난지의 서울고등학교 천막교실로 엽서가 날아온 것이다. 인환은 유엔포로 수용소를 찾아 간다고 병화에게 온 엽서를 자기 호주머니에 넣고는 일어섰다.

며칠이 지났다.

"병화, <후반기> 같이 안 할래?"

"혼자 할 거야."

"자네만 시집 내지 말고 같이 하자고."

병화는 그때 제3시집을 <정음사>에서 내느라 한창 교정 중이었다. 그래선지 자신의 고집을 꺾을 생각이 아니었다. 그는 박인환의 시는 좋아했었다. 그의 번뜩이는 재치와 지적인 보에미엥의 기질에는 많이 끌리고 있었으니까.

평양이 유엔군에 함락된 것을 안 박갑동 부대는 강계로 발길을 돌렸다. 유엔군이 들어오기 전 주민들은 굶다 못해 양곡창고를 터는 것을 아무도 막는 자가 없었다. 방안에는 도배를 하고 장판을 깐 방이 없었으며 이불과 요도 눈에 띄지 않았다.

인민군의 퇴각은 질서가 없고 오합지졸이나 다를 바 없었다. 엄격한 규율에 묶여 있던 군대 조직이 구심점을 잃었을 때 일어나는 현상인지도 몰랐다.

그 부대는 밤에 야숙할 곳을 찾는 것이 중요한 일과였다. 그들은 취침 당번을 정해 비어 있는 집 부엌이나 헛간에 수숫대를 깔고 새

우잠을 잤다. 잘 집을 찾지 못하면 날이 새도록 행군할 때도 있었다.

인민군이 패주하는 북조선은 그야말로 무질서와 추위와 굶주림의 지옥이었다.

10월이 다 간 때라 날씨는 쌀쌀했다. 그들은 패잔병이 벗어 던진 인민군 동복을 주워 입었기 때문에 야숙을 하거나 빈 집 헛간에 자도 동사는 면할 수 있었다.

도중에 미처 피난하지 못한 북조선의 고관들이 지프에 가족과 살림살이를 싣고 피난 가는 것이 눈에 띄었다. 부상병들은 그런 차들이 그냥 지나치는 것을 보고 울부짖기도 하였다. 인민위원회에서 동원한 농민들이 부상병들을 들것에 실어 릴레이식으로 나르고 있었다. 낮이면 시도 때도 없이 쌕쌕이가 날아드는데, 기총소사를 퍼부으면 들것을 멘 농민들은 들것을 그대로 버린 채 혼비백산 달아나기에 바빴다.

이런 살풍경을 보고 그냥 지나칠 수 없어 대원들은 뛰어가서 들것을 들어 주었다. 그러면 부상병들은 울먹이면서,

"동무들은 어디서 오시오? 은혜는 꼭 갚으리다."

"우리는 서울에서 왔소."

"고맙소, 우린 수원에서 부상했는데 후송이 늦어 이 꼴이에요. 통일이 되면 꼭 찾아뵙겠소."

그들은 숨을 헐떡거리며 교대로 들것을 들어 인민위원회에 부상병을 날라 주었다.

이렇게 산길을 오르고 고개를 넘으니 순천 평야가 눈앞에 펼쳐졌다. 그 평야를 가로질러 갈 때 이북 지리에 밝은 장년 한 사람과 동행이 되었는데, 그는 빨리 이 길을 빠져 나가자고 재촉이었다.

"순천서 운산 가는 도로만 넘으면 안심할 수 있어요."

이 평야는 아직 벼를 거두지 않아 황금물결을 이루고 있었다. 갑자기 쌕쌕이 떼가 날아들어 기총소사를 해댔다.

"오라질 놈의 비행기!"

얼떨결에 도랑에 숨어들면서 누군가 소리쳤다.

"이 놈의 전쟁은 언제 끝날는지……."

"총사령부고 뭐고 다 물러 섰다는데 전쟁이 오래 가겠어."

이런 푸념을 늘어놓으면서 쌕쌕이가 사라진 뒤 도랑에서 기어 나온 부대원들은 산속에 숨어들었다. 그때 한 무리 비행기 편대가 순천평야에 낙하산 부대를 투하시키고 있었다.

그들은 절로 가슴이 저며 들었다. 아무리 걸어도 그들이 찾는 구원의 손길은 보이지 않고 뒤에는 유엔군의 기동부대가 뒤쫓아 오고 있으니 말이다.

박갑동의 부대가 희천에서 개고개를 넘어 강계에 이른 것은 10월 초였다. 그러니 맨 꼴찌에 북으로 온 셈이었다.

강계 상공은 세계 각국의 비행기가 잠자리 떼처럼 날아들어 폭격과 기총소사를 퍼부어 댔다.

가까스로 중앙당 연락소를 찾은 박갑동은 내각 간부학교로 배치

받아 중강진까지 갔지만 압록강을 건널 수 없었다. 수일 전에 이미 중국에서 국경을 봉쇄해 버렸기 때문이다.

그 이튿날 새벽에도 미군의 대대적 공습을 받았다. 온 동네가 순식간에 잿더미가 되었다. 그는 불꽃 속을 뛰쳐나와 도랑에 엎드렸다.

그가 찾아간 자강도 간부학교는 첩첩산중의 소학교이었다. 띄엄띄엄 화전민 집이 있고 그가 배치 받은 외딴 집에는 늙은 부부가 살고 있었다.

10월 21일 신의주 방송국은 북조선 최고인민회의의 상임위원회의 이름으로 북조선의 수도가 평양에서 신의주로 옮겼다고 방송을 했다.

맥아더원수는 이미 북진 한계를 철회하는 '신 맥아더라인'을 설정하여 제8군에 북진 명령을 내렸었다. 이들의 보급은 부산, 인천으로부터의 철도와 트럭 수송에 의존할 수밖에 없었는데, 철도는 영등포에서 그치고 있는 실정이었다.

미 제1군단과 제1기병사단을 평양 경비에 돌리고 나서 한국군 제7사단을 예비로 하여 신의주―수풍댐을 목표로 하고 있었다.

한국군 제1사단과 영국 제27여단을 수풍댐으로 돌리고, 제24사단은 신 맥아더라인의 서쪽인 선천을 목표로 했다. 제24사단이 선천을 점령하면 한국군 제7사단을 신의주로 진격시킨다는 전략이었다.

미 제1군단의 우측을 한국군 제2군단이 나아가고 있었다.

그런데 문제는 청천강이었다. 청천강은 압록강의 남방 약 백 킬로를 평행으로 흐르는 너비 4, 5백 미터의 큰 강이다.

이 청천강과 압록강 사이에는 밀림에 둘러싸인 암벽이 치솟은 적유산맥과 강남산맥이 병풍처럼 둘러싸이고 청천강 남쪽에도 묘향산맥이 동서로 휘달리고 있다.

이른바 청천강 이북은 한반도의 지붕이라고 일컫는 산악지대이며, 지난날 항일 빨치산들이 게릴라전을 전개했던 지역이기도 하다.

10월 24일 한국군 제1사단과 영국 제27여단을 앞세운 미 제24사단이 청천강 도하에 성공하자 맥아더는 전 지휘관에게 명령했다.

"전군은 압록강을 향해 돌진하라!"

이 명령의 전송을 받은 워싱턴의 통합 참모본부는 앙천대소했다.

미 통합본부는 한 달여 전에 '한국군 이외에 군대를 만주 국경 또는 한반도 북동부에 진출시켜서는 안 된다'고 맥아더 원수에게 훈령한 바 있었다.

그것은 중국이나 소련 영토에 대한 접근이 그 두 나라를 자극할 것을 염려했기 때문이었다.

그런데, 맥아더의 전군 진격명령은 명백한 훈령 위반이었다. 하지만 이미 일은 벌어지고 있었다.

중공군은 제4야전군 제13집단군 6개군 가운데 제42, 제38, 제40, 제39군이 만주 국경을 넘어서고 있었다.

이중 제42군은 중동부의 장진호 남쪽에 진출, 동해안에서 강계를 노리는 국련군을 측면으로 공격하는 임무를 띠고, 제38, 제40, 제39

군은 적유산맥의 남쪽 기슭에 잠복하여 국련군을 기다렸다.

제38군은 희천 북쪽, 제40군은 북진 부근, 제39군은 운산 서쪽의 산악지대에 몸을 숨기고 있었다.

솜옷에 방한모, 옛 일본군의 삼팔식, 구구식 소총, 혹은 미국이 국부군에 공급한 엠원, 카빈 소총 등으로 무장하고 등에는 쌀부대와 콩기름 한 병씩을 각기 호주머니에 넣은 무장이었다.

군대에는 계급이 없고 사령관에서 분대장까지 다만 '지도원'으로 불리고 있었으며, 장교는 즈봉의 양쪽 잇대는 선을 붉은 천으로 식별하고 있었다.

중국군은 '16자 전법'으로 기습과 복병의 효과를 다하기 위해 진 즉 적유산맥 남쪽에 전개를 끝내고서도 일체 행동을 통제하여 잠복을 계속하고 있었다.

10월 24일 밤 한국군 제6사단 제7연대가 온정을 거쳐 북진에 접근했을 때도 중공군 제40군은 한국군을 그대로 통과시켰다.

한편 강계 남쪽에 위치하고 있던 제42군 제125사단에서 제373연대를 차출, 북진 북쪽의 고장古場 부근에 배치하여 한국군 제7연대의 진로를 차단하였다.

제7연대는 '부산 교두보'로부터 반격을 개시한 이후 제대로 휴식도 없이 진격을 계속해 왔다. 장병들은 피로하고 탄약도 부족한 상태였다. 그러나 앞으로 2~3일이면 압록강에 닿고 전쟁은 끝난다고 생각하니 험준한 야간 행군도 견뎌낼 수가 있었다.

설마하니, 양쪽의 산허리와 능선에 중공군이 도사리고 있을 줄은
상상도 못했다.
한국군 제7연대는 어둠에 잠기는 중공군의 시선을 뒤로 하면서
계속 트럭을 내달리고 있었다.

은박지의 화가

한국군 제1사단은 더는 전진할 수 없었다.

한때 원산 시내는 한국군의 진주로 술렁거렸다. 시공관에서 '원산 시민 위안의 밤'이 열렸을 때 유치환, 오영수 등 종군작가, 종군화가들이 나타났다.

그러나 이중섭은 거기에 나가지 않았다. 그는 북진해 오는 국군 정훈대나 종군작가에게 김영주와 구상의 안부를 물었다. 그러나 아는 사람이 없었다.

구상은 현역이 아닌데도 서울 수복의 전위 부대를 이끌었고, 김영주는 원산 출신의 해군문관 한민걸에게 그의 어머니와 이중섭을 데리고 남하하라고 부탁하고는 부산에 떠돌고 있었기 때문이었다.

그러나 한민걸은 전쟁의 혼란 속에서 그 일을 쉽사리 해낼 수 없었다.

12월이 들자 귀를 째는 혹한이 찾아들고 꽹과리 소리와 인산인해의 중공군이 밀어닥쳤다.

미 제10군단은 흥남, 원산 등지의 각 부대에 후퇴명령을 내리고 흥남일대를 불바다로 만들어 버렸다. 계속 밀려오는 피난민들을 보고 이중섭은 갈팡질팡했다.

"너만은 떠나야 해."

중섭의 어머니는 단 하나 밖에 남지 않은 그에게 신신당부했다.

"어머니는 어쩌시려구요?"

"일흔을 넘긴 내 목숨은 걱정 말고 어서 너는 떠나. 네 형과 같은 죽음의 꼴은 다시 보고 싶지 않아."

일제 말기와 해방 초기 이중섭은 화가로서 상처를 받기 시작했다. 그것은 『응향凝香』지에 이른바 '퇴폐적 부르주아적'인 표지화를 그린 것이 정치적으로 문제가 된 것이었다. 그때 이중섭은 조선미술동맹 원산지부 간부로 있었다.

그 일은 한설야, 김사량 등의 도움으로 일단 수습되었으나 중섭은 점점 더해가는 소외감을 감당하기 어려웠다. 그의 아내는 이미 '야마모토 가타코[山本方子]'에서 '이남덕李南德'으로 개명해서 살고 있었다. 부인의 '남덕'이란 이름은 중섭이 지었는데 이름 풀이가 재미있다.

"남남북녀라는 속담이 있다. 그런데 난 남녀북남으로 생각하고 있었다.”

부인을 사랑의 화신으로 생각하는 발상이요 ‘덕德’자의 내력에 대해서는,

“더덕더덕 아들 딸 많이 낳아서 그놈들과 한오백년 후엔 큰 이상향을 만들어 그림만 그리고 살고지고 한다는 뜻일세.”

이렇게 우스갯소리와 재치를 보여 주었다.

그가 한 번 평양 나들이를 한 뒤에는 외부와는 일체 접촉을 않고 지냈다. 그의 조카 방에 묵고 있던 김영주, 구상은 월남을 해버리고, 남에서는 김순남, 정지용, 이태준, 김진섭들이 잇달아 월북을 해 오고 있었으니 예술가들에게는 큰 비극이요 아이러니였다.

그러나 이중섭은 그의 어머니와 아내 그리고 아이들 사이에서 부자유를 예술로 극복하려고 딴엔 안간힘을 썼다.

“중섭의 그림, 특히 원산시대의 그림은 훌륭한 것들이지요.”

해방 후 원산의 미술계를 함께 이끌어 온 김영주는 이렇게 평했었다.

그런데도 그가 원산 화단에서 받은 비판은 가혹했다. 스탈린의 초상화를 구레나룻을 없애고 그린 것이라든가 털이 다 빠진 닭을 그린 일들이 그러한 비판의 대상이 된 것이었다.

그의 <소> 그림이 문제가 된 것도 그러한 정황과 무관한 것은 아니었다. 문제의 그림은 소의 엉덩이에 올라 탄 두 어린아이였다.

“동무, 이 그림을 설명해 보오.”

굴욕감을 느낀 중섭은 성난 어조로 말했다.

"이 소는 우리를 일제로부터 해방시켜 준 소요, 이 아이들은 미래의 우리나라를 뜻합니다."

"흐음, 어느 것이 북조선이고 어느 것이 남반부요?"

이런 수난 속에서도 그는 전쟁 때까지 송도원 화실에 끝까지 버티고 있었다.

그는 6·25전쟁을 미국의 쌕쌕이가 원산 상공에 나타나 기총소사를 퍼붓고 B29가 빗발 같은 폭탄을 투하할 때에야 실감하기 시작했다. 이런 와중에 그의 일가족은 폭격 직전의 소개로 목숨을 건지고, 이중섭은 화구만을 챙겨 화가인 장응식 등과 석왕사 뒤 산중으로 공습을 피해 갔다.

그들의 소개지 『학』이라는 폐광지로, 이 폐광의 굴 안에서 공습을 피하며 그들은 그림을 그릴 수 있었다.

날마다 포성이 귀를 울렸다.

원산일대는 공습과 지상군의 포격, 함포사격이 연이어 쑥대밭이 되어 갔다.

이런 상황 속에서도 그들은 화구를 꺼내 그림을 그리고 있었다.

"저걸 봐요"

인호가 붓을 놓고 외쳤다. 아니나 다를까 그들이 있는 능선 아래로 태극기가 보이고 사다리꼴의 군대행렬이 지나가고 있었다.

그들은 국군 전진 부대의 검문을 받고 가까스로 풀려날 수 있었다.

이중섭은 아내와 아이들을 찾아, 원산시내로 나갔다. 이미 한쪽 집채는 군대가 접수해서 작전본부로 쓰고 있었다. 가족은 군대에게 방을 내주고 한쪽 방에 몰려 있었다. 중섭은 한숨을 내쉬며 엽초를 말아 파란 담배연기를 길게 내뿜었다.

어머니의 간곡한 당부로 그는 월남을 결심했다. 형수들과 어머니는 남기고 장질 영진만을 데리고 피난하기로 하였다. 영진은 원산고등학교 졸업반의 청소년이었다.

그는 아내와 아이들, 조카 영진과 함께 집을 나섰다. 그의 짐은 그림 두루마리와 화구, 보리 미숫가루 한 부대가 전부였다. 중섭은 떠나기 전에 그림 한 폭을 어머니의 가슴에 안기고 폐허가 된 원산 부두로 향했다.

12월 6일 저녁, 원산부두는 큰 아우성으로 얼어붙고 있었다. 그러나 원산부두는 퇴각하는 해병대, 육군을 태우고 피난민을 태울 선박이 따로 마련되어 있지 않았다.

원산항은 추위와 아비규환의 지옥이었다.

"나를 태워주! 날 살려주!"

그러나 모든 선박은 해군의 제지로 물러설 수밖에 없었다.

이중섭 일행도 번번이 승선 교섭에 실패했다. 중섭은 그때마다 씨익 웃었다. 그들은 제4부두까지 무작정 옮겨 다녔다.

이러한 원산 철수의 혼란은 어둠이 내려도 좀처럼 줄어들 줄을 몰랐다. 그런데 뜻밖에도 그들의 구세주가 나타난 것이다. 한 병사가 이끄는 대로 그들은 배의 트랩을 올라 해군문관에게 인도되었다. 그 해군문관이 바로 한민걸이었다. 본디 원산 사람으로 해방 후 월남해서 군에 입대했다가 이곳에 온 것이다. 김영주의 부탁을 잊지 않고 있는지라,

"화가 이중섭 선생이십니까?"

"그렇소."

"일행은?"

"모두 아홉 사람입니다만……."

그는 난처한 듯 생각에 잠기더니,

"다들 타십시오. 책임은 제가 지겠소."

그들은 일순 행운의 여신을 만난 것이었다. 일행 아홉 사람이 배에 오르자 그는 해군병사에게 말했다.

"이 손님들 잘 모셔!"

이튿날 밤 그 배는 해군과 해군문관 및 선발 피난민 1백여 명을 태우고 원산항을 벗어났다. 자정 가까워서 선창 안의 피난민들은 주먹밥을 한 알씩 배급받았다.

한상돈 내외와 그의 어린 아이는 내내 울고 있었다. 중섭의 선배인 그는 원산의 화가였다. 한상돈은 그의 아내와 애기를 하다 말고,

"중섭 형, 이제는 남쪽에 가서 그림이나 실컷 그리자오."

"그림을 그릴 수 있을까요? 그럴 수만 있다면……."

이렇게 말꼬리를 흐린 중섭은 이번에는 후배인 인호를 마주 보면

서 혼잣말처럼 중얼거렸다.

김인호는 원산시대에 집에서 많은 개를 길렀고 주로 개를 그렸던 화가였다.

"우리만 타고 말았지, 헤헤."

겨울바다는 산더미 같은 격랑의 항해길이었다. 그들이 탄 1천톤의 발동선은 파도에 파묻힐 듯이 기우뚱거려 심한 멀미에 모두 넋을 잃고 엎드려 있었다.

그러나 중섭은 얼어붙은 새벽의 갑판 저쪽으로 떠오르는 먼동을 보고 소스라쳤다.

"아, 저 색깔…… 신비한 주황색……."

일찍이 고향의 뒷산에서는 볼 수 없던 그런 색깔을 보고 화가의 눈은 초롱초롱해지고 있었다.

그들의 항해일지는 사흘이나 계속되었고, 흥남 철수의 LST가 몇 척인가 그들의 발동선을 앞질러 갔다.

그런 지루함 속에서도 이중섭은 부산에 떠돌이로 있을 화가들, 한묵, 정규, 김영주, 최영림, 장이석의 모습들을 떠올리며 씽긋 웃음을 헤뜨렸다.

발동선이 주문진항에 정박하게 되자 모두 안도의 한숨을 쉬며 아녀자들은 기운을 차렸다.

중공군이 원산을 점령했다는 소문도 그곳에서 들었다. 12월 8일 주문진을 황급히 떠난 배는 포항 근해를 지나자 육지를 따라 항해

하다가 이튿날 부산 내항에 기항했다.

그들이 탄 배는 해군 후생선 동방호로, 상륙 절차를 기다리던 중 해군정훈부 소속의 화가 최영림과 장이석이 중섭과 마주쳤다. 그들은 원산기지 사령부가 철수할 때 따라 온 화가들로 중섭과 조카 영진의 보증인이 되어 그곳 문관으로 일하게 했다. 뜻밖에 영진은 부산에 상륙하기도 전에 원산기지사령부가 제주로 옮기는 바람에 그 배에 갈아탔다.

그러나 선발 피난민들은 배에 이틀이나 대기했다가 항만사령부의 재가를 얻고서야 하선했다.

그들은 부산 시가지를 지나 범일동 창고지대에 이르렀다. 적산건물인 아카사키창고의 낡은 헛간이 피난민 수용소였다.

서면의 바다 풍경이 보이는 이 수용소는 시멘트 바닥에 천장은 구멍이 뚫려 있고 벽은 녹슨 함석으로 군데군데 때워져 있었다.

"남덕이 미안해."

그러나 그녀는 상긋 웃고는 고개를 한번 가로저었다.

아카사키 창고 세 동은 다른 피난민들이 수용되었다. 이곳에는 서울 피난민, 흥남 피난민, 황해도 피난민들이 들어 있었다. 그들은 퀴퀴한 시멘트 바닥에 담요를 얻어서 덮고 을씨년스럽게 하루하루를 지내는 신세였다.

그들은 경찰관의 감시를 받고 그 수용소 안에 대기 중이었다. 시청에서 주는 주먹밥과 구호물자 담요를 받고 그들은 피난민임을 실감할 수 있었다.

　1951년 2월 간부학교를 졸업한 박갑동은 평양으로 향했다. 졸업 때 최우등상으로 받은 백 원짜리 지폐 한 장을 지니고 눈이 허리까지 빠지는 산길을 걷고 걸었다.

　민가를 찾지 못해 눈구덩이에서 밤을 지새울 때도 있었다. 험준한 산고개를 넘은 끝에 간신히 중공군의 유개화차에 올랐다.

　그러나 유엔군 비행기들이 정찰을 하느라 사라지지 않고 기차는 꿈쩍도 하지 않아 중국말로 물었더니 언제 떠날지 모른다는 것이었다.

　그는 화차에서 뛰어 내렸다. 이렇게 자강도 간부학교를 떠난 지 20일 만에 그는 평양에 올 수 있었다.

　그는 먼저 중앙당의 이범순을 찾아갔다. 당사 앞에서 때마침 이범순의 비서였던 사람을 만났다.

　"박 선생! 간부부 부장께서는 평양 방어를 책임지고 있었는데 지난해 10월 17일 유엔군의 총공격 때 평양을 사수하라는 수상 동지의 녹음방송을 하다가 그만 가루게에서 전사하셨어요"

　비서는 울먹이는 소리로 말했다. 가루게는 평양시 북부에 있는 거리의 이름이다.

　박갑동은 기둥 하나가 무너져 내리는 기분이었다.

　그는 해진 여름바지를 추켜세우며 이번에는 재정성의 윤형식 부상을 찾아가 김형선의 안부를 물었더니 서울에서 후퇴해 오다가 폭사했을 거라는 것이었다.

박갑동은 두발을 구르고 싶은 심정이었다. 그는 당 검열위원장으로, 이승엽의 자신에 대한 부당한 처우를 바로잡아 줄 사람이었다.

중앙당 연락부에 찾아가면 지위도 보장받을 수 있을 테지만, 거기는 이승엽의 관할아래 있었기 때문에 싫었다.

그는 박문규 농민상을 찾아가자 반가이 맞으며 교육부장을 맡아 달라는 것이었다. 그 중 기뻤던 것은 농림성 기획처장으로 있는 정태식을 불러주었다.

그는 후퇴할 때 정태식이 죽은 줄로만 알고 있었다. 그를 통해 채항석과 장병민 부부도 무사히 이곳에 살고 있다는 소식을 들었다.

장병민은 1월 4일 인민군이 두 번째 서울을 점령하여 퇴각할 때 평양에 왔다는 것이다.

이튿날 박갑동은 농림성으로 다시 박문규를 찾아갔다.

"박동무를 농림성 간부부장으로 추천해서 내각 간부국으로 승인을 얻으러 보냈더니 거절당하고 왔어요. 무슨 이유인지 내각 간부국으로 직접 가서 알아 봐요."

당 기관의 고급 간부는 중앙당 간부부에서, 정부기관의 고급간부는 내각 간부국에서 맡고 있었다.

그가 내각 간부국으로 찾아갔을 때,

"동무와 같이 4개 국어를 하는 사람은 문화선전성 구라파부장을 맡아 주기요."

그는 문화선전성이 있는 종합청사를 찾아갔다. 문화선전상은 허정숙이었다. 허정숙의 아버지는 남로당 중앙위원장인 허헌이고, 그와는 자별한 사이였다.

문화선전성 구라파부장이 하는 일은 동구, 서구, 남북미주, 아프리카 등지에서 오는 외교관과 군인들을 제외한 모든 북조선 방문자를 접대하는 일이었다. 맵시 나는 양복을 입고 각종 파티장에 나가 고급 음식을 접할 기회가 많아 모두들 부러워하는 직위였다.

5월 1일을 중국식으로 5·1절이라 했다. 벚꽃이 만개한 이때 국제민주여성동맹 대표단 20여 명이 평양에 왔다.

평양시내는 폭격으로 평양 북쪽 마람이란 동네 민가를 임시 '국제호텔'로 만들었다.

그들이 돌아갈 때 선물 때문에 허정숙이 그에게 박헌영 부수상을 만나 승인을 받아 오라고 했다.

그는 속으로 기회다 싶었다.

내각 사무국은 가루게에서 홍부로 가는 길가에 있었다. 그는 독립바라크집 앞으로 안내되었다. 사무실 안에 들어서니 비서가 옆방으로 안내했다.

"반갑소, 무슨 용무요?"

서울서보다 살이 찐 박헌영은 그에게 손을 내밀었다. 박갑동은 허정숙의 사인을 받은 서류를 그의 앞에 내놓고 설명을 했다. 박헌영은, 붉은 연필로 '박'이란 사인을 해주면서 말했다.

"될 수 있는 대로 우리나라 토산물을 선물하는 것이 좋을 거요."

공식적인 용무를 끝내고 나서 박갑동은 6·25 직후 남로당 지하당 정보부장 윤모로부터 받은 바둑알 크기로 접은 종이쪽지를 그에게 내밀며 설명해 주었다. 그리고 나서, 용기를 내어 물었다.

"선생님, 남에서 온 동무들은 다들 불안해하고 있습니다. 저희는 앞으로 어떡해야 좋습니까?"

"아무 말 말고…… 그저 조국과 인민을 위해서……."

그는 박헌영의 고민하는 모습을 더 이상 쳐다볼 수 없어 밖으로 나와 버렸다.

그날 이후 박갑동은 큰 회한에 잠기게 되었다.

'내가 의지할 곳은 남도 북도 아니니 과연 어느 땅이란 말인가?'

이런 생각을 하면서 그는 중앙당 간부부 부부장 이주상을 찾아갔다. 이전에 지하당 충남도당 위원장을 지냈던 사람이다.

"이동무, 외국에 나가는 길은 없겠소?"

"그 문제라면 연락부장 김천해 동무한테 상의해 보시오."

김천해는 일본공산당 중앙정치위원이었는데 6·25 직전 평양에 와서 중앙당 연락부장 자리를 맡고 있었다.

그의 집을 찾아 갔더니 뜻밖에 김천해의 아내가 되어 있는 오탐렬을 만나 자신이 찾아 온 뜻을 털어 놓았다.

그녀는 전라도 출신으로, 서울에서 남조선 민주여성동맹 간부를 했던 독신녀였다.

그러나 지금 일본에 사람을 파견할 용건은 없다고 김천해는 잘라
말했다.

당시 서울에서 월북한 친구들 중 군부에는 이환기가 인민군 총정
치국 제4부장이었으며, 제7부에는 미군정의 여론국장을 했던 설정
식과 평론가 김동석이 소좌 계급을 달고 있었다.

그런데 급기야 소련 외상 말리크가 정전회담을 제안해 7월 10일
개성에서 휴전회담이 시작되었다. 그로부터 한 달이 지나도 휴전협
상 체결은 멀었고 철원 북방 '철의 삼각지' 공방전은 말로 형언키
어려운 치열한 전투가 벌어지고 있었다.

평양에 대한 미군의 폭격은 불비를 쏟는 듯했다. 8월 14일의 폭
격으로 수백 명이 죽어갔으며, 시인 조기천과 허헌이 목숨을 잃은
것도 그때였다.

당시 이강국은 대좌 계급을 달고 웬그리아 병원장을 맡고 있었
다. 그는 밤이면 원장실에서 독일어 서적을 읽으며 타이프라이터를
타닥타닥 치고 있었다.

그해 11월 1일 얼마만큼 질서를 회복한 북한은 노동당중앙위 제4
차 전원회의를 열고, 김일성 수상은 '당, 단체들의 조직사업에 있어
서 몇 가지 결점들에 대하여'라는 연설을 하였다.

그 연설이 있던 바로 다음날 허가이가 부수상에 임명되고, 다음
달에 이승엽이 사법상에서 해임, 후임에는 이용이 임명되었다.

북측에서 휴전회담을 개성으로 지정한 데는 나름대로 이유가 있

었다.

개성은 조선인삼의 산지로서 유명하지만, 당시의 제일선에서 20마일 인민군 측에 들어 있었으며, 38도선의 남방 약 3마일 지점에 위치하고 있었다.

이것은 유엔군측이 '화평을 제의'해 오는 상대 진지 내에 향한다는 인상을 주고, 38도선 남쪽에 중공군이 점유하고 있다는 데서 양보한다는 형식으로 북측이 38도선을 '휴전선'으로 제의해 온 것이다.

그러나 개성의 휴전회담장에서는 설전이 벌어지고 있었다.

남일 중장이 미소를 지은 것은 조이 중장이 담배를 권하자 이를 거절할 때의 한순간뿐이었다.

그는 군사경계선 문제를 들고 나와, 38도선을 경계선으로 하여 그 남북 10킬로씩의 너비를 비무장지대로 하자고 제안했다.

조이 중장은 실제의 상황을 기초로 문제를 토의하자는 주장을 내세웠다.

실제의 전황은 전쟁의 실상을 말하는 것으로서, 유엔군이 한반도의 제공과 제해권을 완전히 장악하고 있다는 것이다.

조이 중장은 그런 점을 들어, 이렇게 주장했다.

"당신네는 지상에서 다소의 양보를 해도 많은 것을 얻을 것이오."

남일 중장은 이튿날 회의가 시작하자마자 불을 뿜아댔다.

"귀군은 전멸을 면한 만큼은 강력하지만 귀관의 주장대로라면 우리는 낙동강에 경계선을 요구할 수 있을 것이오.”

북측 통역으로 나온 소좌 김동석이 남일 중장의 발언을 전하자 유엔군 대표들의 표정은 굳어지며 호흡은 거칠어졌다.

“군인은 예절을 지켜야 마땅하거늘, 그런 난폭한 말로 떠드는 협박이 어떤 군사정세에도 영향을 미치지 못한다는 것을 귀관은 모른단 말이오.”

“귀관이 말하는 군인의 예절은 먼저 귀관 스스로가 지켜야 할 일이오. 우리는 귀관이 더욱 성실하고 공정해지기를 희망할 뿐이오”

“전쟁에서 전력의 평가는 지상군뿐 아니라 공군과 해군력을 계산에 넣어야 해요. 아시다시피 일본과는 미군이 단 한사람도 일본 본토에 상륙하지 않았지만 일본을 항복시켰지 않소”

그러나 남일 중장은 콧방귀를 뀔 뿐이었다.

“귀관은 실로 중요한 것을 망각하고 있소 일본을 패배시킨 것은 첫째로 조선인민의 해방투쟁이요, 8년간에 걸친 중국인민의 항전이었고 소련의 참전이었다는 것을 모르고 하는 소리요.”

조이 중장은 입을 다물어버렸다.

교섭은 정체되었다.

거제도 포로수용소를 탈출한 김수영이 박인환을 찾은 것은 ‘콜슨문서’가 무효가 될 무렵이었다. 박인환은 김수영을 자기 집에 숨겨두고 ‘스타’ 다방으로 달려 나왔다. 이 다방에 단골로 나오는 이봉래와 의논을 하기 위해서였다. 한구석 자리에 봉래와 마주앉은 인환은 김수영이 탈출해 온 경위를 말했다.

"그래, 그 친구 어디 있나?"

"자네도 알다시피 우리 집에 숨겨둘 형편이 못 되잖아."

인환은 럭키스트라익을 왼쪽 입 끝에 물고 파란 담배연기를 날리면서 싱긋 웃는다. 참새가 죽어도 짹 한다고 그는 어려운 피난생활에서도 양담배를 곧잘 피웠다.

"그 친구를 내가 맡지."

그때까지 독신생활을 하고 있던 봉래가 김수영을 흔쾌히 맡겠다고 나섰다.

이렇게 해서 김수영은 이봉래의 숙소에 신세를 지고 그의 바지를 얻어 입게 됐는데, 짧은 바지 기장을 늘리기 위해 바지 단을 내려 입고 광복동 거리에 나타나자, 이것이 새로운 유행을 낳을 줄은 미처 상상도 못한 일이었다.

또한 피난시절의 궁핍 속에서도 박인환은 외제 라벨이 붙은 양복을 입고 멋을 부리면서 줄리엣 그레코의 샹송을 즐겨 들었다. 누구나 만나면 그는 서슴없이 말했다.

"그 호소하는 듯한 샹송 가수 세기의 여왕 그레코를 난 좋아해."

그레코의 <낙엽>뿐 아니라 이브 몽땅의 <파리의 하늘 밑>, 에디트 피아프의 <장미빛 인생> 등은 그때 대유행했던 샹송들이다.

가난과 폐허 속에서 그들 후반기 동인들의 생활과 의식은 서구화의 추종으로 혹은 시시각각 다가오는 불안에서 탈출하고자 하는 몸부림인지도 몰랐다. 아니, 존재의 불안에 대한 저항이라고 하는 것이 더 옳았다.

그러나 이러한 피난생활 속에서도 박인환의 기지로 피난문인들을 한때나마 호사시킨 일은 빼놓을 수 없는 한 토막의 이야기다.

부산 극장 정문 맞은편에 부산 제일의 큰 요릿집 장춘원이 있는데, 하루는 이봉구에게 부산 문인은 한 사람도 빠짐없이 6시까지 그곳으로 모이라는 전갈을 인환이 해왔다. 박인환은 종군 작가단의 일원으로 대구와 부산을 오르내리던 때였다.

그의 처삼촌 이순용이 임시 수도 부산에서 내무장관 임명을 받게 되었다. 그런데 치안국장 김태선이 인환에게 교제조로 한턱내게 되고, 박인환은 후대를 받는 김에 기지를 발휘하여 부산의 문인들을 위해 한 번 연회를 마련해 보라고 제의를 했던 것이다.

김태선은 쓰는 김에 한 번 더 쓰자고 쾌히 승낙을 했다. 그래서 대구에 있던 박인환은 즉각 부산의 이봉구에게 이를 알리고 그 연락을 받은 김경린, 조향, 김차영은 무슨 잔치인가 싶어 남포동 장춘원으로 나가 보았다. 영문도 모르고 그곳에 들어선 세 사람은 그만 눈을 휘둥글리지 않을 수 없었다. 그곳에는 60명이 넘은 유명무명의 문인들이 긴 주안상을 마주보고 앉아 있었으니 말이다.

그들이 좌정해 있는 동안 화가 백영수는 '검은 마후라'를 데리고 유유히 그곳에 나타났다. 지난날 백영수가 개인전을 열었는데, '검은 마후라'라는 작품은 Y녀를 모델로 했대서 그녀를 부른 것이었다.

Y녀는 본디 함경도 여자로 오동포동한 몸매를 한 미인이었는데, 시인 전봉래를 실연시켜 자살소동을 일으키게 했던 여자로 유명했다.

딴은, Y녀와 전봉래는 서울서부터 아는 사이로, 피난지 부산에서 우연히 해후한 것이었다. 그런데 그녀는 백영수와는 남다른 사이가 되어 그의 작품 모델로까지 등장하게 된다.

두 사람이 장춘원에 나타난 것은, 그녀가 의사와 결혼한 지 일주일이 갓 지난 뒤였다. 검은 원피스를 입은 Y녀에게 눈길이 미친 이봉구가 넌지시 눈짓을 보냈다.

"이 연회가 끝나고 산책이나 갑시다."

"저는 매인 몸이라 한눈 팔 시간이 없는 걸요."

"하하하, 귀하신 몸이라……."

봉구는 익살스러운 웃음으로 넘겨 버렸다.

그러나 60명이 넘게 앉아있는 주안상에는 음식은커녕 요리상 위에 깔린 하얀 백지 뿐이었다. 아직 박인환이 나타나지 않았기 때문이다. 대구를 출발한 지는 꽤 오래라는데 약속시간인 6시가 지나고 7시가 되어도 소식이 없던 중, 박인환에게서 전화가 왔다는 전갈이다.

화가 김훈이 카운터 쪽으로 잽싸게 달려갔다.

"훈이, 지금 동래 국제호텔에서 다른 연회에 끼어 있는 중이니, 어서들 실컷 먹고 놀아주게."

그때 김차영은 보이가 가져 온 샴페인을 터뜨리며 일동을 향해

‘부라보’를 외치자 출출해 있던 문인, 화가들은 술과 안주를 마구 시켜 배불리 먹고 왕왕 떠들었다.

이렇게 좌석이 한창 무르익고 있을 때 개선장군처럼 나타난 박인환은 번쩍 손을 들어 호기를 부리더니, ‘검은 마후라’에게 눈길이 멎자,

“유, 나하고 얘기 좀 합시다.”

난생 처음 보는 여성인데도 그녀를 이끌어 2층 다다미방에 간 박인환이 한참 노닥거리는 중이었다. 그때 절룩이는 두 발로 임긍재가 올라가 장지문을 열고는,

“인환이 뭐하고 있니……?”

임긍재는 조병옥의 비서로 자동차 사고 때 발을 다쳐 절룩이는 몸이었다.

“너는 뭐야?”

하고 박인환이 내갈기자 불의의 주먹을 맞고 임긍재는 그만 벌렁 마룻바닥에 나가떨어졌다.

그런 해프닝이 있은 지 십여 일이 지났다.

하루는 조향이 김차영을 찾아와 다방으로 가자기에 두 사람은 ‘산유화’ 다방으로 발걸음을 재갔다. 앉기가 무섭게,

“큰일 났어!”

“무슨 일인데……?”

“그래, 대학교수가 일개 치정사건에 증인으로 불려 다니다니 말

이나 될법한가. 이건 더 없는 불명예야!"

밑도 끝도 없는 말을 불쑥 꺼내는 것이었다.

이야긴즉슨 이렇다.

전날 박인환이 베푼 연회에 백영수와 같이 참석한 Y녀의 남편은 부산에서는 알 만한 T의사인데, 박인환은 그녀와 두서너 차례 다방에서 만나더니 김차영과 삼각관계라는 것을 알자, 허투루 소문을 퍼뜨렸다.

"검은 마후라는 내가 먹었다."

이 소문은 삽시간에 부산거리에 퍼져, 그녀의 남편인 T의사는 의처증에 고민한 나머지 고소한다고 나섰다는 것이다.

그 후 인환은 대구로 가 버리고 조향은 까닭 없이 사건 수습에 동분서주하고 있었다.

이 사건이 있던 얼마 후에 Y녀 스스로 목숨을 끊는 비극이 벌어졌다. 그녀 때문에 시인 전봉래가 음독자살하고 그녀 또한 같은 길을 걸었으니 이것도 신의 희작인가.

1953년 3월, 후반기 동인은 이상李箱추모의 밤을 열고 시낭송모임을 가졌다.

그해 여름 '온달' 다방에 모인 후반기 동인들은 <후반기>해체론을 주장하는데 박인환은 끝까지 사수론을 펴고 나왔다.

"다들 그만두면 나 혼자서라도 해 나가겠다."

그 바람에 성급한 이봉래와 멱살을 잡는 소동까지 일어났다.

"촌놈이 되는 거지, 우린 영원히 촌놈이 되는 거야!"

코트 주머니에 손을 찌르고 박인환은 광복동 일대를 누비며 술을 마셔댔다.

세월이 가면

부산 범일동 아카사키수용소에 그들이 수용된 지 일주일쯤 지나
피난민 일제신상조사가 실시되었다.

한상돈의 가족은 쉽게 처리되었으나 중섭의 조서는 까다로웠다.
먼저 아내가 일본여자라는 것과 원산미술동맹 위원장을 지냈나는
것, 함께 온 조카 영진이 상륙하지 않고 선상에서 다른 곳으로 옮겼
다는 것을 꼬치꼬치 따지고 들었다.

그래서 중섭은 신체 수색까지 받았다. 그러나 별다른 혐의 없이
그는 피난증명서를 발급받고 인호도 증명서를 얻어냈다.

"자 인제 어떻게 한다지요?"

인호가 한숨 섞어 말하자 한상돈이 대꾸했다.

"내가 아우를 찾은 다음 자네들도 데려가도록 힘쓰겠네. 내 아우

는 은행에서 중책을 맡고 있는 모양이니까."

그러나 중섭은 그를 말리며 여기서 헤어지자고 했다.

"상돈 형 그건 안 됩니다. 나도 김영주, 구상이 부산에 있을 테니 그들을 찾아보겠소."

한상돈은 일가 3명을 데리고 수용소를 먼저 떠났다. 인호도 뒤따라 나갔다. 중섭의 가족만 올데갈데없이 피난민의 대우를 받으면서 급식으로 목숨을 부지해 가야 했다.

"이렇게 쓸쓸해지려고 어머니를 두고 내려왔어."

"참아요, 무슨 수가 생기겠지요."

아내 남덕은 남편을 달래었다.

그러던 어느 날, 수용소 직원이 와서 귀띔을 해 주었다.

"광복동이나 남포동에 가면 머리를 길게 기른 괴상한 예술가 들이 다닌다는 말을 들었소, 한번 찾아가 보시구려."

중섭은 수용소를 떠나 광복동 거리에 이르자 종이에 '김영주'라는 이름을 써서 머리를 길게 기른 사람을 만나면 그것을 보였다.

"김영주, 그런 화가가 있었나?"

대개 이런 식이었다.

중섭은 번번이 실패를 거듭했다. 광복동의 '밀다원'과 '금강' 다방에는 문화인들이 죽치고 앉아 있고, 해롱해롱 술에 취해 거니는 광경을 볼 수 있었다.

김인호는 이미 수용소를 나간 후 원산시대 친구의 도움으로 미군

부대의 아티스트로 근무하고 있었다.

그가 초량동의 '야자수' 다방에서 뜻밖에 김영주를 만난 것은 중섭 일가가 제주도로 떠난 후였다.

중섭이 처음으로 발을 디딘 제주도는 유채꽃이 해안과 중산간지대의 밭에 만발해 있을 때였다.

"여기서 그림을 그려야지."

그는 제주항에 내려 건입동 부근의 창고에서 하룻밤을 지냈다. 이튿날 칠성통의 '동백' 다방에 개털오버를 걸친 그가 기웃거리자 다방 아가씨가 내쫓는 바람에 물러 나왔다.

"돈 없어요. 내일 오우다."

그들의 다음 기항지는 서귀읍이었다. 그들은 그곳 서귀리 농부의 집 별채 헛간의 방과 부엌으로 쓸 수 있는 아궁이를 얻었다. 마당은 군데군데 돌이 솟아나고 빙 둘린 돌담 안에는 수선화가 노랗게 멍울지고 있었다.

그는 여기서 만 7개월의 서귀포시대를 지내게 된다.

물과 풍속이 다른 서귀포생활이 그에게는 이상한 힘을 주고 있다는 것을 깨달았다.

이 시기의 작품 20점의 수확, 이곳에서 계획한 대형화의 꿈은 그의 내면에 다시 한 번 뜨거운 열정을 일으키게 하였다.

그에게 가장 큰 발견은 '게'였다. 엽서화에 곧잘 등장하는 소재의 하나다.

보리가을이 지났다. 길게 자란 중섭의 노랑수염은 흡사 염소를 떠올리는 인상이었다. 그런 얼굴로 태성을 업고 보리이삭을 주우러 갔다.

그의 등에 잠드는 태성을 업고 보리 한 구럭을 가져 오면 아내 남덕은 기쁨을 감추지 못한다.

"어머, 당신 부자 되셨네요."

그 즈음 조카 영진의 고향 친구 부夫문관이 서귀읍에 다녀오더니 중섭을 보았다고 영진에게 알려줬다. 부문관도 영진과 함께 제주의 기지사령부 정훈과에 근무 중이었다. 색소폰을 부는 이봉조도 문관으로 일하고 있었다.

이영진이 숙모 남덕을 만난 이후 중섭은 월남미술작가전의 출품을 위해 부산 가는 화물선에 올랐다.

부산에 다녀 온 후 중섭은 그림에 파묻혔다. 더러는 고구마를 삶아 먹고 찰조밥, 꽁보리밥으로 끼니를 이었지만 호박을 얻어다가 그린 뒤 호박을 쪄 먹기도 하는 생활이었다.

그런데 부산여행에서 그는 페인트를 구해오고 그리도 찾아 헤매던 김영주를 만났다. 그에게 자극 받아 그림에도 열의를 내고 대추나무로 사제 파이프를 만들어 멋을 부리기도 했다. 중산간 일대에 사는 제주갈가마귀에 혼을 앗겨 까마귀 그림이 부쩍 늘어났다.

일단 가족들을 피난민 수용소로 옮겨놓은 그는 날품팔이 신세가 되었다.

그런 중에도 광복동의 미술가들 중 김영주와 김환기를 만났다.

중섭은 부두노동으로 생활비를 마련했다. 오일 드럼을 굴려서 화차에 싣는 일도 하고 낡은 선박에 페인트칠을 하거나 콜타르를 칠하는 중노동도 가리지 않았다.

일이 끝나는 저녁 무렵 그는 기름 묻은 노동자의 모습으로 광복동의 화가, 시인, 소설가들을 만나 몇 잔의 소주잔을 기울이는 것이 한갓 재미였다.

그러나 아내 남덕이 두 아들을 데리고 일본으로 떠난 다음날부터 그는 광복동에 발길을 끊었다. 날품팔이도 쉬고 '금강' 다방에서 차도 마시지 않고 우두커니 앉아 있었다.

어느 날은 아침부터 다방에 죽치고 앉아 있으면 박고석이 찾아와 중섭에게 커피를 시키고 피우던 양담배를 놓고 나갔다. 레지 눈살에 한구석자리에 옮겨 앉은 중섭은 무료한 시간을 주체할 수 없어 담배 은지銀紙를 꺼내 그림을 새기고 있었다.

그의 은지화는 도쿄 유학시절에 독특하게 착상해 온 그림이었다. 물론 그의 원산시대도 홀의 걸상에 은지를 펴놓고 날카로운 칼끝으로 형상을 하기도 하고 그려내기도 했었다.

그러나 부산생활에서 제작의 여유나 화구 등 재료 구하기가 어려워지자 그는 은지화를 그리기 시작했다.

그의 엽서화의 기법은 서양화에서는 볼 수 없었던 동양 전통회화의 하나로, 대상의 윤곽 선묘線描를 한 뒤 그 내면에 선명한 채색으로 메우는 기법이었다. 또한 그의 은지화는 고려청자의 상감象嵌기법으로 독창적인 선묘화의 경지에 이르고 있었다. 많은 인물들의 표정은 때로는 슬프고 때로는 웃음을 자아내고 어떤 것은 불상佛像을 떠올리는 표정도 느낄 수 있었다.

　한편 9·28수복 후 「산딸기」의 외로운 시인 노천명은 서울시 경찰국에 잡혀 27년의 실형을 선고받았다.
　그날은 추운 날씨였다. 포화자국은 그대로 남아 벽이 갈라지고 유리창이 깨어진 법정에 쇠고랑을 찬 그녀는 창백한 얼굴로 끌려나왔다.
　이 소식을 듣고 달려온 문인 중에는 이봉구, 박인환의 모습도 눈에 띄었다.
　그날 노천명은 20년 징역을 선고받았다.
　그녀는 처음 서울형무소에 수감되었으나 일사후퇴 때 부산으로 이감되어 갔었다.
　「산딸기」의 시인은 부산 형무소에서 김광섭에게 간곡한 편지를 보내기도 했다. 전에 김광섭은 천명의 누하동 집에 산 일이 있었으며, 6·25 다음날에는 바로 그 집에서 밤늦도록 시국을 걱정하다가 헤어지기도 했었다. 작가 최정희가 천명의 구출을 위한 진정서를 만들어 문우들의 서명을 받으러 분주히 뛰어다니고 면회도 가서 위로의 말을 건네주었다. 김상용 등은 건의문을 만들어 이헌구가 직접 검찰청장을 찾아가 그것을 내기도 했다.

　노천명은 그때의 감격을 「면회」라는 시 속에 아로새겼다.

　철꺼덕 감방 문이 열린다.
　이렇게 반가운 말은 다시 없다.
　허둥지둥 간수의 뒤를 따르며
　머리에 떠오르는 친한 얼굴들

　번번이 나타나는 이는 오직
　눈물어린 언니의 얼굴
　반갑고 미안한 생각
　언니 앞에 머리를 숙이다
　날마다라도 오고 싶은 형무소라 한다.

　1961년 봄에 노천명은 석방되었다. 이때 그녀는 마흔이 지난 나이였다. 출옥 후 천명은 부산에서 공보실 중앙방송국 촉탁으로 일하게 되었다. 지하실 합숙소에서 이년 넘게 지내게 되는데, 그때의 생활 백서를 그녀는 다음과 같이 털어놓고 있다.

　"규칙적인 한 가지 반찬에다 양쌀밥을 먹어도 여럿이 먹으니 달고, 좁은 방에서 네 사람이 복작거리는 것도 기숙사 생활 같아서 견딜 만한 것이나, 식당 아주머니한테 담배니 사과니 사러 오는 사람들이 때 없이 풀떡풀떡 문을 여는 통에 자리를 펴고 자는 꼴도 보여야 하고 분을 바르는 것도 들켜야 하는 일이 내겐 벌을 서는 것 같은 일이었다."

천명은 방송국 촉탁 자리를 6년이나 견디어 냈다. 그 사이 사이 서라벌예대 등에 강사도 나갔다.

노천명은 남빛 끝동을 단 흰 한복을 즐겨 입었으며, 소리 없이 웃을 때에는 손수건으로 버릇처럼 입을 가렸다.

환도 후 이봉구가 J신문사 문화부장을 맡을 때였다. 이때 N잡지에서 원고 청탁이 왔는데, 제목은 「6·25 부역 문화인」이었다. 처음 그는 원고쓰기를 사양했지만, 6·25 회고 특집에 문화면이 빠지면 안 된다고 졸라대는 바람에 필자 이름을 다른 이름으로 한다는 조건으로 쓰기로 했다.

그러나 이것이 문단싸움으로 번질 줄은 미처 몰랐다. 이봉구는 막상 붓을 들었으나 쓰기가 어려웠다. 그래서 대충 추려 쓰고 심판대에 올랐던 사람의 이름도 모 씨라는 식으로 적었다. 물론 노천명의 경우도 예외는 아니었다.

그런데 이 잡지가 나오고 나서 큰 사건이 벌어졌다. 노천명이 N잡지사로 달려간 것이다.

"누가 썼는지 필자를 대요. 그 이름이 딴 사람이라면 그 본명을 대란 말요."

노천명은 펄펄 뛰었으나 잡지사측에서는 끝내 이름을 대주지 않았다.

그날은 그대로 돌아왔다. 그러나 내심 그 글의 필자가 자신과 사이가 좋지 않은 평론가 조연현이라고 혼자 단정을 내렸었다.

"어디 두고 보자!"

그러던 어느 날 노천명은 소공동 어귀에서 벼르던 평론가를 만나게 되었다.

"네가 무슨 원수를 졌기에 그따위 글을 썼느냐!"

시퍼래가지고 달려들자, 딱 잡아뗐다.

"무슨 뚱딴지같은 소릴……."

"뭐 이놈, N지에 고따위 글을 써놓고 이제 와서 시치미를 떼 비겁한 놈!"

아닌 밤중에 홍두깨 내밀듯 하자 조연현도 성화가 났다. 옥신각신 싸움판이 벌어졌다. 두 사람은 잡지사로 뛰어가 편집자를 을러멨다.

그는 도리 없이 이실 직고할 수밖에 없었다.

"필자는 평론가 조연현 씨가 아니라 이봉구 씨가 쓴 글이오."

누명을 벗은 평론가는 노발대발 했다.

"똑똑히 들었는가, 백주 대로에 사람 망신을 시켰으니 가만두지 않겠다!"

조연현은 소리치며 가고 뒤통수를 얻어맞은 사람처럼 노천명은 그 자리를 물러 나왔다.

이 소문을 나중에 전해들은 이봉구의 마음은 어둡기 그지없었다. 처음은 매우 불쾌하던 것이 그것도 날이 갈수록 사라지고 그녀에 대한 미안한 생각이 가슴을 저미었다.

 '외롭게 살고 있는 '마리 로랑생'을 한 번 만나서 오해를 풀어 주어야지.'

1953년 7월 27일 유엔군 수석대표 윌리엄 K 해리슨 소장과 조중 朝中 수석대표 남일 중장은 회의장에 마주 앉아 휴전협정 및 부속협정서에 서명을 마치자 서로 악수도 없이 각각 판문점을 빠져 나갔다.

클라크 유엔군총사령관, 김일성 조선인민군총사령관, 팽덕회 중국인민의용군총사령관은 각기 후방 사령부에서 협정서에 서명했다. 하지만 이승만 대통령은 끝까지 서명하기를 거부했다.

마침내 한반도의 포성은 멈추었다. 3년 1개월의 아수라장이 이 땅에서 연출되고 막을 내린 승리 없는 휴전이었다. 실로 쌍방의 인명 피해가 2백만을 넘는 피의 각축전이었다.

한반도 전체가 전투장이 아닌 곳이 없었으며, 아까운 문인들의 희생도 적지 않았다. 현대시의 기수 김기림이 납북되어 가다가 미군기에 폭사했는가 하면, 「향수」의 시인 정지용은 유엔군의 9·28 수복으로 삼팔선을 넘다가 포로가 되어 거제도 포로수용소에 수감되었다.

그러나 포로들의 신상조사 결과 그의 신분이 밝혀지자 오키나와로 이송되어 미군의 군사재판을 받게 되었다.

그때 정지용의 군사재판 광경을 우연히 참관한 사람은 아동문학가 김영수였다.

재판관은 '사형'을 선고하고 나서,

"할 말 없는가?"

하고 물었다.

"할 말은 없다. 그러나 시 하나를 읽게 해 달라."라고 간청한 정지용은 자신의 「향수」를 나직이 암송했다.

넓은 벌 동쪽 끝으로
옛이야기 지줄대는 실개천이 휘돌아 나가고,
얼룩백이 황소가
해설피 금빛 게으른 울음을 우는 곳.

　─그곳이 참하 꿈엔들 잊힐리야.

질화로에 재가 식어가면
비인 밭에 밤바람 소리 말을 달리고,
엷은 졸음에 겨운 늙으신 아버지가
짚베개를 돋아 고이시는 곳.

　─그곳이 참아 꿈엔들 잊힐리야.

흙에서 자란 내 마음
파아란 하늘빛이 그리워
함부로 쏜 화살을 찾으려

풀섶 이슬에 함초름 휘적시던 곳.

—그 곳이 참하 꿈엔들 잊힐리야.

전설바다에 춤추는 밤물결 같은
검은 귀밑머리 날리는 어린 누이와
아무렇지도 않고 어여쁠 것도 없는
사철 발벗은 아내가
따가운 햇살을 등에 지고 이삭줍던 곳.

—그곳이 참하 꿈엔들 잊힐리야.

하늘에는 섞은 별
알 수도 없는 모래성으로 발을 옮기고,
서리 까마귀 우지짖고 지나가는 초라한 지붕,
흐릿한 불빛에 돌아앉아 도란도란 도란거리는 곳.

—그 곳이 참하 꿈엔들 잊힐리야.

북에서는 또 임화, 설정식, 이원조 등의 처형설이 소문을 타고 남으로 흘러들었다.

1953년 벽두부터 당중앙위원회 제5차 전원회의에서 있은 김일성 보고 '제53차 전원회의 문헌'의 학습운동이 벌어졌다. 이에 따라 남로당 및 월북자에 대한 '사상검토사업'이 3월 들어 비롯되고, 이

‘사상검토사업’을 벌이는 동안 남로당계의 이승엽, 조일명, 임화, 박승원, 이강국, 윤순달, 배철, 이원조, 백형복, 설정식 들의 검거가 시작되었다. 그리고 7월말 이들 12명은 검사총장 이송운에 의해 최고재판소에 기소되었다.

임화는 조선민주주의 인민공화국 최고재판소의 특별군사법정에 섰다. 감방생활에서 병이 도지고 계속 기침을 하고 있었다. 두 다리는 몸무게를 지탱하기도 힘겨웠다. 변호인이 재판장에게 의자에 앉게 해달라고 청했다. 재판장은 착석을 허가하였다.

그러나 임화는 허탈한 생각뿐 그의 뇌리를 차지하는 것이 있다면, 그것은 운명이라는 명제가 그를 지배하고 있을 따름이었다.

피고의 간첩행위에 대한 물음에 그는 재판장에게 대답했다.

“나는 8·15 해방 후 문학예술 방면에서 지도권을 잡자는 야망을 갖게 되었습니다. 1945년 8월 18일 서울에서 ‘조선문화건설 중앙협의회’ 의장으로 활동하면서 조국과 인민을 팔아먹는 간첩행위의 길로 들어섰습니다.

1947년 11월 20일 월북하여 해주 제1인쇄소에 근무하던 중 조일명의 부름으로 평양에 가서 박헌영, 이승엽을 지지하는 문학예술운동을 전개하는 데 대한 이야기가 있었으므로 나는 동의하여 그 후 박헌영의 응접실에서 이원조로부터 이승엽과 만나 박승원과 연락하라는 내용을 구체적으로 받고 그 이튿날 조일명으로부터 제1차로 스파이 자료를 받아 해주로 가서 박승원에게 넘겨주었습니다.

1948년 11월경 제1차로 조일명으로부터 받은 스파이 자료는 공화국내각의 이력 문헌과 북조선 산업발전에 관한 것이었습니다. 제2차는 1949년 2월경 북조선인민경제발전 정형에 관한 자료와 남북조선노동당 중앙위원회 구성원 명단, 북조선 지역에서 소련군이 철수한 정형을 기록한 문서였고, 제3차로 건넨 자료는 1949년 4월경 인민군 병종별 병력수, 그 주둔지 위치, 사법성에서 만든 1948년의 범죄 통계표, 당정치위원회 결정서 3통, 위의 자료들을 그때마다 내가 박승원에게 건네고 그를 통해 남조선으로 보내도록 했습니다.

그 후 6·25전쟁과 함께 해방된 서울로 가서 이승엽과 만나 그로부터 군대, 정부기관의 활동과 그 시책, 상호간의 불화관계, 인민들의 사상동향, 물가 등을 탐지 보고하라는 지령을 받아 내가 지도하는 문예총의 부하들을 이용하는 방법으로 조사하여 이를 이승엽에게 전달했더니 이것이 늦었다고 이승엽으로부터 재촉을 받은 적도 있었습니다.

1950년 7월 말에는 낙동강 전선에 종군하게 되어 이 사업은 일시 중단하게 되었습니다.

1951년 7월 이승엽의 사무실에서 이강국과 함께 만났을 때 이승엽은 이강국에게 지금부터 더욱 나와 만나는 것이 좋을 것이라고 말했고 자료가 있으면 임화를 통해 보내주라고 했었습니다.

1951년 11월 이강국은 나의 사무실을 찾아와 장시우, 한병옥, 박헌영 등과 당과 정부에 대해 불평을 말한다고 하여 나는 이를 이승엽에게 전달했습니다.

또한 1952년 9월 이강국으로부터 전선의 군수물자 공급 정형이 개선되어 3개월간의 군수품이 확보된 사실, 개성 정전회담에서 인민군 측 대표보다 중국대표가 강경하다고 들은 것을 이승엽에게 전달했습니다.

이리하여 나는 1946년 미군정청 공보처에 자료를 제공한 때로부터 1952년 9월까지 위와 같은 스파이행위를 하였습니다."

재판장은 임화의 자의진술은 이로써 끝났다고 말하고 검사에게 심문하라고 했다.

－CIC와 연계를 가졌다고 했는데, CIC란 어떤 기관인가?

－미국의 정보기관입니다.

－언더우드와 만나 통역 없이 말했다고 하는데, 어느 정도 의사가 통했는가?

－그는 조선 사람과 비슷할 만큼 조선말에 능통해 의사는 충분히 통했습니다.

－언더우드와 만났을 때 문화 사업에 대해 공보처와 연락관계를 가졌다고 했는데, 그 내용은 무엇이었는가?

－그것은 문학에 있어서 프롤레타리아의 계급성을 배제하고 미제의 어용문학으로서의 조선 문학의 확립과 그 방침 등이었습니다.

－일본제국주의시대에 피고가 했던 문학운동은 계급적 문학운동이었던가?

―아닙니다. 그것은 일제의 어용문학이었습니다.

―미군의 환영 사업을 조직한 일이 있는가?

―약 3백 명의 문화인을 조직하여 미군 환영시위를 한 적이 있습
니다.

 (…중략…)

―언더우드, 로빈슨은 어떤 사람인가?

―언더우드는 CIC소속이며, 로빈슨은 공보처의 책임지도자입니다.

이때 판사가 질문을 던졌다.

―그들과 몇 번 만났는가?

―세 번 만났습니다.

―이승엽과의 관계에 있어 스파이자료를 전달한 횟수를 말하시오

―박승원에게 연락한 것이 6회, 서울에서 문화단체를 통해 수집
한 군사, 정치, 경제, 인민의 동향 등의 자료를 제공한 것이 1회였습
니다.

판사가 다시 질문을 던졌다.

―이른바 신내각에서 피고의 지위는 무엇인가?

―교육상입니다.

판사는 다시,

―장시우, 주영하를 부수상으로 추천한 이유는?

―그들이 우리들과 친하고 특히 박헌영과 친하게 지냈기 때문입
니다.

─검사, 보충설명은 없습니까?

─없습니다.

─변호인 보충설명은 없습니까?

이때 변호인이 일어서서 물었다.

─이승엽이 38도선을 시찰할 때 그와 동행한 것은 무엇 때문이었습니까?

─옹진지구까지 동행했는데, 이승엽의 스파이활동을 직접적으로 돕기 위해서였습니다.

여기서 재판장은 휴정을 선언했다.

이 같은 이승엽 등 12명에 대한 최고재판소의 재판은 1953년 8월 3일 시작되어 6일에는 판결이 선고되었다. 검사의 구형대로 이승엽, 조일명, 임화, 박승원, 이강국, 배철, 백형복, 맹종호, 조용복, 설정식에게 사형 및 전 재산 몰수, 윤순달에게 15년 및 전 재산 몰수, 이원조에게 징역 12년 및 전 재산 몰수라는 형이 내려졌다.

그러나 박헌영에 대한 재판은 2년 4개월이 지난 1955년 12월 3일 기소되어 미고용간첩의 죄명으로 최고형을 선고받게 된다.

북의 이러한 숙청은 북녘뿐 아니라 남한의 문화계, 그리고 산속의 빨치산에게도 그 파장은 크게 번졌었다.

판문점에서 휴전협정이 조인될 무렵, 박인환은 가족을 이끌고 서울의 옛집으로 돌아왔다. 시가지 곳곳에, 명동거리에는 잡초가 자라

나 사람의 키를 넘었다. 폐허가 된 서울, 명동에 돌아와 불탄 자리를 홀로 거닐어 보는 박인환의 심정은 삭막함뿐이었다.

그러나 명동은 피난지에서 돌아온 문인들, 화가들, 음악인들과 함께 다시 살아나고 있었다. 청춘의 고향 명동에는 잿더미가 되어 방황하는 집시의 무리들이 하나, 둘 모습을 드러내고 있었다.

환도 후 박인환은 영화 쪽에 기울어 영화평도 가끔 써서 고료를 타면 이봉구, 김훈, 이봉래들과 어울려 술을 마시다가 자랑삼아 늘어놓았다.

"좋은 감독이 있으면 영화에 주연을 해보고 싶은데……"

어느 날 <제3의 사나이>의 시사회 때 일이다. 중간에 별안간 그가 일어서더니 뒤쪽에 앉아 있는 백철을 돌아보면서,

"여깁니다. 이것이 영화에요. 백철 씨 아십니까!"

하고 불쑥 튀어나오는 바람에 모두들 배꼽을 쥐고 백철을 어리둥절하게 만들었다.

그는 이 시사회를 보고 나서 흥분을 억제하지 못했는지 이렇게 털어 놓았다.

"<제3의 사나이>에서 친구와 만나기 위해 위험도 겁내지 않고 웃음을 띠고 태연히 걸어오는 라임의 모습이나 어두운 언덕에서 담배를 피워 물고 레스토랑을 내려다보는 라임은 오랫동안 내 마음에 그 인상적인 표정을 투명해 주는 것이다. 마지막 그가 두 손을 망홈에서 내밀고 아래서 총을 겨누고 있는 조셉 코튼을 바라볼 때의 냉

정한 체념에 가까운 얼굴은 모든 불길했던 인생의 최후적인 순간의 모습을 그가 혼자서 상징해 주는 것이 아닐까."

박인환은 주로 이봉구, 이진섭, 이봉래, 화가 김훈 들과 자주 어울려 술을 마셨는데, 고료라도 타는 날엔 이런 친구들과 처음엔 스탠드 바, 나중에는 대폿집에서 떠들다가 자신의 상고머리를 험프리 보가트를 본뜬 머리라고 기분을 내면서.

"머리가 길다고 예술가답다는 생각은 이미 낡은 세대의 유물이야. 구역질나서 볼 수가 없어."

초조와 흥분 때문인지 그의 성격은 칼 같았고 다방에서도 일어났다 앉았다 하면서 담배를 연거푸 피워 무는 것이었다.

그러나 그의 이러한 경박함과 다변 뒤에는 고독과 소외의 그림자가 짙게 드리우고 있었다.

그는 오욕의 지난날에 괴로워하는 외로운 아킬레스였다. 박인환의 여자에 대한 찬미의 감정은 대단한 것이지만, 그가 특히 사랑한 것은 책이었다. 6·25 직후 인공치하의 3개월 동안에도 그는 장서들을 가지런히 꽂아놓고 먼지 하나 없이 잘 정돈했었다.

그의 책에 대한 수집벽은 남다른 것이었다.

『한국일보』에 근무하는 김규동을 찾아가 "오석천 선생을 만나러 왔어." 하면서 어물어물 앉아 있다가 손에 집히는 대로 아무 책이나 슬쩍 집어가곤 했다.

그즈음 '모나리자'의 홍마담은 8년간이나 경영하던 다방을 팔아

버리고 새로운 애인을 따라 어디론가 사라져 버렸다.

'화가'로는 김영주, 백영수, 김용환이 단골로 드나들고 김광주, 박계주, 박인환, 이봉래, 김규동, 조지훈, 이한직 들의 문인과 이순재가 노상 드나들며 차를 들고 있었다.

'모나리자'의 주인은 갈렸지만 손님은 예나 다름없었다. 수요일 오후면 나와서 차를 들고 가는 마해송은 검은 안경을 코에 걸고 단정히 앉아 누가 양담배를 권할라치면,

"아니오. 나는 이 담배가 좋아요."

손을 내흔들면서 국산담배 '백양'을 피우고 있었다. 주량도 막걸리 대포 서너 잔이 고작이었지만, 마음 맞는 친구와 어울려 마시다가 술값은 꼭 자기 주머니에서 치르고 나갔다.

'모나리자'에 모이는 손님은 그 옆 골목 안 술상 하나에 안주는 두부 하나를 놓고 마시는 '두붓집'이 생겨 노상 거기에 드나들면서 고독을 달래었다. 이 집 주인의 너그러운 마음씨에 반했는지 작곡가 윤용하는 이 집에 죽치고 앉아 있었다.

6·25 때 강원도 홍주 땅에 잠시 피신했던 그는 일사후퇴 때는 항도 부산으로 다시 옮겨 있었다. 부산에 피난 가서는 남포동 모퉁이에 자리 잡고 있는 '밀다원'에서 아는 얼굴들을 만나 하루에도 몇 번씩 울적한 심정을 달래었다. 그는 작곡가이면서 여느 음악인보다 시인이나 아동문학가들과 사귀기를 좋아했다.

그러나 그는 현실과 타협을 모르는 음악가였다. 비뚤린 현실과는

늘 거리를 두고 지냈다. 어쩌다 돈벌이가 되는 대중음악의 일거리를 친구가 권하면,

"내가 예술 하나를 생명으로 알고 살아 왔는데, 이제 와서 그걸 버리라고? 안 될 말이야!"

그래서 가난은 운명과 같이 되어 버렸고 의탁하는 것은 술뿐이었다. 한번은 조지훈과 마주 앉아 술을 마시던 그는 부들부들 떠는 손으로 대폿잔을 들어 검푸른 입술에 가져가면서 속마음을 실토했다.

"조형, 내가 술에 미치는 것은 세상에 대한 저항이요. 썩어빠진 것들을 단숨에 내 위장 속에 처넣기 위해서요."

지독한 독설이요, 항거였다.

"자유당 정권은 다 썩었어. 전쟁의 책임을 지고 나라의 최고 책임자는 당장 물러가야 하거늘, 무슨 사사오입四捨五入 개떡 같은 소리들이야!"

조지훈의 술주정은 더욱 신랄하고 당장 파출소에서 모셔갈 소리들이었다. 그의 이러한 정의감 뒤에는 「낙화」와 같은 서정을 간직한 시인이었다.

그는 술주정과 격정을 쏟아 놓다가도 홀연 옛 시심으로 돌아와 자신의 애송시를 소리 내어 읊었다.

이렇게 단골이 북적이는 '모나리자'에 뜻하지 않은 사건이 벌어졌다.

어느 날 화가 김세용이 다방문을 들어서자 비수를 겨누듯이 소리

쳤다.

"이봉래 어디 있느냐?"

무슨 날벼락인가 싶어 어리둥절해 있는데,

"뭐, 내 그림이 어쩌고 어째! 무슨 감정이 있기에 내 그림에 난도질이야……."

"감정은 무슨 감정…… 내가 느낀 대로를 쓴 것뿐이오."

"좋다. 이놈 맛을 보여 주겠다!"

그가 품에서 비수를 빼들고 달려들자 이봉래는 후다닥 칼을 피해 문밖으로 달아나 버렸다.

문화인이랍시고 술주정이다 뭐다 속을 썩여온 마담은 그 광경에 그저 오들오들 떨고만 있었다.

그런데 '모나리자'는 또 마담이 갈리었다.

그 마담이 갈리고 나서 이 다방의 단골인 김동리 등이 명동파출소에서 충무로로 휘도는 맞은편 2층 다방 '갈채'로 모여들기 시작했다. 여기에 조연현, 손소희, 박기원이 가세되어 '현대문학'의 산맥을 이루는 갈채시대가 열리게 된다.

그들이 떠난 '모나리자'는 명곡 대신 일부러 유행가를 틀어대자,

"참 무식하고 잔인한 장사치로군요."

법대를 다니던 전혜린이 투덜대며 '돌체'로 가 버렸다. 전쟁 때 폐허가 된 옛터에 집을 세우고 2층에 명곡 감상실 돌체를 내니, 색다른 음악 팬들의 사랑방이 되기에 충분했다.

평남 순천順川이 고향인 혜린은 해방 후 경기여중을 시작으로 중고 시절을 서울과 부산에서 보냈다.

그녀는 음악을 좋아했지만, 늘 영원한 물음이라는 명제를 안고 살아가면서 '자신은 어디서 왔는가'라는 화두에서 도망치려는 삶이었다. 검은 머플러에 큰 눈동자를 굴리면서 무심코 튀어나오는 그녀의 한마디 말은 매혹적인 센스가 번득였다.

그 중에서도 '권태'와 '광기' 이 두 낱말은 그녀가 자주 입에 올리는 말이었다.

그날도 이봉구는 문학소녀 전혜린을 데리고 '포엠'으로 발길을 옮기고 있었다.

맥줏집 마담은 노랑저고리에 자주 끝동, 초록색 치마를 입고 초롱초롱한 눈동자로 손님을 맞이하였다.

리베라 몇 잔에 홍이 난 박인환, 이진섭, 김은성, 천경자, 김종문, 이봉래, 김수영 등 패거리들이 마시고 떠들고 밤마다 불야성을 이루었다. '포엠'에서 리베라 위스키를 마시다 기분이 나면 김은성은 이진섭, 박인환을 차에 태워 서린동의 '야래향'으로 향했다. 새로 문을 연 이 양주집은 여자가 없는 게 특색이었지만, 진 휘스, 스카치, 찐, 코냑, 조니 워커, 샴페인이 죽 진열된 술병만 보아도 절로 눈이 부시고 황홀해지는 것이었다.

이 무렵 새로 문을 연 '동방살롱'은 제2의 모나리자 시대를 맞이하고 있었다.

‘동방살롱’이 문화인의 다방으로 3층 건물 아래층에 새로 문을 열었다. 이 건물은 젊은 실업가 김동근이 예술인들을 위해 세운 동방문화회관으로 3층은 회의실, 집필실, 아래층은 문화인의 살롱으로 제공되었다.

모나리자에서 ‘갈채’ 다방으로 옮긴 문인들이 주로 ‘현대문학’에 글을 쓰는 문협파인 데 대해 ‘동방살롱’에는 자유분방한 문인들과 영화인, 연극인들이 부스스한 얼굴로 따분한 시간을 보내고 있었다. 염색한 군복 오버를 입은 김승호와 주선태가 아침부터 무표정한 얼굴로 앉아 있었고, 이런 속에서 박인환이 번역한 테네시 윌리엄즈의 <욕망이라는 이름의 전차>가 이해랑 연출로 시공관에서 극단 <신협>공연이 있었다.

이해랑은 마치 연극을 위해 태어난 사람 같았다.

그 무렵 ‘후반기’에 속했던 시인들이 제가끔 자신의 세계와 목소리를 내고 개인시집을 묶어냈다. 1955년 가을 김규동이 첫시집『나비와 광장』을 냈는가 하면 조병화의 제5시집『사랑이 가기 전에』가 선을 보여 젊은이들의 인기를 독차지했다.

또한, 장만영이 경영하는 산호장에서 박인환은 첫시집『박인환 선시집』을 출간하였다.

이 선시집이 나오자, 아직 풀이 마르지도 않은 견본을 들고 그는 가까운 친구들에게 돌리기 바빴다.

“병화, 내 시집 나왔어, 술 한 잔 하자.”

두 사람은 '동방살롱' 건너편에 있는 순두부집으로 들어섰다. 그들은 대낮부터 마시기 시작했다. 무슨 큰일이 난 것처럼 흥분에 싸여 술잔이 오가면서 인환은 자작시 「검은 강」을 읽어 내렸다. 병화는 시신에게 홀린 것처럼 그의 흥분 속에 말려들고 있었다. 몇 달째 월급이 밀리고, 신문 파지를 모아 시집을 찍어 냈으니, 박인환이 그렇게 흥분하는 것도 무리는 아니었다.

그러나 『박인환 선시집』은 제본소에서 책을 찾기도 전에 원인 모를 화재로 불타버리고 말았다.

시집이 나오자, 동방살롱 3층 회의실에서 박인환의 선시집 출판 기념회가 성대히 열렸다. 백철의 축사에 이어 조경희는 「목마와 숙녀」를 숙연히 읽어 내렸다.

한 잔의 술을 마시고
우리는 버지니아 울프의 생애와
목마를 타고 떠난 숙녀의 옷자락을 이야기한다.
목마는 주인을 버리고 거저 방울소리만 울리며
가을 속으로 떠났다. 술병에서 별이 떨어진다.
....

이렇듯 그의 시 속에 담겨진 언어들은 매우 어둡고 침울했다. 마치 어떤 종말을 내다보고 있는 듯이 말이다.

그러나 이 날은 온 명동이 박인환의 날이었다. 시낭송에 이어 현

인효仁의 구슬픈 노래와 김훈의 멋들어진 샹송, 장만영 등 수많은 문인, 화가, 영화인들이 자리를 메우고 그의 부인과 아이들이 나왔다. 그의 부인 이정숙은 시종 눈을 아래로 내리깔고 축제 분위기에 뿌듯해 있었다. 아래층 다방에서 차를 끓여 3층으로 올려 보내는 마담이나 아가씨들도 이 날은 유독 진한 커피를 끓이느라 신이 났다.

동방살롱은 가히 전후파 문인들의 메카였다. 그들이 자주 다니는 삼미정 술집이 외상과 세금 때문에 문을 닫게 된 날, 그 술집 주인은 아쉬운 듯 동방살롱에 들렀다. 그들에게 일일이 술값 대신 맡긴 신분증과 라이터, 만년필 따위를 돌려주었다.

외상값을 받는다기보다 헤어지는 것이 섭섭해 나타난 것이었다.

그때 박인환은 불현듯 '동방살롱'에 들어섰다.

"삼미정 앞에 웬 이삿짐이야?"

삼미정 주인이 트럭에다 가득 세간을 실어놓은 것을 보고 하는 말이었다.

그가 자초지종을 설명하자 박인환은 대뜸 아가씨를 부르더니,

"빨리 밀크커피 한 잔 이 영감님 대접해."

하고 싫다는데도 차를 대접하고는 능청맞게 말했다.

"영감님, 외상값은 염려 마십시오. 제가 아는 사람에 한해 받아 드릴 테니 가끔 이곳에 들러 주십시오."

"오늘로써 술값을 잊기로 했으니 그런 걱정은 마십시오. 앞으로 정말 변치 말기를 바랍니다."

정들었던 술집 영감이 떠나던 날도 박인환은 술을 마셨다.

1956년 이른 봄 '동방살롱'에는 송지영, 박인환, 나애심, 이진섭
네 사람이 차를 마시다가 그냥 헤어지기가 아쉬워 바로 길 건너 빈
대떡집으로 들어섰다. 카운터에 걸터앉아 얼근히 취하자 진섭이 일
어서 먼저 노래를 불렀다. 다음은 가수 나애심에게 한 곡조 뽑으라
고 졸랐으나 좀처럼 노래는 나오지 않았다. 그러자 박인환은 백지
를 펴놓고 즉석에서 시를 쓰고 진섭은 그 시에다 곡을 만들었다. 가
사와 곡을 들여다보던 나애심은 절로 흥이 솟구치는지 자리에서 일
어나 구성진 목청으로 노래를 불렀다. 그녀가 노래를 마치자 셋이
서 합창을 하고 송지영은 손바닥으로 카운터를 두들기면서 한껏 흥
을 돋웠다.
　이렇게 한바탕 판이 벌어지고 나서 송지영과 나애심은 돌아가고
이차로 빈대떡집 깨진 유리창 안에는 명동 상송 <세월이 가면>이
흘러나오고 있었다.
　이번에는 나애심의 맑고 구성진 목청 대신 육중한 몸집과 성량을
자랑하는 임만섭이 악보를 펼쳐놓고 목청을 가다듬기 시작했다.

지금 그 사람 이름은 잊었지만
그의 눈동자 입술은
내 가슴에 있네

길 가던 행인들이 빈대떡집 문 앞으로 모여들건 말건 곁에 앉은 손님들이 눈을 흘기건 말건 아랑곳없이 세 사람의 입에서는 쉴 새 없이 명동 상송이 흘러 나왔다.

빈대떡집 마담이 투박한 경상도 사투리로,

"상고머리! 어쩔라고 그런 노래를 지어 남의 애간장을 다 녹일꼬?"

"술이나 더 가져 와……."

"또 외상할라꼬……."

"술값 떼먹을까 싶어?"

"언제 갚을라꼬."

눈을 흘기면서도 마담은 술 한 주전자를 빈 그릇에 새로 부어 놓는다.

"꽃 피기 전에……."

"돈이 없어 못 사온다."

야윈 얼굴에 오뚝한 콧날의 여인은 담배를 꼬나물고 창밖을 내다보다가도, 세 사람의 입에서 명동 상송이 흘러나올 땐 살금 눈물을 훔치고 나서 사환아이를 심부름시켜 보냈다.

"예, 북언지 마른안준지 서너 마리 사와라."

그러는 동안 손님이 좀 뜸한 사이를 틈타 마담은 그들 가까이 와서 술잔에 술을 따라 주기도 했다.

인환의 잔에 술을 따르다 말고,

"무슨 사연이 있는 노래지, 그지?"
그 말에는 대꾸도 없이 인환의 입에서는 노래가 흘러나오고 있었다.

바람이 불고
비가 올 때도
나는 저 유리창 밖
가로등 그늘의 밤을 잊지 못하지.

사랑은 가고
과거는 남는 것
여름날의 공원
그 벤치 위에
나무 잎은 떨어지고
나무 잎은 흙이 되고
나무 잎에 덮여서

우리들 사랑이 사라진다 해도
지금 그 사람 이름은 잊었지만
그 눈동자 입술은 내 가슴에 있네

내 서늘한 가슴에 있네.

"정말 상고머리 땜에 못 살겠어."
"나 때문에……."

“그 샹송인지 송장인지 남의 애간장을 태우니께……”

짐짓 투정을 부리면서도 마담은 명동 샹송을 배우겠다고 기를 쓰고 따라 불렀다.

이렇게 ‘명동 샹송’은 발표회를 가졌다.

새벽같이 뛰어나와 문학의 메카 ‘동방살롱’을 드나들고 자리에 앉으면 한시도 가만히 있지 못하는 박인환이었다.

부지런히 원고를 쓰고 원고료를 받으러 다니며, 밤이면 퇴계로에 있는 ‘포엠’으로 달려가 실컷 기분을 내다가 집에 돌아가곤 하였다.

하루는 이봉구와 ‘동방살롱’ 문 앞에 서서 담배를 물고는 근심어린 표정으로,

“돈 좀 가지고 가야 하는데……”

“왜?”

“쌀이 동이 났어.”

“큰일 아니가……”

“누가 돌려준다 했는데 약속을 어겼으니 참!”

“자, 술이나 마시자.”

“기왕이면 조니 워커나 피즈로……”

“그런 돈은 없어.”

“또 소주?”

“야, 소주는 술 아니가?”

삼미정이나 빈대떡집에 들어가 술을 마시다가도 어딘가 다녀오

겠다며 바삐 밖으로 뛰어 나갔다.

하루는 대낮부터 진섭과 취한 얼굴로 다방에 들어와 봉구더러 진짜 상송을 들어보지 않겠느냐는 것이었다.

"상송은 김훈이라야 해."

상송은 장안에서 김훈을 따를 사람이 없다며 인환이 그를 찾아 가자고 이끌었다.

화가 김훈은 한국은 무식해서 살 수 없다고 하루 빨리 파리로 떠나야 한다고 입버릇처럼 뇌는, 상송의 진수를 아는 화가였다.

어디서 구했는지 조니 워커 한 병을 들고 술집을 찾은 박인환은 김훈의 상송을 들을 때면 무아지경이 되었다. 그의 뒤를 이어 제2 인자를 자처하는 이진섭이 <빠리 카넬레>를 노래하고 거리로 나온 술꾼들은 비틀거렸다. 인환은 노상 김은성, 이진섭, 이봉래, 김훈 들과 술에 취해 거리에서 다방으로, 다방에서 술집으로 돌아다녔다.

어느 날 밤 인환은 얼근해 가지고 이봉구 앞에 나타났다.

"술에 취했군!"

"빈속에 마셔 댔으니……."

이상李箱의 이야기가 S문학지에 나오던 날 흥분의 절정에서 인환은 빈속에 술을 들이켰다.

3월 열이렛날 ―이날은 이상이 죽은 날로, 가까운 벗들끼리 모여 한 잔 마시자는 것이 인환의 계획이었다.

한낮이 지나 살롱 앞 왕관이라는 술집에 인환을 비롯해 이진섭,

천경자, 변호진, 이봉구가 모여 앉았다.

술잔이 돌았다. 첫 잔은 이상을 위해, 둘째 잔은 이상의 애인을 위해, 셋째 잔은 명동의 상송을 위해 마시고 나서 노래가 시작되었다. 이상이 즐겨 불렀다는 <글루미 선데이>에 이어 명동 상송 <세월이 가면>을 합창으로 불렀다.

그날은 무슨 예감 때문인지 그토록 흥분해 술을 마시고 노래하고 떠들던 사흘 뒤인 3월 스무날이었다.

그는 아침도 못 먹고 뛰어나와 가락국수도 사먹지 못하고, 무거운 겨울 외투를 그대로 입은 채 김훈에게 자장면 한 그릇을 얻어먹은 후 집에 돌아가 갑자기 이 세상을 떠나 버렸다.

그런데 그는 김훈과 헤어지고 나서 곧바로 집에 가지 않고 유두연, 이진섭, 이봉래들과 종로의 혜원에서 술을 마셨다.

그 즘 부쩍 심해진 술주정 때문에 친구들은 꺼려하는 기색이었다. 한두 잔 마시다가 박인환은 속이 안 좋다며 생위단을 사오게 하여 그것을 먹었다. 그리고 자리를 벌떡 일어나,

"내일 휘가로에서 만나자."

하고 손을 흔들면서 휘청휘청 술집을 걸어 나갔다. 돌아가는 길에 그는 김순기를 만나 신신바에서 다시 한잔을 하고 집을 향했다.

집에 돌아온 그는 몹시 불편한 듯,

"생명수를……."

그리고는 미처 말을 맺지 못한 채 쓰러졌다.

3월 21일 새벽 갑작스런 박인환의 부음에 놀란 친구들은 그의 세 종로집으로 모여 들었다.

차디찬 방에 꼿꼿이 누워 그는 죽어서도 눈을 뜨고 있었다.

뚫린 방바닥에 흙먼지가 나와 있고, 쌀 한 줌 없이 싸늘하게 식어 있는 냉방에 앉은 친구들은 비로소 그의 가난을, 그의 처절한 자존심을 실감할 수 있었다.

송지영은 시신의 눈을 감겨 주고, 김은성은 코트 주머니에 넣어 온 조니 워커 한 병을 꺼내,

"몹쓸 친구, 그 좋아하던 이 술 한잔 더 마시지 않고……."

하고 울먹이면서 박인환의 부친에게 양해를 구한 후 시신에게 술을 한잔 따라 주었다.

다른 선배와 친구들도 시신에게 한잔씩 따랐다. 그날 밤 조문객들은 모두 많이 마시고 떠들면서 밤을 새웠다.

장례식 날 많은 문우들이 모인 가운데 모윤숙의 시 낭독이 있고, 조병화가 조시를 읽을 땐 식장은 오열로 가득하였다.

"쌀이 떨어지고 철 지난 외투를 입고 다녀도 내 죽은 후엔 인세를 받아 살아갈 수 있을 거야!"

시인의 예언이었을까. 인환은 죽기 얼마 전부터 아내 정숙에게 입버릇처럼 이런 말을 뇌곤 하였다.

그의 관 뒤엔 수많은 선배와 친구들이 망우리 묘지까지 따랐고, 관속엔 다정한 벗들이 조니 워커와 카멜 담배를 넣어 주고 흙을 덮

었다.

‘동방살롱’에 나와 차를 마시던 설립자 김동근은 “박인환의 죽음은 이 땅의 비극이요, 하나의 자살행위”라고 했다.

“봄이 가고 여름이 오는데도 어제일 같고, 금방 박인환 씨가 문을 열고 들어설 것만 같아요. 저 구석에서 급하게 차를 마시고 있는 것 같고.”

박인환의 죽음을 안타까워하던 김동근이 문총 주최 ‘문화인 카니발’에 놀러 갔다가 마포강 밤섬에서 그만 인원 초과로 배가 가라앉는 바람에 그의 외아들과 함께 숨을 거두었으니, 이 무슨 아이러니일까.

그의 장삿날은 새벽부터 비가 억수로 쏟아졌다.

“이 비야말로 김동근의 눈물이요, 명동거리의 눈물이다. 실컷 맞으며 떠나보내자.”

문화인을 위해 원대한 사업을 벌이다 요절한 사업가를 위해 조객한 사람이 소리쳤다.

김동근을 떠나보낸 지 한 달 가까운 어느 날 박고석이 ‘동방살롱’으로 달려와 슬픈 소식을 알렸다.

“중섭이가 적십자병원에서 어젯밤 숨을 거두었어!”

불우한 천재화가 중섭은 병원에서 처자도 못 본 채 외롭게 죽어간 것이다.

이중섭은 그가 운명하기 전에도 전람회를 열었었다. 미도파 화랑에서 열린 그의 개인전에는 유화 41점, 연필화 1점, 은박지 그림, 소묘 등 10여 점이 전시되었다. 그 중 30여 점이 팔려 나갔으나 그의 수중에는 돈이 들어오지 않았다. 중간에서 돈이 들어와도 술집으로 가기 바빴다.

그의 실의는 이만저만이 아니었다. 더욱이 일본행마저 좌절되고 보니 점점 자학 속에 빠져들고 있었다.

그는 대구에서 발병하자 김이석이 서울로 데려와 수도육군병원에 입원시켰다. 그러나 유석진 원장이 제대하자 퇴원하여 친구 하숙집에서 지냈다. 이때는 식음 거부 증상이 심해 밥상이 들어와도 그는 밥 먹기를 거부했다.

"내가 밥을 먹으면 한 끼를 굶는 사람이 생길 터…… 그러니 어떻게 밥을 먹겠나?"

나중에는 온종일 방안에 드러누워 냉수만 들이켜면서 아무 말도 하지 않았다. 그가 죽기 한 달 전쯤엔 조카 영진의 고모집에서 반듯이 누워 말똥말똥 천장만 쳐다보고 있었다. 친구가 말을 걸면 살금 고개를 돌려 엷은 미소만 지어 보였다.

이중섭이 미쳤다는 소문이 돌기도 했지만 청량리뇌병원에서는 정신 이상이 아니라는 진단을 내렸다. 그는 적십자병원으로 옮겨졌다. 그의 병명은 간장염이었다. 숨을 거둔 뒤 그의 시신은 사흘 동안이나 시체실에 있었는데 뒤늦게 친지들이 알고 달려 와 오열을 터뜨렸다.

"에잇, 불쌍한 놈……!"

그는 어려서부터 소를 좋아했고, <용을 쓰는 흰 소>, <발광하는 소>, <황소>, <소와 새와 게>, <걸어가는 소> 등 자아의 화신처럼 소 그림을 많이 그렸던 강인한 개성의 화가였다. 이중섭의 관이 적십자병원에서 홍제동 화장장으로 가는 길엔 구상, 한묵, 김광균, 박고석, 김영주, 정규들이 그 뒤를 따르고 있었다.

아까운 예술가가 하나 둘 명동에서 모습을 감추고 해가 바뀌었다. 신록이 고비를 넘는 6월 16일 노천명이 또 세상을 떠났다. 그는 강의도 나가고, 집필도 계속했는데 이른 봄 갑자기 길거리에서 쓰러졌다. 곧바로 청량리위생병원에 입원했다.

1호실에 입원한 천명은 의식을 회복하자 벽에다 원고지를 대고 글을 썼다. 치료비를 벌기 위해서였다. 그의 병명은 뇌빈혈이었다. 좀 회복되는 기미가 보이자 퇴원해서 누하동 집에서 정양을 했다.

그러나 이미 그는 죽음을 예감하고 있었다. 흐트러지지 않은 매무새로 문병 간 친구들에게 밝은 얼굴을 해 보였다.

이름 없는 여인이 되고 싶다던 노천명은 시인의 이름만을 남기고 갔다.

마흔 여섯의 아쉬운 나이를 은사인 일석—石은 한 편의 시조로 애도해 주었다.

기구한 천명天命으로, 애련한 천명으로
오기도 천명이요, 가기도 천명인가

천명을 다 하였다고는, 믿어지지 않는다.

그의 영결식은 명동 성당에서 문인장으로 치러졌다. 김광섭, 이헌구, 최정희, 조경희, 손소희, 전숙희 등, 정다웠던 얼굴들 속에 이봉구의 얼굴도 끼어 있었다.

'설마 죽어서까지 오해를 품고 있지는 않으리라.'

영결식을 마치고 돌아오면서 봉구는 "나에게 레몬을……." 하고 숨져간 노천명을 위해 레몬 한 개를 사서 손에 쥐었다.

명동에 나간 지도 오랜 어느 봄날 이봉구는 책장 위에 놓인 노란빛 레몬을 바라보면서 목이 긴 「사슴」을 문득 떠올렸다.

잃어버린 예술혼의 향수

─장편소설 『명동 시대』에 대하여

신규호(문학평론가)

머리말

문학 그 중에서도 서사양식인 소설문학은 실생활과 밀접한 관련을 맺는다. 특히 역사소설은 그것 없이는 아예 쓰일 수가 없다.

그렇다고 창의력의 발휘 없이 실생활을 그대로 기록하는 데 그친다면 '역사' 그 자체와의 구별이 서지 않아, 필경은 독자로부터 외면당하고 만다.

한편 개인이나 국가나 자신의 과거에 대해 깊은 관심을 가지게 마련이니, 이는 과거가 바로 현재를 있게 해 준 뿌리이자, 장차 전철을 밟지 않게 해 줄 미래의 등대이기 때문이다.

이런 관점에서 본다면, '8·15해방부터 6·25전쟁 그리고 휴전까지 이 땅 예술인들의 삶의 궤적을 추적한 실명소설' 『명동 시대』는 매우 의의가 큰 작품임을 짐작하게 된다.

실은 8·15광복 50주년이 벌써 지나고 한 세기가 바야흐로 저물어 가고 있음에도 불구하고, 수많은 시인·작가들을 등장인물로 내세워, 해방 공간과 6·25의 격동기를 조명하여 창작한 실명소설은 창작되지 않았기 때문에 적잖은 놀라움까지 자아내게 한다.

원래 실명소설은 사실과 허구 사이를 넘나드는 관계로 애로가 많고 한계에 부닥치기 쉽기 때문이다.

1. 사실事實의 추구追究

'실명소설'은 등장인물의 이름을 밝혀 쓰는 작품이므로 무엇보다도 허위는 절대 금물이다. 우당 안도섭은 『명동 시대』를 쓰는 데 있어 이 점에 각별한 주의를 기울인 흔적이 역력하다. 개개인의 사생활은 물론, 민족적 사건 기술에 있어서도 사실을 추구하려는 노력을 기울여 나갔다. 50년에 가까운 문단 활동과 언론계의 경력, 해박한 지식과 끈질긴 탐구로 방대한 자료를 수집하고 검토하여 사실을 추구하려고 힘썼기 때문이다.

발단부터 나오는 '박인환朴寅煥'이나 또 다른 중심인물의 한 사람인 '임화林和'에 관한 삽화나 가족 관계 기술 등이 그 좋은 예가 된다.

배인철의 피격 사건 용의자로 지목된 박인환은 원서동의 친척 집에 세 들어 살고 있었다.

박인환朴麟煥의 문패가 붙은 원서동 집에 난데없는 형사대 4~5명이 몰려와 권총을 들이대며 으름장을 놓는다.

"여기가 박인환의 집인가?"

"그렇소만……."

"박인환을 내놓으쇼"

"내가 박인환이요"

"당신처럼 영감탱이가 아냐."

이렇게 화살이 빗나가고 있을 때 지붕에 올라가 동정을 살피던 형사 하나가 담장으로 뛰어내리면서 소리쳤다.

"이런 망측한 일을 보았나. 그럼 시 쓰는 박인환과는 어찌 돼요?"

"친척이지요"

발음상의 동명이인이어서, 시인 자신은 바로 옆집에 있었으면서도 화를 면할 수 있었던 것이다.

이번에는 임화의 가족에 관한 대목을 읽어보자.

임화의 고향은 마산이고 지하련은 거창 출생이다. 첫째 부인 이귀례는 이북만李北滿의 누이동생인데 그녀와 헤어지고 지하련은 그의 두 번째 부인인 것이다.

1934년 4월과 5월 카프의 간부들에 대한 검거선풍이 일었을 때 임화는 신설동 탑동승방에서 폐결핵을 치료하고 있었다. 전주에서 있은 카프의 제2차 검거 때였다. 이기영, 백철, 박영희, 한설야 들이 옥살이를 하고 있을 때 임화는 탑골 승방에서 병을 치료 중이었고, 이귀례와는 이혼설이 나돌고 있었다.

이러한 사실 추구의 태도는 한낱 희화적 삽화나 해방 전의 사건 소개에서만 드러난 것이 아니고, 정작 8·15 해방공간의 좌우익 문단의 대립상을 직시하게 하는 데 더욱 두드러지게 발휘된다.

먼저, <조선문학가동맹>의 모태인 '전국문학자대회'가 개최된 YMCA대강당이 소개된다.

대회 초대석에는 소련 총영사 사브신이 동부인해 앉아 있고, 박헌영 대리로 이주하가 자리해 있었다.

임화의 주재로 열린 대회는 이태준의 대리 개회사 낭독에 이어 회원 점호가 있고, 김광균의 동의로 의장 5명이 선출되었다.

의장에 이태준, 김태준, 임화, 이기영, 한설야, 서기에는 홍구가 만장의 박수를 받고 신임을 얻었다.

뒤이어 오장환이 일어섰다.

"본 회의에 들기 전에 일본 제국주의 쇠사슬에서 조국을 해방시키는 데 영웅적인 희생을 치른 연합국의 진보적 작가, 미국의 압튼 싱클레어 씨, 소련의 니콜라이 치호노프 씨, 중국의 코메이죠[郭沫若]씨를 본회의 명예 회장으로 추천합니다."

이어서, 이에 맞서 결성된 <조선문필가협회>의 활동이, 그 산하 단체인 '조선청년문학가협회'의 기수 김동리에 의해 그려진다. 그는 작가 이봉구와의 대담을 통해 '계급 대신 민족이라는 말을 쓰는 것은 일종의 카무플라주' 임을 강조하는가 하면, 신진 평론가 김동석,

이병철 등과 논전을 벌이는 것이다.

　김동석의 주장인즉, 현민玄民이나 춘원이 재사이듯이 김동리도 재사인 것은 틀림없다는 말머리로 시작하여, 그의 순수문학이란 일종의 관념론으로 우물 안 개구리라고 까두졌다.
　김동리는 이런 내용의 글을 받아 「독조毒爪 문학의 본질」이라는 글에서,
　"김군은 문학을 위해서 문학을 하는 것이 아니라 생활을 위해서 문학을 한다고 주장한다. 비록 묵은 말이라 할지라도 이 말 자체에 그다지 깊은 죄가 있는 것은 아니다. 다만 그가 무엇을 가리켜 생활이라고 부르는가가 문제다." 라고 문제를 제기한 다음, 이처럼 결론을 내리고 있다.
　"군의 생활의 핵심이 빵에 있고 군의 그 독 있는 손톱이 빵을 구하기 위해서—극복하기 위해서가 아니고—만 있는 동안 군은 문학과 생활이란 어휘의 참뜻을 체득할 수는 없을 것이다."

　그런데, 실은 좌우 문단의 분립 소개에 앞서, 김기림을 통해 시에 대한 열정을 높여 간 박인환이 소개되어 있는 데 주목할 필요가 있다. 오든, 스펜더, 장 콕토에 깊이 빠져들기도 했던 그는 해방을 맞아 '자유와 새로이 물결치는 예술사조'에 가슴이 설렜기 때문이다.

　그것은 새롭게 움트기 시작한 모더니즘에의 열정이었다. 그는 이데올로기 편중의 시도 가까이 하지 않았지만, 이른바 현실도피적인 순수시에 대한 비판은 날카로웠다.
　어느 날 김수영과 휘가로 다방에 앉아서는 핏대를 올리며 순수파 시인

들을 매도하고 있었다.

"목월의 구름에 달 가듯이 가는 나그네가 어떻다는 거야."

"그의 시는 민요조의 가락인데, 한 마디로 순수라는 이름으로 현실도피를 카무플라지하는 자기 도취자들이지."

그 즘 『청록집』이 출판되어 문단가에 화제를 뿌렸는데, 낡은 세계에 머물러 있는 그들을 수영도 꼬집었다.

이렇듯 사실의 추구에 힘을 쏟고 있는 이 장편은, 새로우면서도 현실 도피는 거부했던 박인환 등 젊은 시인 쪽에 그 중점이 놓인 듯하다.

말하자면, 세월이 가면은 현실을 직시한 뛰어난 시인들이 더욱 그리워진다고나 할까.

2. 창의성創意性의 발휘

장편소설 『명동 시대』는 앞에서 살펴본 바와 같이 사실의 추구에 힘쓴 작품이다.

그렇다면, 독자들에게는 '문학'이란 '역사'와 동일한 것인가 하는 의문이 떠오름직하다.

예부터, 역사가 집단 전체를 다루는 데 반하여, 문학은 개인의 문제를 다루는 데 차이가 난다고 일러져 내려온다. 이에 비추어보면 『명동 시대』는 100명이 훨씬 넘는 많은 인물들을 다루었으되 개개인의 문제가 중심이 되고 있어 문학 작품임이 분명하다. 그러나 그 개개인의 삶을 그린 결과로 얻어지는 내용은 우리 겨레 전체의 문제와 깊은 관련을 맺고 있다는 사실 또한 부정하기 어렵다고 본다.

그러면서도, 이 작가는 객관적인 역사적인 사실에만 의존한 것이 아니라, 상상의 날개를 마음껏 펼쳐 새로운 세계를 찾아 생생하게 묘사함으로써 단순한 모사·반영을 극복해 내었다. 이러한 창의성의 발휘가 두드러진 예가 임화의 모순을 파헤쳐 그려낸 대목이다.

작품 속에는, 임화의 일제하에 있었던 변절 사실이 들추어지는 대목이 나온다.

임화의 부끄러운 과거, 즉 경기도 경찰부 특고계 세이가[齊賀] 경부에게 낸 전향서란 어떤 것인가.

≪……나는 조선의 독립운동을 위해 일해 왔으나 일본 제국이 비상시국에 이르렀음을 인식하여 과거와 현재의 행위를 뉘우치고 이 자리에 사상 및 행동의 전향을 맹세합니다. 이것은 나 스스로의 자발적인 의지에 의해 표현된 것이며, 조금도 경찰 당국의 조언이나 또는 압력에 의한 것이 아님을 덧붙여 둡니다.≫

이 전향서와 함께 임화는 자신이 서명한 카프의 해산 선언서를 1935년 6월 하순 신설동의 탑동승방에서 세이가 경부에게 건네고 일제와 손을 잡은 것이다.

이 부끄러운 전향서약서를, 임화는 해방 후 미군정청에 협력한

대가로 미국인 언더우드 목사의 손을 통해 돌려받게 되는 것이다.

임화의 이러한 모순에 찬 삶을, 작가는 겉으로 드러난 행위의 서술에만 의존하지 않고, 인물의 내면 공간을 파고드는 방법도 곁들임으로써, 창의성을 발휘한 것이다. 특히 지적해 두어야 할 것은 임화의 시작품을 인용하여 등장인물 자신의 모습을 역으로 재구성해 나가는 방법을 썼다는 점이다.

임화는 하나의 모순을 느끼고 있었다. 민족의 자주독립은 응당 피의 외침이었다. 이 순수한 외침이 미·소 두 나라의 정치적 도구로 이용되고 있다니, 가슴 아픈 일이었다. 어쩌면 그것은 자기 자신의 운명과도 같다는 생각에 일순 「통곡」의 충동마저 일었다.

이미 타버려
꺼진
가슴 속에
빛나는 것은
진주알이냐
별알이냐
대체 소리가
우러나오는 곳을
나는 알 수가 없다.
(…중략…)

승리한
적의 눈앞에서
너의 가슴이
탄주하는
장송의 곡을 따라
걸어가는 앞길에는
무덤 이상의 운명이 있다.

(…중략…)
무엇 때문에
통곡하는 마음이 있느냐
한숨에 어린 가슴 우에
흙더미가 내려앉을 때
통곡하는 마음은
그 우에 피는
한 떨기 아네모네리라

어떤 놈이
통곡을
매장의 노래라
비웃느냐
나는 슬플 때마다
개구리처럼 아우성치며

울어대는 半島人의 자손이다
나는 우러나오는
제 소리를
감추지 못하는
큰 소리로
우는 시인이다.

물론 시인 자신과 작품에서의 서정적 자아는 완전히 일치하는 것은 아니지만 후자는 전자의 분신 또는 동류항인 경우가 많으므로 그를 통해 전자를 어느 정도 유추할 수가 있을 것이니, 이렇게 하여 얻어진 시인상은 객관적 사실의 기술에 비해 훨씬 창의적인 인간상임에 틀림이 없는 것이다.

이러한 임화의 모순성 내지는 이중성은, 미군정청과 손을 잡으면서도 월북하지만, 마침내는 북에서 1953년 7월 기소되어 8월에 최고재판소의 특별군사법정에서 사형 및 전 재산 몰수를 선고받아 형장의 이슬로 사라지고 만다. 그 재판광경은 작가가 앞에서 강조한 바 있는 '운명'에 초점이 맞추어져 피고의 자의진술과 신문에 대한 답변으로 전개되어 나간다.

그러나 임화는 허탈한 생각 뿐 그의 뇌리를 차지하는 것이 있다면, 그것은 운명이라는 명제가 그를 지배하고 있을 따름이었다.

"나는 8·15 해방 후 문학예술 방면에서 지도권을 잡자는 야망을 갖게 되었습니다. 1945년 8월 18일 서울에서 ‘조선문화건설 중앙협의회’ 의장으로 활동하면서 조국과 인민을 팔아먹는 간첩행위의 길로 들어섰습니다. (…하략…)”

사실에만 의존하지 않고 창의성을 발휘한 이러한 인물 창조의 방법에 의해 이 작품에서는 임화를 비롯하여 여러 사람들의 삶의 모습이 지금까지 알려져 온 것보다 훨씬 자세하고 싱싱하게 조명되었다고 본다.

세월이 가면, 모든 것은 밝혀지기 마련인가 보다.

링컨 대통령의 아래와 같은 내용의 말이 실감나게 떠오르는 것도 이런 이치 때문인 것 같다.

“개인을 오래도록 속이거나, 대중을 일시적으로 속일 수는 있어도, 대중을 두고두고 속일 수는 없을 것이다.”

3. 재미와 교훈

대체로 소설을 읽게 되는 계기는 재미에 이끌려서이고, 그 참맛은 읽고 난 뒤에 얻게 되는 교훈의 크기에 달렸다고 볼 수 있다. T.S. 엘리어트가 말한 “시詩는 사상의 정서적 등가물이다.”는 소설의 경우에도 큰 차이는 없는 것 같다.

이런 기준에서 보더라도 『명동 시대』는 독자의 마음을 끌어당기기에 충분하다 하겠다.

우선, 재미있는 대목의 예를 들어보자. 예의 배인철 살해 사건과 관련된 장면이다.

한편 이 수사가 진행되는 동안 중부서 앞에는 일주일째 이곳을 배회하는 한 젊은이가 있었다.

그는 수사진에 자진 출두하여 한다는 소리가,

"남산의 범인은 잡혔습니까?"

"넌 누구야?"

"김수영이라고…… 피살당한 배인철의 친구입니다."

"그래, 잘 왔어. 너도 출두를 시킬 참이었는데 제 발로 걸어와 고맙구면."

"아니, 누굴 범인 취급합니까?"

"범인인지 아닌지는 신문을 받아봐야 알 게 아냐."

"난 범인이 아니라 범인을 잡는 데 도움을 주려고 온 사람이래두요."

"흥, 머리가 잘 도는 친구구면."

이렇게 시작된 그의 취조는 그날 밤을 꼬박 지새웠다.

"자넨 알리바이를 대지 못하는 한 피의자의 한 사람이란 걸 알지."

"나는 알리바이를 댈 만큼 꼼꼼하지도 흥미도 없으니 경찰에서 내키는 대로 처리하시오."

수영은 선하품을 하면서 자신을 내던지듯 대꾸했다. 또한 스스로도 헤아릴 수 없는 범죄의 수렁에 빠진 듯한 착각마저 일으키는 것이었다.

스스로를 용의자 취급을 당하는 상황 속에다 내팽개치는 인물의 행동과 언어가 웃음을 자아내게 만든다.

이 사건은 미궁에 빠져 방치되었다가, 훗날 한 인물의 무심코 떠벌린 입말을 통해 범인이 밝혀진다(그 발언의 진위 여부는 검증되지 않은 채로).

이 작품에는 위에서와 같은 웃음을 동반하는 재미만이 아니라, 긴장감을 자아내게 하는 심각성을 동반하는 교훈도 얻게 된다. 정지용의 최후를 기술한 대목을 이와 관련이 있다고 여겨진다.

시인 정지용은 거제도 포로수용소에서 오키나와로 끌려가 형장의 이슬로 사라져 갔다.

서울이 인민군의 수중에 들어가자 정지용은 대미방송을 맡았었다. 인민군이 써준 '미군이 조국전쟁에서 졌다'는 내용의 원고를 영역하여 그것을 미군포로들에게 읽게 하는 일이었다.

그 후 국군의 9·28수복으로 정지용은 삼팔선을 넘다가 유엔군의 포로가 되어 거제도 포로수용소에 수감되었다.

그러나 포로들의 신상조사 결과 그의 신분이 밝혀지자 그는 오키나와로 이송되어 미군의 군사재판을 받게 되었다.

그때 정지용의 군사재판 광경을 우연히 참관한 사람은 아동문학가 김영수였다.

재판장은 '사형'을 선고하고 나서,

"할 말 없는가?"

하고 물었다.

"할 말은 없다. 그러나 시 하나를 읽게 해 달라."
라고 간청한 정지용은 자신의 애송시 「향수」를 나직이 외었다.

넓은 벌 동쪽 끝으로
옛이야기 지줄대는 실개천이 휘돌아 나가고
얼룩백이 황소가
해설피 금빛 게으른 울음을 우는 곳.

—그 곳이 참하 꿈엔들 잊힐리야.
(…이하 생략…)

정지용의 이런 최후가 사실이라면 독자들에게 적지 않은 교훈을
준다. 우선 개인적인 차원에서 보면, 세칭 '청록파' 시인이라 불리
는 세 시인을 포함하여 박남수 등 여러 문인들을 추천 배출시킨 유
능한 시인이었음에도 불구하고, 초지일관 자리를 지키지 못하고 시
계추처럼 좌우를 오락가락함으로써, 그토록 그리워 마지않은 '고향'
땅을 영영 밟아보지 못한 점을 지적할 수 있겠다.

다음으로, 국가와 민족적 차원에서 볼 때, 민족의 대동단결에 의
해 통일된 조국을 건설하지 못하고 파벌 간의 갈등으로 지리멸렬한
난투장을 벌이다가 이윽고 분단을 고착화시켜, 급기야는 돌이킬 수
없는 동족상잔의 비극을 초래하고 만 점이다.

이렇게 되어 버린 주요 원인은, 안으로는 각 개인이나 정파가 자

신의 주장만 강조한 반면 남의 주장에는 귀를 기울이지 않은 대승적 자아의식의 결여이고, 밖으로는 나라마다 자국의 이익을 노리는 세계열강, 그 중에서도 패권주의적인 미·소의 냉전체제이다. 한국인의 등장인물이 외국의 법정에 선 것은 그것만으로도 많은 것을 시사해 준다. 이러한 현상은 매우 비극적이지만, 상황을 그토록 비극적으로 만들어 간 근본 원인은 남들보다는 정작 우리 겨레 스스로에게 있다고 본다. 왜냐하면, 세계의 모든 국가는 저마다 자신의 이익을 우선시키는 것이 자연스럽고 이치에도 맞기 때문이다.

그러고 보면, 이 작품에서 다룬 '신탁통치' 문제나 '미·소 공동위원회' 문제는 큰 아쉬움으로 남는 대목이다.

이 회의 결과 서울의 조선공산당과 평양의 분국이 다음해 정월 초이틀 찬탁 입장을 밝히고, 2주일 안으로 미·소공동위원회가 열리도록 소군정과 미군정에 청원서나 진정서를 보내기로 한 것이었다.

당중앙은 특히 반탁 진영 내부를 분열시키고 삼상회의에 대한 지지여론을 확대시켜 반탁 진영을 고립시켜 나간다는 전술전환도 꾀하기로 하였다.

이 대목에는, 그 동기야 어떻든 소련의 주장을 그대로 따른 태도의 표변이 그대로 드러나 있다.

그런가 하면, 다음에 인용하는 대목에서는, 그와 반대로 미국의 주장을 덮어놓고 따르는 태도도 있었음이 드러난다.

조일명은 임화에게 말했다.

"지금은 경계를 해야 돼요. 우익 테러분자들이 언제 습격을 해 올지 모르니깐."

"우리는 기만당해 온 거요."

이승엽은 부릅뜬 눈으로 말을 이었다.

"미국의 선전에 속은 거야. 모스크바 삼상외상 결정이란 게 미국측이 왜곡해서 떠벌여댄 거야."

"그게 데마예요?"

"그 결정 자체가 아니라, 신탁통치라는 것이 기만이라는 거야. 미군정청과 미국의 언론이 왜곡해서 발표한 거야. 모스크바의 결정은 신탁통치가 아니라 후견이라는 뜻이었는데……."

임화는 후견이라는 말에 잠시 어리둥절했다. 그 후견이라는 뜻은 한반도에 조선민주주의 임시정부를 수립하고, 이를 협력하기 위해 남반부의 미군 대표와 북의 소련군 대표가 공동위원회를 조직한다는 것이다.

이렇게 보아 오면, 이 작품을 읽은 독자들은 아래와 같은 생각에 다다를 수가 있을 것이다. 세월이 가면, 잘못은 되풀이 되어선 안 된다.

4. 작품 구성상의 특징

이번에는, 『명동 시대』에서의 구성면에 대해 말해 두어야 할 것 같다. 이 작품은 전통적인 소설관으로 바라볼 땐 아래와 같은 몇 가지 검토되어야 할 점들이 있어 보인다.

　첫째, 등장인물의 수가 너무 많은 점.
　둘째, 중심권 인물들과 주변권 인물들의 연결 고리가 다소 느슨한 점.
　셋째, 사건의 전개가 인과관계에 의해서라기보다 일화의 나열식 소개에 의한 점.

　등장인물의 수가 많은 것은 작가가 애써 모은 방대한 정보의 양으로 보아 어쩔 수 없는 일로 여겨지나, 그들을 모두 제대로 살리기 위해서는, 필자의 견해로는 아마도 두세 권정도 분량까지는 늘려야 할 것 같다. 어쩌면 우당은 등장인물 개개인보다 우리의 시인, 문인 아니 겨레 모두가 주인공이라는 생각에서 다수의 인물을 등장시켰는지도 모른다.
　많은 인물들이 등장하고, 사건이 후방과 일선에서 교차되어 전개돼 나가는 긴박감은, 불후의 걸작으로 평가받은 저 톨스토이의 『전쟁과 평화』나 숄로호프의 『고요한 돈강』의 편린을 떠오르게 하는 면이 있다.

　"김구 북행 결사반대."
　7백 평 남짓한 뜰 안은 남북협상을 반대하는 군중들로 뒤엉켰으나 아랑곳없이 김구는 비서 선우진에게 떠나자고 말했다.

이윽고 김구가 대기 중인 차에 오르자 부녀자들과 학생들이 차 앞으로 몸을 던지며,

"선생님, 기어이 가시려거든 저희들을 짓밟고 가십시오"

울음 섞인 함성이 메아리쳤다. 남북협상을 지지했던 임정계 유림도 북행만은 안 된다고 목청을 돋우었다.

김구는 상기된 얼굴로 2층 거실로 되올라갔다. 이번에는 서대문 형무소에서 같이 옥고를 치른 도인권 목사가 김구의 옷소매를 당기며 말렸다.

그러나 노 혁명가의 고집을 꺾을 수는 없었다. (…중략…)

"이대로 가면 조국은 두 조각이 나고 서로 피를 흘리게 될 것이오"

8월 30일, 맥아더 원수는 유엔사령관의 이름으로 '유엔군 작전명령'을 하달했다. 상륙일은 9월 15일.

그날은 한낮이 지나면서 가는 빗줄기가 내렸다. 그 빗줄기 속을 함재기는 출격을 거듭하면서 인천을 중심으로 한 반경 40킬로 이내 지역에 폭탄을 퍼붓고 순양함대에서는 인천으로 통하는 도로에 간단없이 포탄 세례를 해댔다. 그 때문에 서울에 주둔하던 인민군 제18사단 제22연대는 인천으로 진출을 완전히 저지당하고 말았다.

그러므로 앞서 예시한 바와 같은 의문이 제기됨에도 불구하고, 이 작품은 그러한 의문들을 덮고도 남을 아래와 같은 장점이 있음으로 하여, 모든 문인·예술인은 물론 국민 대중들에게도 널리 읽음 직하다고 본다.

첫째, 문학에 대한 뜨거운 열정에서 쓰인 작품인 점.

둘째, 다년간에 걸친 조사에 의해 쓰인 작품인 점.

셋째, 겨레와 나라의 미래에 대해 초인적인 관심을 기울인 작품인 점.

이 계제에 '실명소설'의 어려움을 강조해 두어야 할 것 같다. 이런 소설은 사실과 허구 사이를 부지런히 넘나들어야 하지, 잠시라도 한 군데 멈춰선 채 있다면 소기의 목적을 거둘 수가 없기 때문이다. 이 작품이 '실명소설'이라 명기했으면서도 군데군데 가명이 남아 있는 것도 실명소설의 창작이 얼마나 어려운가를 반증해 주고 있다.

사실 인환이가 자리에 없고 보니, 그(배인철―인용자 첨가)로선 분위기가 여간 어색했던 게 아니다.

그가 사귀어 온 Y여대 영문과의 김연실이 수영과도 아는 사이인데 병철과도 만나는 삼각 사각의 묘한 관계들이었기 때문이다.

이병철은 그 즘 P양과도 은밀히 사귀고 있었다. P양은 김용호가 발행하는『예술신문』에 시를 몇 편 발표한 바 있는 규수 시인으로 병철과는 이념적으로 통하는 사이였다.

이병철은 D여고 교사직에 있으면서 좌익단체인 민전民戰 산하의 문연文聯에 관련, 지하활동을 하던 중이었다.

이 문연 서기장은 배호裵澔가 맡고 있었으며, 그 밑에 이용악이, 또 이용

악의 지시에 따라 병철은 세포로서 활약하고 있었다. 그래서 P양은 병철과
는 지하 활동을 하던 중 가까워진 사이였다.

이 병철이 시인으로서 두각을 나타낸 것은 『전위시인집』에 「새벽」을 발
표하면서였다.

P양이 누구인지는 알 수 없으나, 아직도 실명으로 등장시키기에
는 시간이 이르다고 생각했기 때문에 비실명으로 활동하고 있는 것
임이 틀림없다. 그만큼 실명소설은 애로가 많은 것이다.

이런 애로에도 불구하고 큰 무리 없이 작품을 완결할 수 있었던
점에서 작가 우당의 비범한 솜씨를 확인하게 된다.

좀 더 세월이 가면, 남북전쟁을 치렀음에도 통일을 이뤄 강대국
이 된 저 미국처럼 우리도 하나로 되어, 작품 공간에서 비실명이 자
리를 감추게 될 것이다.

마무리

이 장편소설의 마지막 장 「세월이 가면」에는 몇몇 문인들의 죽음
이 다루어져 있다(앞에 든 정지용의 경우도 그 한 보기이다).

'서적은 황폐한 인간의 풍경에 광채를 띄는 것'으로 믿었던 박인
환이 세상을 떴으나, '세월은 가고 오는 것'이란 시구詩句가 들어 있
는 시작품과 더불어 오히려 살아 있고, 기구한 삶을 거쳐 간 여류
시인 노천명도 은사 일다一多의 애도시와 더불어 여전히 숨을 쉬고

있는 것이다.

　　기구한 천명天命으로, 애련한 천명으로
　　오기도 천명이요 가기도 천명인가
　　천명을 다 하였다고는, 믿어지지 않는다.

　우당의 장편 소설은, 박인환과 노천명을 포함한 모든 예술가들의 예술혼에 대한 향수를 그린 작품임을 작가 자신이 분명히 말하고 있다. 세월과 더불어 사라져 버리고 만 예술혼 말이다. 그러나 겉으로는 사라져 버린 것 같으면서도 그것을 그리워하는 사람들이 있다는 사실로도 잘 알 수 있듯이, 그것은 아주 사라져 버리는 것은 아닐 것이다.

　이 작품의 결말로 구성된 노천명의 영결식에 참석한 이봉구의 입에서 '설마 죽어서까지 오해를 품고 있지는 않으리라'고 생각하고 있는 것은 의미심장하여 여운이 남는다. 그는 이 작품의 발단부터 등장한 네 인물 중의 한 사람이기 때문이다. 이 작품은 바로 그의 생각을 통해 독자들에게 아래와 같은 진리를 일깨워 주는 것 같다.

　세월이 가면, 화해하지 않으면 안 되느니……

　이런 미시적인 개인 사이의 오해를 풀어 화해하는 일을 거시적인 민족 차원으로 적용해 보면, 바로 그것이야말로 통일로 향하는 천 리 길의 의로운 첫 걸음이 되지 않을까.

1958년 『조선일보』, 『평화신문』 신춘문예로 등단

한글문학상 본상수상(1994)

탐미문학상 대상수상(1997)

허균문학상 대상수상(1999)

雪松문학상 대상수상(1999)

한민족문학상 대상수상(2001)

한국글사랑문학상 대상수상(2009) 외

▶ **시집**

『地圖속의 눈』(1959)

『풀잎序章』(1984)

『하늘을 아는 사철나무』(1986)

『어느 火刑日』(1987)

『사랑을 말하라면』(1988)

『일억의 눈동자와 사랑을 위한 百의 노래』(1989)

『살아있다는 기적』(1990)

『내 얼굴 벌거벗은 혼』(1991)

『나무나무와 분홍꽃 아카시아는』(1991)

『아침의 꽃수레 타고』(1994)

『지리산은 살아있다』(1999)

서사시집 『새야 녹두새야』(개정판 2002, 우수문학도서)

『돌에도 꽃이 핀다 했으니』(2004)

『파고다의 비둘기와 색소폰』(2009)

대하서사시집 『아, 삼팔선』(전4권)(2007) 외

▶ **에세이**

『한 잔의 찻잔에 별을 띄우고』(1986)

『책과 어떻게 친구가 될까』(1993)(우수문학도서)

『스푼 한 숟갈의 행복』(1993)

『문장작법 101법칙』(1995)

『윤동주 평전』(2006)

▶ **소설**

장편 『한씨一家의 사람들』(1983)

콩트집 『암수의 축제』(1985)

장편소설 『녹두』(전3권)(1988)

창작집 『방황의 끝』(1996)

역사소설 『김시습』(1998)

장편소설 『개성아씨』(2010)

소설집 『청춘의 수첩』(2010) 외

　이 장편소설은 실명으로 된 것으로, 8·15해방과 6·25전쟁, 남북 간에 휴전이 이루어지기까지 겨레의 아픔과 이 땅 예술인들의 삶의 궤적을 형상화한 것이다.

　여기 등장하는 예술가 중에서 배인철, 박인환, 임화 등의 시인과 아까운 나이로 요절했던 이중섭 화가의 비극적인 삶의 궤적들은 이 나라 역사의 참혹성을 그대로 말해 주는 것이며, 아니 어쩌면 역사 속의 비극적 운명 그것이라고 하는 것이 더 옳을지 모른다. 배인철과 박인환의 죽음이 이 시대에 각인된 청춘의 상처라고 한다면, 임화의 그것은 식민지 조국의 뼈아픈 아이러니이자 이 나라 현대사의 암울한 운명 그것이었다 해도 지나친 말이 아닐 것이다.

　우리가 지난 역사를 되돌아볼 때, 백 년 전의 한반도는 제국주의 열강들의 각축장이었으며, 2차 대전 이후에는 미·소의 냉전체제 아래 미국과 중국이 한반도에서 대결을 치러야 했으니 그 얼마나 치열한 참극이었던가.

전쟁을 겪은 지 예순 해가 지나도 우리는 아직도 통일의 숙원을 이루지 못한 채 분단 현실을 가슴 아파하고 있다.

이 소설은 처음 『독서신문』에 연재된 후 계간 『문학 21』에 다시 발표되면서 개작과 문장의 첨삭이 있었음을 밝혀둔다.

이 소설은 전쟁과 혼돈의 시대에 상실했던 예술의 혼에 대한 향수를 그 속에 담으려고 딴엔 노력했지만, 그것이 얼마만큼 성과를 거두었는지는 독자의 몫으로 돌릴 수밖에 없다.

끝으로 이 책을 펴내주신 최종숙 대표님과 편집부 임애정님에게 감사를 드린다.

2011년 4월 5일

안 도 섭

명동 시대

ⓒ 안도섭 2011

초판 1쇄 발행 2011년 4월 26일
초판 2쇄 발행 2011년 11월 9일

지은이 안도섭
펴낸이 최종숙
책임편집 임애정 | **편집** 이태곤 · 전희성 | **디자인** 안혜진 | **관리** 이덕성
펴낸곳 글누림출판사
출판등록 제303-2005-000038호(등록일 2005년 10월 5일)
주소 서울 서초구 반포4동 577-25 문창빌딩 2층(우137-807)
대표전화 02-3409-2055 | **팩스** 02-3409-2059 | **전자우편** nurim3888@hanmail.net
누리집 http://www.geulnurim.co.kr
정가 12,000원
ISBN 978-89-6327-126-2 03810